शाह मोहम्मद का तांगा

अली अकबर नातिक़

अनुवाद

मिर्ज़ा ए.बी. बेग

juggernaut

जगरनॉट बुक्स

केएस हाउस, 118 शाहपुर जाट, नई दिल्ली 110049

प्रथम प्रकाशन: जगरनॉट बुक्स 2017

ISBN 9789386228161

टाइपसेट: एपीग्राफ़िक्स एंटरप्राइज़

मुद्रक:: मणिपाल टेक्नोलॉजीज़ लिमिटेड

अपने छोटे भाई अली असग़र के नाम

जो कम उम्र में ही चला गया

फेहरिश्त

भूमिका

मैं नही जानता भूमिका कैसे लिखी जाती है. अपने अफ़सानों के बारे में सिर्फ़ इतना कहना चाहता हूं कि मैंने किसी भी किस्म के फ़लसफ़े या नज़रिए से हटकर सिर्फ़ हक़ीक़ीत की ज़िंदगी की चलती-फिरती तस्वीरें बनाने की कोशिश की है। मुझे नहीं मालूम कि मैं इसमें किस हद तक़ कामयाब हुआ हूं। ये फ़ैसला पढ़नेवाले ही बेहतर कर सकते हैं। जहां तक अफ़साने की कला और तकनीक का ताल्लुक़ है, मैं उससे भी परिचित नहीं। सिर्फ़ अफ़साने और उपन्यास पढ़ता रहा हूं और साहित्य का एक अदना पाठक हूं जो इससे पूरी तरह वाकिफ़ है कि उसने कम पढ़ा है। यह मेरा पहला संकलन है जिसे एक बड़े प्रकाशन से छपने का फ़ख़्र हासिल हो रहा है।

शुक्रिया के तौर पर मैं सबसे पहले अजमल कमाल, संपादक, आज का नाम लूंगा जिन्होंने मेरे कहानीकार होने की पहली गवाही दी और फिर मैंने और भी हौसला पकड़ा। इसके बाद आसिफ़ फ़र्रुख़ी ने मुझे अपनी मैगज़ीन *दुनियाज़ाद* में प्रकाशित किया। और फिर फ़हमीदा रियाज़, शम्सुर्रहमान फ़ारूक़ी, इफ़्तिख़ार आरिफ़, मनज़र नक़वी, और क़ासिम याक़ूब ने मेरी बहुत सराहना की। मैं इसके लिए उन सबका शुक्रगुज़ार हूं। और अब पढ़नेवालों से गुज़ारिश करूंगा कि मेरे लिए दुआ करें कि मैं उनके साथ रहूं।

अली अकबर नातिक़

बख़्तो गत पर आ गई

रफ़ीक़ ख़ान का क़द साढ़े छह फ़ुट और छाती चौड़ी थी। उसने कई भैंसें पाल रखी थीं। डांग (लाठी) लक्कड़ हाथ में लेकर नहीं चलता लेकिन सामने शेर भी आ जाता तो तुरंत टकरा जाता। आंखें मोटी और लाल अंगारा थीं, मगर कम लोगों के साथ उसका कोई दंगा हुआ। एक दोष उसमें ज़रूर था। लोगों के खेतों से चोरी-चोरी चारा काट कर ले जाता। हालांकि दिन के समय भी किसी के खेत को टिक लगा देता तो पूछने वाला कोई नहीं था मगर वह सीनाज़ोरी नहीं करता। शमशेर ख़ां उसका एक ही दोस्त था, जिसके साथ उसका बैठना-उठना था। क़द-काठी में शमशेर ख़ां रफ़ीक़ से भी निकलता हुआ था। शमशेर ख़ां के हाथ में हर समय पांच फुट लंबी डांग होती, जिसे ज़मीन पर खड़-खड़ बजाता हुआ जाता। बख़्तू नाम की एक कुतिया सदैव उसके साथ रहती। कुतिया इतनी ख़तरनाक और काटने वाली थी कि देव-दानव भी उसके पास आने से डरते। बख़्तो एक किस्म से उसकी रूह थी। रफ़ीक़ की तुलना में शमशेर कमअक्ल और हाथ-पांव का तेज़ था। ज़रा सी बात पर सामने वाले को झांपड़ लगा देता और मार-पीट के बाद जल्द माफ़ी मांग लेता। यह भी एक तरह से लोगों के गर्व को आहत होने से बचाना था। शमशेर खां, रफ़ीक़ की तरह चोरी तो नहीं करता लेकिन गांव में हल्ला-गुल्ला मचाए रखता। निर्बल लोगों की सेवा का ऐसा चस्का था कि जो पहले शिकायत लेकर आ गया, उसी के साथ हो लेता, फिर दुनिया की कोई भी दलील उसके विरोधी का सच्चाई पर होना साबित नहीं कर पाती थी। अपनी ख़ुशामद सुन कर फूल जाता और कुछ भी करने को तैयार हो जाता। अक्सर लोग खेल-खेल में ही उसके हाथ से एक दूसरे की धुलाई करा देते। जिस गधे पर चारा ढोता, कभी-कभी उसी के साथ शक्ति प्रदर्शन करने लगता। गधा

तो गधा होता है, कभी उड़ जाता तो वह उसे चित करने के लिए कुश्ती शुरू कर देता। फिर आध घंटे बाद दोनों हांफ़-कांप कर गिर जाते।

कुछ दिनों से यार लोग शमशेर खां को रफीक से भिड़ जाने पर उकसा रहे थे। और ऐसे उपाय की खोज में थे कि दोनों का जोड़ पड़ जाए। एक दिन शमशेर ख़ां अपनी बख़्तो की ज़ंजीर पकड़े मस्जिद के बड़े कुएं की मुंडेर पर बैठा था कि कुछ चाटुकारों ने घेर लिया और उस पर फिरकियां चढ़ाने लगे।

हबीब जट, मियां शेरे तुम्हारी क्या बात है। चाहो तो हाथी की सूंड पकड़ कर गांव के चौक में खड़े पीपल के पेड़ से बांध दो। और शेर तो तुम्हारे सामने पिल्ला है। और सांड तक तुम्हारी फूंक से उड़ जाएं। (फिर दूसरे लोगों की तरफ़ मुंह करके) भई तुम्हें शमशेर की ताक़त का अंदाज़ा नहीं। मैंने एक दिन अपनी इन शीशे जैसी आंखों से देखा। शेरे ने हल जोता हुआ था। दोपहर सिर पर थी, गर्मी के कारण पसीने की नहरें जारी थीं। शेरा हल की अर्ली पकड़े साड़ें लगा रहा था। एक जगह शेरे का बैल लाखा अड़ गया। उसने पूंछ को मरोड़ा, डंडा मारा, हुशकारा मारा, मगर वह सुअर की तरह वहीं अड़ गया। अब न आगे जाता है न पीछे हटता है। मैं देख रहा था और सोचे जा रहा था, लाखे की शामत आई कि आई। कुछ देर बाद वही हुआ। शेरे ने ग़ुस्सा खा कर लाखे की कमर पर वह ज़ोर की कोहनी मारी कि अल्लाह माफ़ करे। मेरे पांव की ज़मीन हिल गई। मैं समझा भूकंप आ गया। कोहनी की मार से लाखा नीचे ही बैठता गया। थोड़ी देर बाद जो बेज़बान को होश आया और हालत ठीक हुई तो एकदम उठके भागा। दो बजे तक एक एकड़ ज़मीन तलपट कर दी। क्यों शेरे, बताना ज़रा उन्हें वह क़िस्सा।

इस बात को छोड़ो, शमशेर ने बख़्तो की ज़ंजीर अपनी टांग से बांध कर हाथों को मुक्त किया और बोला, एक बार मैं यूंही पगडंडी के किनारे जा रहा था। यह भाग्यवान बख़्तो आगे मटकती हुई चली जाती थी। हम पगडंडी पर थे और दोनों

ओर ऊंचे-ऊंचे गन्ने के खेत थे। अचानक एक ही बार झटका सा हुआ और मेरे देखते ही बख़्तो ग़ायब। चूं तक नहीं की बेचारी ने। बस एक झपके की देर में गन्ने से बघियाड़ निकला और देखते ही देखते बख़्तो को गर्दन से दबोच कर उसी गन्ने में जा घुसा। तुम्हें तो पता है मेरी इसी कर्मां वाली में जान है। मैंने आव देखा न ताव पीछे छलांग लगा दी। अब जो देखा तो तीन-तीन बघियाड़ थे। बख़्तो बेचारी बस जा चुकी थी। एक मिनट में न पहुंचता तो उसकी अंतड़ियां गन्ने की जड़ों से लिपटी जा चुकी होतीं। जैसे ही बघियाड़ों ने मुझे देखा, आए मेरी ओर। ये बड़े-बड़े डीले निकाल कर। लो जी, उसी समय मैं ने भी साहस किया और बघियाड़ ही तो बन गया। ख़ून मेरी आंखों में उतर आया और लड़ाई शुरू हो गई। किसी का पंजा बचाता हूं तो किसी के दांत। एक बघियाड़ ने मेरी लुंगी को अपने जबड़ों में ऐसे दबोच कर खींचा कि पल भर में तार-तार हो गई और मैं पूरा नंग-धड़ंग। शुक्र तो यह हुआ कि उसके जबड़ों में मेरा लंड नहीं आया वरना तो मैं सारे कामों से ही गया था। जो उनमें सबसे बड़ा था उसे अंत में मैंने ऐसा हाथ मारा कि तीन क़लाबाज़ियां खा गया। दूसरा सीधा उस्तरे जैसे पंजे और भाले की तरह दांत निकाल कर मेरे मुंह की ओर आया। मैंने टोकी का वार इस तरह उसके पेट में उतारा कि वह तो सुअर वहीं ढेर हो गया। एक जो पहले वाला था जिसने मुझे नंगा नचा दिया था उसको बाएं हाथ से धोबी पटड़ा दिया और दे ज़मीन पर मारा। वे भी बहुत तेज़ थे। आंख झपकते फिर से हमला कर देते।

और तुम्हारी बख़्तो ने साथ नहीं दिया? ग़ुलाम मोहम्मद ने सवाल किया।

शमशेर हंस कर बोला तुम भी बादशाह हो भई ग़ुलाम मोहम्मद। ये बेचारी तो बेसुध हुई पड़ी थी। मुझे तो चिंता थी कि कहीं मर ही न गई हो। उसको उस समय साथ देने के कहां होश थे। ज़ालिमों ने एक ही मिनट में उसे रगड़ दिया। ख़ैर भई, वह लड़ाई दो घंटे तक चली। दो कनाल गन्ने का सफाया हो गया। अल्लाह अल्लाह करके वे तीनों बघियाड़ मैंने इसी टोकी से काटे। मेरा अपना

शरीर भी लहूलुहान हो चुका था। बख़्तो को उठा कर घर लाया। लुच्ची को शाम तक जाकर कहीं होश आया।

शरीफ़ बोला, यह बात तो है शेरे तुम में। हम होते तो वहीं मूत निकल जाता और बख़्तो को बघियाड़ों की भेंट करके घर की ओर दौड़ लगा देते ख़ुदा की क़सम आज राजा अर्जुन होता तो तेरा पानी भरता और हनुमान दुम दबाए-दबाए फिरता।

दिलगीर जो एक तरफ़ चुप खड़ा था, शरीफ़ की बात सुन कर बोला, वाह शरीफ़े, तू भी कितनी घटिया और दूर की कौड़ी लाया है। भला हनुमान बानर और अर्जुन पल्लेदार का शमशेर से कोई मेल है? अपना शमशेर शेरों को फाड़ खाने वाला और वह केवल राम के चेले चांटे। फिर शमशेर की ओर मुंह कर के बोला, पर एक बात तुम्हें भी माननी पड़ेगी शेरे। जिगरे वाला अपना रफ़ीक़ मोहम्मद भी बहुत है। चाहे राम-लक्षमन दोनों आ जाएं, रफ़ीक़ ख़ा, अली मौला का नाम लेकर दोनों को उंगली पर उठा लेगा। भाई उसके हाथ क्या हैं? लोहे की सीख़ें हैं। बस यूं समझ लो कि यमराज के पंजे हैं। जिस पर जा पड़ते हैं आत्मा निकाले बिना नहीं छोड़ते और दिलेर ऐसा कि नादिर शाह की सेना पर अकेला चढ़ दौड़े। पूरी सेना एक ओर हो जाए तो मां का जना पीठ दिखाके नहीं भागता।

हां, ग़ुलाम मोहम्मद बोला, और मैं तो कहूंगा, इधर-उधर दस-बारह गांव में तो उसके जोड़ का आदमी कोई नहीं। पंद्रह भैंसों का चारा तीन मील से सिर पर उठा कर ले आए। मजाल है उसकी गर्दन में मोच आए।

शमशेर ख़ां को ग़ुलाम मोहम्मद की यह बात अच्छी नहीं लगी। वह बोला, यह कौन सा बड़ा काम है। यह तो मैं भी कर लूंगा।

दिलगीर अली फिर बोला, शमशेर खां इस काम में तो वह तुम से आगे है। यह तो तुम्हें भी मानना पड़ेगा। फिर शरारत के साथ मुस्कुरा कर, शमशेर खां वैसे थोड़ा-थोड़ा तुम उससे डरते भी हो।

शमशेर ख़ां ग़ुस्से से लाल-पीला हो गया और खींच कर एक लंबा हाथ दिलगीर को मारा और सिर घुमा दिया।

दिलगीर गाल सहलाते हुए बड़बड़ाया, हमें क्यों मारते हो, कमज़ोर पर तो हर कोई हाथ उठा लेता है। बात तो जब है कि रफ़ीक़ ख़ां से भिड़ो।

हबीब जट ने कहा, शमशेर खां यह तुमने मर्दों वाली नहीं की। बेचारे दिलगीर का क्या अपराध है? उसे मार लिया, दीवार को मार लिया एक जैसा है। दरांती हरी घास तो मज़े से काटती है, पक्की चरी पर चले तो दांत खट्टे हो जाएं।

शमशेर ने शर्मिंदगी से हबीब जट की ओर देखा तो वह दोबारा बोला, बात तो शमशेर खां, दिलगीर ने सही सच्ची कही थी। तुम्हारा जोड़ असल में रफ़ीक़ से बनता है। हमारे सिर पर तो मुफ्त में गतके जमाते रहते हो। शमशेर ख़ां अब पूरी तरह तैश में आ गया, बोला, लो मैं कल ही फ़ीके (रफ़ीक़) को चुनौती देता हूं। फिर झिझकते हुए बोला, पर यह अच्छी बात नहीं। वह मेरा यार है।

अब ग़ुलाम अली ने आग पर और घी डाला और बोला, तो क्या इतनी सी बात से यारी टूट जाएगी? अगर एक चुनौती से यारी टूटती है तो यारी न हुई, सूत का धागा हुआ।

ठीक है मियां, शमशेर ख़ां ने अपने घुटने से बख़्तो की चेन खोली वहां उस उठ पड़ा। कल दोपहर सैद शाह की नीम वाली जगह आ जाना। वहीं चुनौती दूंगा।

*

नीम की गंडोलियां पक कर पीली हो गई थीं और शाखों पर पत्तों की सब्ज़ी छावं को गहरा बना रही थी। यह अगस्त के शुरुआती दिन थे, जब बारिश और उमस पूरे महीने एक साथ रहते हैं लेकिन आज सुहाना दिन था। गांव के बड़े-बूढ़े चारपाइयां घने पेड़ के नीचे रखे, हुक्के के धुएं उड़ा रहे थे। आस-पास बैठे लोग, जिन्हें चुप-चाप बैठ कर तमाशा देखने की इजाज़त तो थी, बोलने की नहीं, वह चुप साध कर देखने लगे। रफ़ीक़ सारे मामले से अनजान था। शमशेर ने एक-दो बार रफ़ीक़ को घूर कर देखा और बोला, फ़ीके मैं आज तुमसे एक बात करना

चाहता हूं। लोगों का जबरन या चोरी से चारा न काटा कर।

तुम्हें इसका ठेका है। रफ़ीक़, शमशेर की इस अचानक और बेतुकी बात पर ग़ुस्से से बोला।

भई लोग मुझे ताना देते हैं कि फ़ीका तेरा यार होकर हमारा नुक़सान करता है। तू उसे रोकता क्यों नहीं।

रफ़ीक़! तू न सुना कर ताना। सीधा मेरे घर का रास्ता बता दिया कर। फिर मैं जानूं और वह।

शमशेर! इन मज़लूमों की बात सुनना भी तो मेरा काम है।

शमशेर इन बातों से तेरा क्या मतलब है? रफ़ीक़ ने कुटिल मुस्कान के साथ कहा, क्या तू गांव का थानेदार है या तूने अपने दरवाज़े पर इंसाफ़ की ज़ंजीर लटकाई है? अपने काम से काम रखा कर।

शमशेर बोला, फ़ीके मैं गांव का थानेदार या बादशाह तो नहीं पर यह जान ले, अगर कोई तेरे अलावा इस गांव का नुक़सान करता तो मैं उसकी मूंछें मूंड कर रस्सी बांट कर कब का इस पेड़ से बांध देता।

रफ़ीक़ ने कहा, शमशेरे तू किससे बात कर रहा है? लगता है आज भांग ज़्यादा चढ़ गई है। मैं तेरे सामने रफ़ीक़ खां फ़रिश्ता बैठा हूं। कोई लूला-लंगड़ा नहीं।

मैं भी जानता हूँ तू अपना फ़ीका ही है, वही फ़ीका जिसने सारे गांव में अंधेर मचा रखी है।

रफ़ीक़ ने अब धीमे स्वर में कहा, शमशेर ख़ां आख़िर तू चाहता क्या है, क्या मैंने कभी तेरे चारे को हाथ लगाया है?

लगा के देख ले, शमशेर ने आंखों में आंखें डाल कर कहा।

शमशेर आज तू किधर से बोल रहा है?

बात ये है फ़ीके, शमशेर ने आंखों के दीदे बाहर निकाल कर कहा, खूंट से बकरी की टांग बंधना एक बात है और सरकारी सांड के सींगों पर हाथ डालना दूसरी बात। माना कि गांव के किसी बंदे को तुमने नहीं छोड़ा, जिस का चारा

काट कर नहीं ले गया और उसकी फ़सल का नुकसान तुमने नहीं किया, मगर वे तो बेचारे बस गाभिन भेड़ें हैं। तेरा उनके साथ सही में जोड़ बनता नहीं। छह इंच लंबी मूंछ पर हाथ फेर कर, जब मानूं, जब तू मेरे चारे पर दरांती रखेगा। फ़ीके, बिल्ली की मूंछ का बाल खींचना मर्दों का काम नहीं, शेर के दांत गिन कर दिखा, फिर तमाशा देख।

शमशेर की बातें सुन कर और भीड़ को देख कर रफ़ीक़ समझ गया कि यार लोगों ने हवा भरी है, इसलिए संयम से बोला, शेरे इस गांव में तू मेरा एक ही यार है। अब तेरे खेत में चोरी करते क्या मुझे शर्म नहीं आएगी? दुनिया कहेगी, फ़ीका यार मार है।

ओ छड़ फ़ीके, यारी अपनी जगह, मर्दों की मूंछें अपनी जगह। मैं जानता हूं, तेरी ज़ोरावरी ने बड़े-बड़े पहलवानों के मुंह फेर दिए, पर मेरा दिल करता है ज़रा मुझसे भी तेरी बैंड फंसे तो मज़ा आए। किसी दिन मेरे चारे काटोगे तो लोहे का कड़ियाला मुंह में न दिया तो बापू ने शमशेर खान नाम नहीं रखा। मैं समझूंगा मां ख़ैर बीबी का नहीं, खोती का दूध पिया था।

रफ़ीक़ ख़ां अब ग़ुस्से से बोला, शमशेर ख़ान, तुझे पता है, इतनी चुनौती मेरा बाप भी दे तो मैं उसकी पूंछ पीपे से बांध दूं। फिर भी तुझे बढ़के मारते डर नहीं लगता। हुक़्क़े का लंबा घूंट भर धुआं नथुनों से हल्का कर के निकालता है, जा अगर तेरी यही मंशा है तो फ़ीके का तुझसे वादा है। तेरा काटा हुआ चारा लेकर जाऊंगा और यह भी बता दूं, यह काम इसी हफ़्ते करूंगा। अगर कुछ अपनी इज़्ज़त का ख़्याल हो तो अपनी मूंछों की रक्षा करना। मैं चारा ले गया तो अपनी मूंछें मुंड़वाओगे।

ला हाथ, शमशेर ने चुनौती पक्की करने के लिए फ़ीके से हाथ मिलाया। अब जो अपनी बात से फिरे, उसकी मूंछें गधी के दूध से मूंडी जाएंगी।

पास बैठे सभी लोगों ने गवाही के रूप में ताली बजाई।

*

शर्त को चार दिन हो गए। दोनों की इज़्ज़त का मुद्दा था। पिछली रात रफ़ीक़ ने अपनी शर्त पूरी करने का इरादा कर लिया। वह रात के दो बजे उठा। धोती बांधी। चार बर की चादर बग़ल में दबाई और शमशेर ख़ां के मवेशियों वाले भाड़े की ओर चल दिया। यह बारा गांव से आधा किलोमीटर की दूरी पर था। वहीं चारा काटने वाली मशीन थी। शमशेर ख़ां का नौकर शाम के समय पूरा चारा काट के रख देता ताकि सुबह भैंसों का दूध दूहने के लिए भाड़े की आसानी रहे। शमशेर सुबह दूध लेने के लिए एक हाथ में मटका और दूसरे में बख़्तो की ज़ंजीर पकड़े भाड़े को रवाना होता। दोपहर तक वहीं रहता। नौकर का हाथ बंटाता और बारह बजे दूध लेकर वापस गांव आ जाता। बख़्तो साथ मटकती आती। यह उसकी दिनचर्या थी। लेकिन जब से रफ़ीक़ को चुनौती दी थी, दूध किसी के हाथों घर भिजवा देता और ख़ुद बख़्तो के साथ वहीं रातें बिताने लगा। सारी रात जागता। सोने को अपने ऊपर मानो हराम कर लिया। चारपाई कुतरे हुए चारे के बिल्कुल साथ रख कर लेटता। पिछली रात नींद हावी होती और आंखें बार-बार बंद हो जातीं तो उसे रफ़ीक़ अपनी चादर में चारा डालता दिखाई देता, वह तुरंत हड़बड़ा कर उठ बैठता लेकिन इधर-उधर कुछ न पाकर फिर लेट जाता। बख़्तो आराम से खाट के साथ बैठी रहती या आस-पास टहल लेती। अगर यह शर्त फ़ीके के बजाय किसी और से लगी होती तो अधिक चिंता की बात नहीं थी। बख़्तो सब कुछ संभाल लेती मगर शमशीरे की मुसीबत यह थी कि बख़्तो जितना शमशेर से परिचित थी, उतना ही फ़ीके से भी थी।

आज शमशेर नींद के असर में इतना बोझल था कि दिन के समय भी नशे की हालत में लग रहा था। रफ़ीक़ जब बाड़े में पहुंचा, सिवाए बख़्तो के बारा सोया हुआ महल बन चुका था। शमशेर के ख़र्राटे दग़ादग़ा बजा रहे थे। रफ़ीक़ ने भाड़े की यह हालत देखी तो हल्का सा मुस्कुरा दिया। फिर चारपाई के साथ पड़ा गतका और लालटेन उठा कर गन्ने के खेत में फेंक दी। बख़्तो ने उसकी गंध सूंघ

ली और भाग कर पैरो से लिपटने लगी। फ़ीका आराम से आगे बढ़ा, कुतरे हुए चारे के पास चादर बिछाई, उसमें चारा डाला, फिर चादर को चारों कोनों से बांधकर भारी पिंड बना ली और एक ही हल्ले में उठाकर सिर की ओर ले गया। चारा सिर पर रख कर दो क़दम चला, फिर ख़्याल आया, कल कहीं शमशेर मुकर ही न जाए कि उसका चारा चोरी ही नहीं हुआ। वह पीछे हटा, एक ज़ोर की ठोकर शमशेर की खाट को लगाई लेकिन वह सोया रहा। रफ़ीक़ ने खाट को दो और ठोकरें मारीं वह फिर भी नहीं उठा तो फ़ीके ने ग़ुस्से में आकर गठरी ही उस पर फेंक दी। गट्ठर का उस पर गिरना था कि शमशेर को लगा जैसे भूचाल आ गया। बड़ी मुसीबत से उसके नीचे से निकला और अभी नींद और गट्ठर की मार से उसके होश भी बहाल नहीं हुए थे कि रफ़ीक़ ने जल्दी से गट्ठर दोबारा सिर पर रखा और चल् दिया। काली रात का अंधेरा, और नज़दीक ही गन्ने का खेत। रफ़ीक़ गन्ने के खेत में जा घुसा। शमशेर ने इधर-उधर लालटेन टटोली मगर वह ग़ायब थी। नींद में उसे कुछ नहीं सूझा, कि क्या करे? बख़्तो को हुशकार कर पीछे लगा या। कुतिया ने शमशेर के कहने पर रफ़ीक़ का पीछा किया मगर पास पहुंच कर ख़ुद भी साथ चलने लगी। शमशेर को गंभीर उलझन ने घेर लिया। सारा जीवन बख़्तो और गतके के बिना एक क़दम नहीं चला था और अब ये दोनों चीज़ें ग़ायब थीं। इसे रह-रह कर अपने आप पर, उन पर, जिन्होंने शर्त लगाने पर उकसाया, यहां तक कि अपनी बख़्तो पर, जो आराम से फ़ीके की डोली चढ़ गई थी, तेज़ ग़ुस्सा आने लगा। शमशेर ने कई बार बख़्तो को हुशकारा लेकिन उसकी आवाज़ न आई, न ही ख़ुद पलट कर आई। आख़िर शमशेर ने थक कर फ़ीके को आवाज़ दी, ओ फ़ीके शेरा, जो भी हो गया, ठीक है, पर बख़्तो को तो छोड़ दे।

रफ़ीक़ ने शमशीर की रुंधी सी आवाज़ सुनी तो उसने बख़्तो को छोड़ कर भाड़े की ओर भगा दिया और चारा ले कर घर आ गया। शमशेर ने बख़्तो को देखा तो जान में जान आई। उसने चारे पर लानत भेजी, बख़्तो को गोद में लिया

और फिर निश्चिंत होकर सो गया।

शमशेर सुबह उठा तो उसकी नींद का नशा उतर चुका था और रात की घटना हक़ीक़त बन कर सामने आ गई। उसने शर्मिंदगी से बचने के लिए फ़ीके के साथ खुला एलाने-जंग कर दिया और कहा, इस बख़्तो की और मेरे बाप की क़सम आज से मुझ पर लस्सी हराम है जब तक कि फ़ीके का क़त्ल न कर दूं।

एक आदमी हिम्मत जुटा कर बोला, शमशेर खां बख़्तो की क़सम तो ख़ैर ठीक है लेकिन तुम्हारा अब्बा को तो दस साल पहले ही बैल ने सींग मार कर मार दिया था। इसकी क़सम कैसे हो गई? शमशेर ख़ां ने जवाब देने के बजाए उसे एक उल्टे हाथ की धौल जमाई।

*

शमशेर बाड़े से सीधा सादिक़ लोहार की दुकान पर पहुंचा। दुकान क्या थी, कीकर की लकड़ी के चार खंबों पर बांस के डंडे डाल कर एक छप्पर सा खड़ा कर लिया था। इसके नीचे आग की भट्ठी, अलग-अलग किस्म के लोहे के औज़ार और दस-बारह मोढ़े पड़े रहते। सादिक़ लोहार धौंकनी के पहियों को चक्कर देता रहता और लोहा लाल कर के कूटता रहता। अक्सर वहां बैठा कोई न कोई चक्कर घुमाने में सादिक़ का हाथ बंटा देता। दुकान पर सारा दिन गांव के दस-बारह लोग बैठे देश-विदेश की हांकते रहते। उनमें बूढ़े, युवा, मध्यम आयु, सभी प्रकार के लोग होते। बूढ़े अधिक होते। लोहार की दुकान पर रौनक़ की सबसे बड़ी वजह वहां हर समय जलती आग थी, जिसके ताज़ा और मोटे अंगारे इतने सुंदर थे कि उन्हें खाने का मन करता। मुफ्त की आग और ताज़ा हुक्क़ा इतनी आसानी से कहीं और नहीं मिलता था। इसलिए जो ख़बर यहां आती, हवा की तरह गांव में फैल जाती, और उस वक़्त तक उस पर टिप्पणी चलती जब तक उससे बड़ी ख़बर उसकी जगह नहीं ले लेती।

पिछले चार दिन से पूरे गांव में शमशेर और रफ़ीक़ की शर्त ही चर्चा का विषय थी। हर कोई बेवजह रोमांचित था। किसी को कुछ पता नहीं क्या होने

वाला है। दोनों बराबर जोड़ के सूरमा थे लेकिन शमशेर ज़रा बुद्धि का मंद था। हर कोई असमंजस में था, देखें क्या हो? सुबह जैसे ही यह क़िस्सा सादिक़ लोहार की दुकान पर पहुंचा और कहानी कहने वाले ने ख़ूब नून मिर्च लगा कर शमशेर की खजालत की कहानी बताई तो सब दंग रह गए और बहस छिड़ गई कि शमशेर की मूंछें काटने के लिए कौन सी गधी का दूध और किस नाई का उस्तरा ठीक रहेगा। हुक्क़े के धुएं में प्रस्ताव पेश होने लगे। इतने में उन्हें शमशेर आता दिखाई दिया। उसे देख कर सबने चुप्पी साध ली और उसे बैठने को जगह दी। साथ ही ऐसा आभास दिया कि उनको अब तक किसी बात का पता नहीं। शमशेर ने मोढ़े पर बैठने से पहले ही बड़े गुस्से में सादिक़ को संबोधित किया। ओए सादिक़, हथौड़े को हाथ से रख और मेरी बात सुन, मुझे दस इंच चौड़े फल वाली कुल्हाड़ी चाहिए। देगी लोहे की। वज़न उसका दस सेर से कम न हो। तीन फ़ुट लंबे तूत के दस्ते की। यह कुल्हाड़ी आज शाम तक मुझे हर सूरत चाहिए।

हुक्म देते हुए शमशेर के तेवर इतने भड़कीले थे कि सबके होश उड़ गए और किसी को शमशेर से पूछने की हिम्मत न रही कि फ़ीके के साथ क्या हुआ? सादिक़ लोहार ने हिम्मत करके पूछा, ख़ैर है भाई शमशेर, इतने ग़ुस्से की क्या बात हो गई? कुल्हाड़ी क्या करनी है?

क्या करते हैं इस तरह की कुल्हाड़ी से? तुझे नहीं पता? शमशेर गरज कर बोला, मुझे बुद्धू बनके दिखाते हो?

तुम नहीं बताओगे तो क्या मुझे आकाशवाणी होगी, सादिक़ ने मुंह लगे जवाब दिया।

फ़ीके का किरिया-करम करना है। इस कुल्हाड़ी से उसका सिर शरीर से अलग करके चौक वाले कुएं की मुहार से लटकाना है और सबको दिखाना है कि शेर अपने कहे से नहीं टलते। शमशेर ने ये वाक्य इतनो कड़क आवाज़ में कहे कि सब एकदम घबरा गए और गधी के दूध और उस्तरे को भूल गए।

उसे क्यों क़तल करना है, कोई कारण तो होगा। सादिक़ लोहार ने

डरते-डरते पूछा।

बस ऐसे ही, मर्द वजह नहीं बताते। शमशेर ने दो टूक जवाब दिया।

लेकिन वह तो तेरा यार था। यह एकदम क्या हो गया?

यार तो था लेकिन सादिक़ मियां, मैंने सोचा कि दो शेर एक जंगल में नहीं रह सकते। इसलिए अब इस काम को ठप ही देना चाहिए। बस तू आज ही एक सुथरी सी कुल्हाड़ी बना दे। अब फ़ीके की आ ही गई है तो शमशेर ख़ां क्या कर सकता है?

एक व्यक्ति, जो वहां बुज़ुर्ग सा बैठा था, हिम्मत करके बोला, शमशेर खां ज़रा होश कर। लड़ाई-भिड़ाई होती रहती है। फ़ीका दिल का बुरा नहीं। इतना ग़ुस्सा न खा, ठंडे दिल के साथ तय कर। वैसे उसने काम अच्छा नहीं किया।

चाचा नियाज़ुद्दीन, शमशेर गरज कर बोला, इस समय तेरी सलाह देने का समय नहीं। यह सलाह तू फ़ीके की क़ब्र खोदने वालों को देना कि पुत्तर इतने गज़ लंबी करो और इतने हाथ चौड़ी करो। इस समय मेरे हाथ पर न बोल। यह मर्दों के काम हैं बूढ़ों के नहीं।

नियाज़ुद्दीन शमशेर की झिड़क खाकर चुप हो गया। इसके बाद किसी को बात करने का साहस न रहा लेकिन दिल ही दिल में सब ख़ुश थे कि अब इनकी बैंडी फंसी कि फंसी। आध घंटा समझाने और 10 रुपए सादिक़ को पेशगी देने के बाद शमशेर चला गया।

रफ़ीक़ जब दिन के वक़्त शमशेर के बाड़े में गया तो वहां केवल नौकर था। उसने बताया, शमशेर सुबह ही चला गया है।

कुछ ही देर बाद लोगों ने रफ़ीक़ को बता दिया कि शर्त तो एक तरफ़ रही, शमशेर सादिक़ लोहार को कुल्हाड़ी बनाने का बयाना दे आया है। रफ़ीक़ सुन के हंस दिया और अपने घर चला आया।

कुल्हाड़ी बनकर आई तो शमशेर के एक हाथ में बख़्तो की चेन और दूसरे में वह खूंख़ार कुल्हाड़ी रहने लगी। हरकोई चमकती हुई कुल्हाड़ी देख कर दूर

से ही रास्ता बदल लेता।

लेकिन अब शमशेर खुले बाज़ार में किसी न किसी को पकड़ कर खड़ा हो जाता और उसे फ़ीके की होने वाली हत्या के बारे में विस्तार से समझाता। एक-एक पहलू पर विस्तार से बात करता और अफ़सोस करता कि एक अच्छा-भला जवान ख़्वामख़्वाह में दुनिया से उठ जाएगा। सामने वाला भी शेरे की हां में हां मिला देता। दो-तीन दिन इसी तरह बीत गए।

एक दिन इस्माईल तेली नमाज़ के लिए निकला। अस्त्र की अज़ान हुई थी और उसे जमाअत में शामिल होना था। शमशेर का घर मस्जिद के रास्ते में था। उसने घर से निकलते ही इस्माईल को सामने से आते देखा तो सड़क पर ही रोक कर खड़ा हो गया। बख़्तो की सिकड़ी कुल्हाड़ी वाले हाथ में ले ली और चेन वाला हाथ इस्माईल की ओर बढ़ा दिया। इस्माईल बेचारा नमाज़ी और परहेज़गार आदमी, क्या करे और क्या न करे? सलाम लेता है तो हाथ गंदा होता है, नहीं लेता तो एक नई मुसीबत। आख़िर दिल ही दिल में ख़ुदा से माफ़ी मांगी और हाथ मिला लिया। उसके बाद शमशेर ने वही फ़ीके वाला विवाद छेड़ दिया।

चाचा इस्माईल, अब तू ही बता, क्या किया जाए फ़ीके के मामले में?

इस्माईल- भई मेरी तो सलाह है उसे माफ़ कर दे।

शमशेर- यह तो नामर्दों वाली सलाह है।

इस्माईल- तो फिर सलाह किस चीज़ की मांगता है?

शमशीर- यही कि उसकी किस चीज़ से क़त्ल करूं? आख़िर तुम सियाने आदमी हो, बड़ा ज़माना देखा है।

इस्माईल- मियां, मैंने ज़माना तो देखा है पर क़त्ल तो नहीं की ना।

शमशेर- क़त्ल नहीं कि लेकिन उजाड़े (विभाजन) में क़त्ल होते तो देखी है कि नहीं? बस यह बता दे, आसान मौत किस हथियार से होती है।

इस्माईल- देख शमशेर! एक तो यह कि उजाड़े में नहीं देखा जाता था, कि

काफ़िर को किस चीज़ से मारा जाए कि उसे तकलीफ़ कम हो। दूसरी बात यह कि तुमने यह कुल्हाड़ी किसलिए बनवाई है?

शमशेर- फ़ीके की हत्या के लिए।

इस्माईल- जब तुम एक हथियार बनवा चुके हो तो सलाह क्या दूं?

शमशेर- लो यह तो मुझे याद ही नहीं रहा। अच्छा यह बता दो, कुल्हाड़ी किस जगह मारूं कि उसे दर्द भी न हो और वह तुरंत मर भी जाए। ज़रा अनुभव से बताओ।

इस्माईल- शमशेर किस तरह की बातें करते हो? अनुभव से तब बताऊं, जब मैंने किसी को मारा हो। मैंने तो आज तक चूहा नहीं मारा। फिर जब तूने उसे मारना ही है, तो उसकी तकलीफ़ से क्या मतलब?

शमशेर- वाह चाचा इस्माईल वाह, फ़ीका आख़िर मेरा यार है। उसे तकलीफ़ होगी तो क्या मुझे तकलीफ़ नहीं होगी? चाचा तुमने दिलेरों वाली बात नहीं की।

अशके भई अशके, इस्माईल ने हैरान हो कर कहा, तेरे जैसा हत्यारा मैंने पहली बार देखा है जो ऊंट पर तो बैठना चाहता है पर कूबड़ से डरता है। भई अगर तुम्हें इसका इतना ही ख़्याल है तो क़त्ल ही क्यों करता है? बस जाने दे, जो हुआ सो हुआ। अगर तू उसका दर्द नहीं देखना चाहता तो तुझे इतने कड़ियल जवान को मारते हुए दर्द नहीं होगा? बता ज़रा तेरे कलेजे में हूक नहीं उठेगी?

अफ़सोस तो मुझे भी है इस बात का चाचा, शेर जैसा जवान छोटी सी बात पर मरने लगा है पर क्या करूं? आख़िर ज़बान दे बैठा हूं। वैसे भी सबने एक दिन चले तो जाना है। कोई दो दिन आगे, कोई दो दिन पीछे। यह दुनिया ख़तम हो जाने वाली है।

भई मेरी नमाज़ छूटी जा रही है कोई फ़ैसला करो। इस्माईल ने तंग आकर कहा।

जा चाचा नमाज़ पढ़। कहीं तेरी जन्नत न हाथ से निकल जाए। हद हो गई। तुम लोगों को किसी आदमी की जान की परवाह नहीं, नमाज़ की है। जा चला

जा, (ग़ुस्से से) अगर फ़ीका मर गया तो देखूंगा अल्लाह तेरी नमाज़ों को किस खाते में डालता है। इन नमाज़ों के साथ ही नरक में जाएगा। शमशेर ने बख़्तो की ज़ंजीर फिर दाहिने हाथ में ली और रास्ता छोड़ दिया।

उधर फ़ीका अपने काम में लगा रहा। उसे उसके बड़े भाई ने सख़्ती से मना कर दिया कि अभी शमशेर से दूर रहो। ख़्वामख़्वाह दंगा मचाने की ज़रूरत नहीं। भाई के कहने पर वह शमशेर के सामने आने से परहेज करता रहा। शमशेर ने जब देखा कि फ़ीका मेरे सामने नहीं आता तो वह और भी बढ़-चढ़ कर उसके क़त्ल की बातें करने लगा।

एक दिन रफ़ीक़ का बड़ा भाई शमशेर को सामने से आता दिखाई दिया, तो शमशेर ने उसे सलाम किया और बोला, बाई, अपना फ़ीका शेर किधर है? कई दिन से नज़र नहीं आ रहा।

इधर गांव में ही है, रफ़ीक़ का भाई बोला, बस भैंसों के चारे-वारे में लगा रहता है। क्यों, क्या बात है? ख़ैर तो है?

ख़ैर ही तो नहीं है बाई बशीर। बस क़सम ले बैठा हूं उसे मारने की।

ऐं, ख़ैर, बशीर ने हैरानी का प्रदर्शन करते हुए पूछा, शमशेर खां तेरे होश तो ठिकाने पर हैं? कल तक एक दूसरे का निवाला बचाते थे। ठर्रा तो नहीं चढ़ा रखा है?

बाई ठर्रे में नहीं हूं, शमशेर ने लजाते हुए कहा।

यह कोई अच्छी बात नहीं है। बशीर ने अब धैर्य से कहा, अगर वह मेरा भाई है तो तेरा भी तो यार है। उसे मारने से तेरा और मेरा नुक़्सान तो बराबर ही होगा।

बाई, बात तेरी ठीक है, पर क्या करूं? उसे मारने की ज़बान दी हुई है। बस उसी के हाथों से मजबूर हूं। मुझे ग़ुस्सा आया हुआ है। अब तो यह कड़वा घूंट भरना ही पड़ेगा। बस अल्लाह से उसकी माफ़ी की दुआ कर।

मैं तो उसके जीवन की दुआ मांगूंगा।

शमशेर इधर-उधर देखकर बोला, इसका एक तरीक़ा है। इधर कान पास ला।

अपना मुंह उसके कान के पास ले जाकर बोला, उसे कहो, चार-छह दिन इस गांव से आगे-पीछे हो जाए। मेरा ग़ुस्सा ठंडा हो जाए तो फिर आ जाए वरना नुक़सान बहुत हो जाएगा, दोनों घरों का।

बात तो तेरी ठीक है शमशेर खां मगर तुम्हारी क़सम का क्या होगा?

तू इसकी चिंता न कर। ख़ुदा से मैं खुद बात कर लूंगा। यह मेरा और उसका मामला है। बस चार दिन के लिए फ़ीका शेर यहां से चला जाए तो कोई हल निकल सकता है।

ये तरीक़ा ठीक है शमशेर। मैं आज ही उसे झोक घुम्मन भेज देता हूं। मगर इन भैंसों का क्या करूं? अगर वह यहां से चला जाएगा तो उन्हें चारा कौन डालेगा? मेरे तो बस का रोग नहीं है।

शमशेर कुछ देर सोच कर दोबारा बोला, इसका एक उपाय है, उन्हें मेरे बाड़े पर बांध आओ। मेरा नौकर उन्हें चारा डाल दिया करेगा।

ये बात तो तुमने बहुत अच्छी कही। कल सुबह ही रफ़ीक़ को गांव से निकाल कर भैंसें तुम्हारे बाड़े में बांध आता हूं।

शमशेर ने खुश होकर मूंछों पर हाथ फेरा। बख़्तो की ज़ंजीर दूसरे हाथ में की और आगे चल दिया।

*

अगले दिन अस्र का समय था। रफ़ीक़ काम खत्म कर आराम से चारपाई पर बैठा हुक्क़ा पी रहा था। अचानक बाहर से शमशेर की आवाज़ आई, ओ बई फ़ीके शेरा, ज़रा बाहर आ। ज़रूरी काम आ गया। जल्दी आ जा।

आवाज़ में कड़ापन और अक्खड़पन वैसा ही था, जिसके कारण रफ़ीक़ का भाई असमंजस में पड़ गया। रफ़ीक़ बाहर की ओर लपका तो उसे रोकने के लिए बशीर भी उठ खड़ा हुआ और कहा! रफ़ीक़ बाहर मत जा, मैं पूछता हूं, क्या चाहता है?

बाई बैठ जा। कोई बात नही, मैं ख़ुद देखता हूं।

यह कहकर रफ़ीक़ बेझिझक दरवाज़ा खोलकर बाहर निकल गया। उसके पीछे बशीर भी दौड़ा कि कहीं ज़ालिम कुल्हाड़ी न मार दे।

शमशेर के एक हाथ में वही सादिक़ लोहार वाली कुल्हाड़ी और दूसरे हाथ में बख़्तो की ज़ंजीर थी। शमशेर ख़ां रफ़ीक़ को देखते ही बोला, भई फ़ीके शेरा, बात यह है कि अपनी बख़्तो, गत (उठान) पर आ गई है। सुना है चक बेदी वाला में रंग अली शाह का कुत्ता बड़ी नस्ल वाला है। जल्दी तैयार हो। चक बेदी में रंग शाह के कुत्ते से अपनी बख़्तो पर फेरा लगवा लाएं।

रफ़ीक़ ने पलट कर तुरंत पांव में जूते डाले, साफ़ा सिर पर रखा और शमशेर के साथ चल पड़ा।

शमशेर ने बख़्तो की ज़ंजीर अपने हाथ में रखी और कुल्हाड़ी रफ़ीक़ को पकड़ाते हुए बोला, फ़ीके, यह कुल्हाड़ी तू ही पकड़, कमबख़्त सादिक़ लोहार ने दस किलो लोहा इसी पर लगा दिया। इसे पकड़े-पकड़े तो मेरे बाज़ू आधे रह गए। इतनी भारी कुल्हाड़ी मेरे हाथ थमा दी। भला कोई पूछे, मैंने कोई दिल्ली फतह करनी थी?

अस्त्र का सूरज बाएं कंधे पर था। दिन का उजाला था। बादलों के गोले सिर पर उड़ रहे थे। इसी हाल में दोनों लंगोटिए बख़्तो को लेकर गांव के बीच से तेज़ क़दमों के साथ निकल रहे थे।

शरीका

"ये सिखड़ा अपने आपको समझता क्या है? हरामज़ादा सुअर की तरह अकड़ के चलता है, ऊपर से घूरता भी है।'' शोका इस वक़्त ग़ुस्से में था।

''शोके! ज़रा धीरज से काम लो, और ठंडे दिल से सोचो,'' दारे बोला।

''दारे ख़ां! अब सब्र नहीं होता। बात हद से निकल गई है,'' जागीरे ने अपनी मूंछों को बल देते हुए कहा।

''आख़िर ये आक़िल ख़ां हमारी सारी बिरादरी से ताक़तवर तो नहीं। कल खोह से आते हुए टांगें तोड़ दो।''

''लेकिन''

''लेकिन वेकिन कुछ नहीं,'' ग़फ़्फ़ारे ने दारे की बात काटते हुए कहा। ''अभी हम इतने बेग़ैरत भी नहीं हुए कि आक़िल ख़ां दिन दहाड़े हमारी इज़्ज़त पर हाथ डाले। और अब तो बात कमियों के मुंह में भी आ गई है।''

डेरे में बैठा हर शख़्स आज तैश में था, इसलिए बात दारे के हाथ से निकल गई। वह नहीं चाहता था कि लड़ाई हो और बात आस-पास के गांव में फैल जाए, मगर रात के बारह बजे एक फ़ैसला हो गया।

*

सरदार नत्था सिंह की क़िलेनुमा हवेली गांव के बीचो-बीच थी, जिसमें सिखों के पचास घर आबाद थे, जिनमें ज्यादातर तादाद ज़मीनदारों की थी। गांव में ज़मीन तो चौधरी सरदार मोहम्मद उर्फ़ दारे ख़ां और सरदार अहमद बख़्श की भी काफ़ी थी, लेकिन रोब-दाब नत्था सिंह का ही था। सिख और मुसलमान का भेद-भाव बिल्कुल नहीं था। गांव वाले दुख-दर्द के साझे और सदियों से एक दूसरे के मददगार थे। कुल मिला कर ज़िंदगी अमन चैन से चल रही थी कि अचानक विभाजन का अज़ाब आ पड़ा। सारी फ़ाख़्ताएं उड़ गयीं। नत्था सिंह

को भी हवेली छोड़नी पड़ी। छकड़ों पर सामान लद गया और सारा क़बीला लुधियाना के लिए बैलगाड़ियों पर सवार हो गया। चलने से पहले लोगों की गिनती हुई तो मालूम हुआ कि शेर सिंह ग़ायब है। हज़ार ढूंढ़ा लेकिन पता न चला। आख़िरकार नज़ीरे तेली ने ख़बर दी।

''सरदार जी! शेर सिंह मस्जिद में बैठा मौलवी जान मोहम्मद से कलमा पढ़ रहा है।''

यह सुन कर सरदार जी के होश उड़ गए। ख़बर धुएं की तरह उठी तो माई धेरां ने दोहत्तड़ पीटा और बैन (विलाप करने) लगी। नत्था ने जल्दी से दलबीर को भेजा कि भाई को लेकर आए। उसने लाख मन्नतें कीं लेकिन उसको न आना था न आया।

क़ाफ़िला तीन दिन तक रुका रहा। माई बाप ने क्या क्या न समझाया, मगर शेर सिंह टस से मस ने हुआ। केश कटवाकर कृपान नत्था सिंह के मुंह पर मारी और मुसल्ला होने का एलान कर दिया। आख़िर सरदार जी ने बेटे की हठधर्मी के आगे हथियार डाल दिये। हवेली की चाबियों के अलावा सौ एकड़ ज़मीन के काग़ज़ात भी उसके हवाले किये। रोती पीटती धीरां के साथ बाक़ी औलादों को लिया और लुधियाना चला गया।

उधर गांव में शादियाने बजने लगे। मौलवी जान मोहम्मद ने शेर सिंह का नाम आक़िल ख़ां रख दिया कि उसने मुसलमान हो कर बहुत अक़्लमंदी का सबूत दिया है। दोज़ख़ और हिजरत दोनों से बचा।

नत्था सिंह की हवेली जो अब आक़िल ख़ां के पास थी, उसकी दीवार दारे ख़ां के छोटे भाई जमालुद्दीन के घर से मिली हुई थी। शैदां उसी जमालुद्दीन की बेटी, नाक नक़्शे की दुरुस्त, बेबाक तबीयत की मालिक थी। उधर ये बीस साल का ख़ूबसूरत नौजवान था। लिहाज़ा, कभी ये दीवार से उधर और वह

दीवार से इधर। विभाजन को तीन साल हो गए, किसी को कानो-कान ख़बर न हुई। यूं आराम से निभ रही थी कि एक दिन आक़िल ख़ां ने जाने क्या सोच कर जमालुद्दीन से रिश्ता मांग लिया। उस वक़्त चौधरी बिदके और उन्हें मामले की संजीदगी का अहसास हुआ। फ़ौरन इन्कार कर दिया, बल्कि लेन-देन भी ख़त्म कर दिया। उसने बड़ा ज़ोर मारा लेकिन कोई बस न चला। लाख ज़मीनों का मालिक सही, आख़िर था तो सिख का बेटा। चौधरी रिश्ता दे कर ज़माने को क्या मुंह दिखाते।

अंत में शैदां दारे ख़ां के बेटे शोके से ब्याह दी गई। मगर आक़िल ख़ां भी चुपचाप न बैठा, उससे बराबर मिलता रहा। पांच साल होने को आए। उसके दो बच्चे हो गए मगर उधर वही जज़्बा, बल्कि अब तो एहतियात भी कुछ बाक़ी न रही और बात दूर तक निकल गई। कुछ लोग तो यहां तक कहने लगे कि बच्चे शौकत के नहीं, आक़िल ख़ां के हैं।

शोके ने शैदां को लाख मारा-पीटा, कई बार आक़िल ख़ां को भी धमकाया, लेकिन नतीजा सिवाए बदनामी के कुछ न निकला। कई बार चौधरियों की नीयत बदली मगर कोई कार्रवाई न कर सके। इस तरह कुछ और वक़्त गुज़र गया। आख़िर चौधरी कहां तक बरदाश्त करते, इसलिए अब उन्हें आख़री फ़ैसला करना पड़ा।

वह खलिहान पर पहुंचा तो शब्बीरा भैंसों के चारा डाल रहा था। उसने अपनी छड़ी, जिसका दस्ता छह फ़ुट लंबे बांस का था, एक पेड़ के तने से लगा दिया और चारपाई पर लेट गया। उसने सोचा, मैं भी कोई बुज़दिल नहीं, आध सेर घी तो मेरी एक दिन की ख़ुराक है। गांव में बस एक शब्बीरा ही ऐसा है जो मेरे मुक़ाबले का है, लेकिन वह भी मेरा ही आदमी है। वैसे भी जब वह फ़िरोज़पुर से आया था तो मैंने ही उसकी मदद की, रहने को अपने खोह पर जगह दी।

आज सात साल हो गए मेरी ज़मीन काश्त करता है।

उसने सोचा, ये भी अच्छा ही हुआ कि शब्बीरा मेरे ही पास चला आया। गांव में कोई तो ऐसा है जो मेरा अपना है। इन्हीं ख़्यालों में गुम था कि शब्बीरा पास आ बैठा। शब्बीरे को देख कर आक़िल ख़ां उठ बैठा। कुछ देर ख़ामोशी छाई रही। आख़िर आक़िल ख़ां की तरफ़ देखते हुए शब्बीरा बोला, "भाई आक़िल ख़ां, आजकल चौधरियों के तेवर ठीक नज़र नहीं आते।"

"लगता मुझे भी कुछ ऐसा ही है। फिर क्या किया जाए," आक़िल ख़ां उठते हुए बोला।

"करना क्या है? मैं तो कहता हूं, शैदां का पीछा अब छोड़ ही दे। कहीं कोई नुक़सान न हो जाए," शब्बीर ने धीमे लहजे में कहा।

"शब्बीरे, ये नहीं हो सकता!" आक़िल ख़ां बोला।

"आख़िर क्यों नहीं हो सकता?" शब्बीरे ने पूछा।

"इसलिए कि उस बेचारी की ख़ातिर तो मैंने वाहेगुरु से बेवफ़ाई की। दीन धर्म बदला, और सारी बिरादरी से लानतें लेकर मुसल्ला हुआ। जब सारा क़बीला लुधियाने चला गया तो मैंने उसी ख़ातिर गांव न छोड़ा और शेर सिंह से आक़िल ख़ां बना, बेबे रोती-पीटती चली गई।"

कुछ देर रुक कर बोला, "फिर तू भी तो मेरे साथ है। उनको पता है कि एक साथ दो शेर संभालने मुशकिल हैं।"

शब्बीरा ये सुन कर कुछ देर चुप रहा। फिर कहने लगा, "भाई आक़िल खां, ठीक है, मैं तेरे साथ हूं। आख़िर तुझे बड़ा भाई समझता हूं, लेकिन फिर भी एहतियात से।"

जब आठ-दस दिन फ़ैसले को हो गए और चौधरियों कि तरफ़ से कोई कार्रवाई न हुई तो आक़िल ख़ां फिर हौसले में आ गया। दूसरा ग़ज़ब यह हुआ

कि सरदार अहमद बख़्श ने पैग़ाम भेज दिया जिसका दारे ख़ां से शरीका था।

''आक़िल ख़ां कोई बात नहीं। हौसला रखना। हम तेरे साथ हैं। आख़िर सरदार नत्था सिंह को मैंने भाई कहा था। आज उसके बेटे को अकेला कैसे छोड़ दूंगा।''

इन बातों से आक़िल ख़ां पहले से भी शेर हो गया और खुल कर खेलने लगा। फिर बात यहां तक पहुंची कि चौधरियों के मुहल्ले से गुज़रते हुए ऊंची-ऊंची खांसता और तरह-तरह की आवाज़ें भी कसने लगा।

''सुन दे सी गे, मैदान लगनावा, पर चुप चांद इ हो गई आ। बेबा! शेरां नाल मैदान लाने कोई सोखखी गल आ। पंसेरी कलेजा चाही दा, पंसेरी।''

*

आज नौचंदी थी। गांव की ग़रीब औरतें और बच्चे आक़िल ख़ां की खोह खेत पर जमा थें। आक़िल ख़ां भैंसों का दूध उनमें बांटने लगा। हर नौचंदी को दूध बांटने की रस्म उसके दादा सरदार मोहन सिंह से चली आती थी। जब शाम का धुंधलका छा गया, औरतें और बच्चे अपने घरों को चले गए तो आक़िल ख़ां कुछ देर बैठ कर हुक़्क़ा पीता रहा। फिर एक हाथ में अपनी लाठी और दूसरे में कुतिया की ज़ंजीर पकड़ कर उठ खड़ा हुआ और जाते जाते शब्बीरे को आवाज़ दी (आज उसने रहट चलाया हुआ था)।

''ले शब्बीरे रब रखा, मैं चलिया, तू अज कमादिनों पानी ला के सोना।''

शब्बीरे ने हाथ के इशारे से जवाब दिया और अपने काम में लग गया।

अंधेरा छा चुका था। वह बेफ़िक्री से चलता हुआ जैसे ही चौधरियों के मुहल्ले के नुक्कड़ पर पहुंचा, कुछ जवानों ने रास्ता रोक लिया।

शोका सबसे आगे था। उसने कहा, ''ले आक़िल खां, हमने आज पंसेरी कलेजा कर लिया और मैदान में भी आ गए, तू संभल ले।''

आक़िल ख़ां एक बार तो घबरा गया लेकिन जल्द ही ख़ुद को संभाला। कुतिया की ज़ंजीर खोल दी और लाठी को मज़बूती से पकड़ कर डट गया। डांगों (लाठी) और छड़ियों की बारिश होने लगी। आक़िल ख़ां बेजिगरी से लड़ रहा था। डांगों के खड़कने की आवाज़ दूर तक सुनाई देने लगी जिसकी धमक शब्बीरे के कान में भी जा पड़ी। उसने सोचा, हो न हो चौधरी आक़िल ख़ां से भिड़ गए हैं। उसने जल्दी से अपनी डांग पकड़ी और मदद को भागा।

लड़ाई तो दो मिनट में ही ख़त्म हो जाती लेकिन आक़िल ख़ां की कुतिया ग़ज़ब की निकली, उछल कूद कर चौधरियों को काटने लगी। उधर आक़िल ख़ां के साढ़े छह फ़ुट क़द और लंबे दस्ते वाली लाठी ने भी बड़ा काम किया। दो तीन चौधरियों को ज़ख़्मी करके गिरा दिया। लेकिन कहां तक, आख़िर पांच मिनट बाद आक़िल ख़ां भी गिर गया। शब्बीरा पहुंचा तो चौधरी जा चुके थे। बाक़ी भीड़ जमा थी। शब्बीरा चौधरियों को गालियां देते हुए जब आक़िल ख़ां के नज़दीक आया और उसे उठाने की कोशिश की तो वह उठ न सका। उसने देखा कि दोनों टांगें टूट चुकी थीं और कुतिया पास खड़ी ज़ख़्मी हालत में लगातार भौंक रही थी।

ख़ैर, रात के दस बजे शब्बीरे ने आक़िल ख़ां को शहर के अस्पताल पहुंचाया। इलाज शुरू हो गया। दूसरे दिन रपट दर्ज करवा दी और मुक़दमा चल पड़ा।

उधर शब्बीरे की देख-रेख और घी-दूध की बदौलत आक़िल ख़ां के ज़ख़्म जल्द ही भरने लगे, यहां तक कि कुछ ही महीनों में वह दोबारा चलने फिरने लगा, मगर टांगों में एक प्रकार का लंगड़ापन पैदा हो गया कि दूर से ही ऐब दिख जाता था। यानी वह पहली वाली बात न रही। फिर भी उसने दिल छोटा न किया और पैदल चलने के बजाय घोड़े पर बैठ कर खोह पर आने जाने लगा।

दूसरी ओर चौधरियों ने टांगें तो तोड़ दीं मगर शब्बीरे और अहमद बख़्श ने

उन्हें केस में ऐसा उलझाया कि जान छुड़ाना मुश्किल हो गया। मुक़दमा लंबा होता गया यहां तक कि सालों साल लंबा हो गया। इधर धीरे धीरे आक़िल ख़ां का इश्क़ भी ठंडा पड़ गया। एक तो जिस्म में वह शक्ति न रही दूसरे मुक़दमे के उल्झावे ने उसका ध्यान बांट दिया। मगर एक कसक सी दिल में अब भी बाक़ी थी।

फिर एक दिन कुछ लोगों ने दोनों पार्टियों में सुलह करा दी जिसमें चौधरियों को कुछ तावान (हरजाना) देना पड़ गया। मगर वक़्त गुज़रने के साथ न जाने क्यों आक़िल ख़ां बुझा बुझा सा रहने लगा। बात भी कम कम ही करता। बहुत बार शब्बीरे ने भी हौसला दिया, मगर उस पर एक उदासी छाई रहती। अब वह रात को अक्सर गांव आने के बजाय शब्बीरे के पास खोह पर ही रहने लगा था। कभी कभी चुपके से रो भी लेता। इस तरह कई साल और गुज़र गए। आख़िर एक दिन शब्बीरे से कहने लगा, "शब्बीरे! कुछ दिनों से बेबे बहुत याद आ रही है। उसका जाते वक़्त का रोता हुआ चेहरा आंखों से नहीं हटता। जाने क्यों आज मेरा दिल करता है, फूट फूट कर रोऊं। अब तो कई साल ख़त आए हो गये। पता नहीं छोटी जेनां का क्या हाल होगा। बख़्तां मारी ब्याह दी गई होगी। जाने लगी तो मेरी टांगों से चिमट गई कि वेरे को साथ लेकर जाऊंगी... वाहे गुरु की सौगंध, रात को नींद नहीं आती।"

कुछ देर रुक कर आंखें पोंछते हुए बोला, "शब्बीरे! कोई मुझसे सब कुछ लेले, पर मुझे बापू और बेबे तक पहुंचा दे।"

आक़िल ख़ां की बातें सुन कर शब्बीरे के भी आंसू निकल आए। उसे भी अपने मां-बाप याद आ गए, जो अठारह साल पहले फ़िरोज़पुर से आते हुए बलवे में मारे गए थे।

फिर एक दिन आक़िल ख़ां ने तहसील जाकर दस एकड़ ज़मीन शब्बीरे के नाम कर दी और लुधियाने जाने का फ़ैसला कर लिया। सारे गांव में यह ख़बर फैल

गई कि आक़िल ख़ां अपनी ज़मीन बेचकर लुधियाना जाना चाहता है। बात जैसे ही अहमद बख़्श के कान तक पहुंची, उसने ज़मीन ख़रीदने का इरादा कर लिया क्योंकि उसे मालूम था कि इतनी अच्छी और ढंग की ज़मीन हाथ आने का इससे अच्छा और सस्ता मौक़ा फिर नहीं आएगा। उसने आक़िल ख़ां से कहा, ''आक़िल खां, सरदार नत्था सिंह मेरा भाई बना था, इसलिए पहला हक़ मेरा है।'' ख़ैर, आक़िल ख़ां अहमद बख़्श के हाथों ज़मीन बेचने को तैयार हो गया। उधर चौधरियों को पता चला तो वे पेच-ताब खाने लगे। अहमद बख़्श का आक़िल ख़ां से ज़मीन ख़रीदना उन्हें बिल्कुल पसंद न था। मगर मुसीबत यह थी कि आक़िल ख़ां दारे ख़ां को ज़मीन कभी नहीं देता। ये दारे ख़ां को भी पता था।

मग़रिब की नमाज़ के बाद तो मस्जिद के दरवाज़े पर इस ज़मीन के मामले पर चौधरी दारे ख़ां और अहमद बख़्श के बीच बड़ी ले-दे भी हुई और दारे ख़ां ने अहमद बख़्श को यह धमकी भी दी कि तू हमें नहीं जानता, शरीके के मामले में हम क्या कर सकते हैं। ये ज़मीन हमारी ज़मीनों के साथ पड़ती है, इसलिए अगर ज़मीन ख़रीदेंगे तो हम ही। इसपर सरदार अहमद बख़्श मज़ाक़ उड़ाने वाले अंदाज़ में हंसा और आगे बढ़ गया। दूसरे दिन अहमद बख़्श रक़म और गवाह लेकर तहसील पहुंच गया कि शाम को आक़िल ख़ां के साथ उसकी बात पक्की हो गई थी, लेकिन उसने देखा कि दारे ख़ां कुछ आदमियों के साथ वहां पहले से मौजूद था। वह उसे देखकर हैरान रह गया और फिर यह सुन कर तो बेहोश होते होते बचा कि आक़िल ख़ां ने ज़मीन कुछ देर पहले ही दारे ख़ां के हाथ बेच दी है। अहमद बख़्श ने आक़िल ख़ां की तरफ़ मुड़ कर बिगड़ते हुए पूछा, ''ये तूने क्या किया, तुझे हया न आई?''

उस पर आक़िल ख़ां ने सिर झुका कर कहा, ''चाचा अहमद बख़्श, रात दारे ख़ां के साथ वह आई थी - अब तू ही बता, मैं शैदां की बात कैसे टाल देता?''

शहाबू ख़लीफ़ा का शक

सियालकोट से पीर मस्त के चलने की ख़बर क्या आई कि पूरे क्षेत्र में मेले जैसा माहौल बन गया। पिछले साल का शिकार लोग कैसे भूल जाते। आंखों के सामने पीर मस्त के कुत्ते और उनकी तेज़ी-फुर्ती घूमने लगी। घर आंगन और चौक-चौराहे पर कुत्तों की बातें होने लगीं। जहां दो लोग जमा हुए पीर मस्त के कुत्तों की बातें होने लगीं। शाम होने से पहले तो बच्चों से लेकर बड़े बूढ़ों की टोलियां जगह जगह उसी की चर्चा में मगन दिखतीं।

"मियां कुत्ते क्या हैं चीते हैं चीते। एक पांव बढ़ाया और पंद्रह गज़ समेट लिए," एक बोला।

"लो और सुनो, वो तो चलते-फिरते काल हैं। चीता बेचारा क्या जाने कि शिकार कैसे करते हैं? पिछले साल तूने देखा नहीं? पीर मस्त के काले ने टीले से उतरते ही ख़रगोश पर कैसी झपट मारी," दूसरा कहने लगा।

"हां! वाह भई, मज़ा आ गया था। ऐसी ऊंची छलांग, मियां ख़ुदा झूठ न बुलवाए, काला पांच मिनट तक तो हवा में ही रहा, फिर जो एक पंजा दिया तो ख़रगोश बेचार बीस लुढ़कुनियां खा गया। और अभी हवास उड़े ही हुए थे कि आंतें चीतल के मुंह में थीं। बस जी जहां चीतल और काला पहुंच गए, फिर वहां यमराज की इज़्ज़त तो मिट्टी में मिल गई," दिलावर बोल पड़ा। "बेचारा हर बार मुंह की खाता है कि शिकार की जान उसके पहुंचने से पहले ही कुत्ते निकाल लेते हैं।"

इस तरह जहां से गुज़रते, पीर मस्त और उसके दोनों कुत्तों, काले और चीतल की बात हो रही होती। एक बार तो इसी बातचीत में बहस छिड़ गई और सिरफुटव्वल तक बात पहुंच गई। हुआ यह कि ख़ैर मोहम्मद ने भांग पी रखी थी, और उसी तरंग में उसने कहीं शाहदीन के फ़ाइटर की तारीफ़ कर दी। अब

भला यह कोई मौक़ा था फ़ाइटर का नाम लेने का? कहाँ पीर मस्त का चीतल और कहां शाहदीन लंगड़े का फ़ाइटर? जैसे कि शेर और बकरी को मिला दिया। नूर ख़ान के पीपल की छांव में बैठे सारे लोगों के चेहरे लाल हो गए। हयात ख़ान का तो ख़ून ही खौलने लगा।

"ओ शाहदीन के चिड़े, तूने समझा क्या है फ़ाइटर को? वही जो मुर्ग़ी को देखकर भाग जाता है? उससे तो निज़ामुद्दीन की बकरी दिलेर है।" एक तरफ़ से शामू फ़ौजी बोला, जो फ़ौज का भगोड़ा था।

"वाह भई वाह शामू! शाहदीन के फ़ाइटर की बकरी से तुलना करना आप ही के लायक़ है!" जलाल अहमद कहने लगा। "यूं कहो कि जैसा गीदड़ शाहदीन वैसा ही उसका फ़ाइटर।"

बस इसी पर शाहदीन के भांजे को ग़ुस्सा आ गया। उसने वहीं उल्टे हाथ से जलाल के सिर पर गतका जमा दिया। फिर क्या था, क्या जूते और क्या लकड़ियां, जो जिसके हाथ में आया खींच मारा, और पांच मिनट में हर बंदा रंगीन हो गया। फिर आप ही आप लड़ाई बंद कर दी कि यह एक फ़ज़ूल काम था।

ख़ैर यह सब तो एक तरफ़, लेकिन अगर सच पूछें तो मैं कहूंगा कि पीर मस्त के कुत्तों का सचमुच में जवाब नहीं था। इसलिए कि पिछला शिकार मैंने ख़ुद अपनी आंखों से देखा था। ढाई-ढाई फ़ुट ऊंचे चमकते हुए शिकारी नस्ल के काले कुत्ते थे। पांव में चांदी की झांझरें और चांदी की ही ज़ंजीरें गले में थीं। शिकार के पीछे दौड़ते तो छन-छन की आवाज़ आसमान को चीरती सुनाई देती। गोश्त और शिकार से इतने ताक़तवर हो गऐ थे कि एक कुत्ते की ज़ंजीर को दो आदमी पकड़ते, फिर भी घिसटते चले जाते। शिकार के वक़्त तो छलांग ऐसी लगाते कि नज़र चकरा जाती जैसे बिजली की कौंध आंखों के सामने से

निकल गई हो। जब से मैंने शिकार देखा, आइंदा का इंतिज़ार रहा। और अब वह मौक़ा दोबारा आ रहा था।

बात यह थी कि पीर मस्त जिनके बारे में मशहूर था कि उनके दादा ने मिट्टी की दीवार पर बैठकर हुक्म दिया कि चल, तो दीवार चल पड़ी थी, सियालकोट के गांव में रहते थे जहां उनकी बड़ी ज़मीन-जायदाद थी और पूरे पंजाब में हज़ारों मुरीद थे।

हज़रत साहब ने दो कुत्ते पाल रखे थे। वह हाड़ के तुरंत बाद अपने गांव से पैदल चल निकलते जिसका एक मक़सद तो शिकार करना और दूसरे अपने मुरीदों के यहां फेरा लगाना होता था। क़स्बे से निकलने से पहले एक आदमी रास्ते में पड़ने वाले सारे गांव में ख़बर कर देता। पीर साहब अपने क़स्बे से दो ख़लीफ़ों और दोनों कुत्तों, चीतल और काले के साथ निकलते और शिकार करते करते पैदल एक गांव से दूसरे गांव तक पहुंच जाते। रात वहीं गुज़ारते और अगले दिन वहां से चार-पांच मुरीद साथ हो लेते। इस प्रकार जैसे जैसे एक गांव से दूसरे गांव क़ाफ़िला गुज़रता जाता। क़ाफ़िला बड़ा होता जाता और शिकरा में रौनक़ पैदा होती जाती। रात जिस गांव में ठहरते वहां पीर मस्त और उसके कुत्तों की इस क़दर सेवा होती कि लोगों को जलन होने लगती। ख़ूब मालिशें होतीं और सर्फ़ के गर्म पानी से नहलाया जाता। रात को पीर मस्त उन्हें अपने साथ सुलाता, एक को दाईं और दूसरे को बाईं तरफ़। इसी तरह पिछले गांव से क़ाफ़िले में शामिल होने वाले मुरीदों की भी काफ़ी आवभगत होती। चूंकि हर गांव में पीर मस्त के कई मुरीद थे, जिनमें से कई शिकार के भी शौक़ीन थे इसलिए हमारे गांव पहुंचते पहुंचते क़ाफ़िले में सैंकड़ों मुरीदों शामिल हो चुके होते। अब जैसे-जैसे हमारे गांव में पीर मस्त के आने के दिन क़रीब आ रहे थे जोश व उत्साह बढ़ रहा था।

पीर मस्त हमारे गांव में दो दिन डेरा डालते और गांव के दक्खिनी टीले को

शिकार के लिए चुना जाता, जहां कभी ब्यास नदी अपनी पूरी रवानी पर बहती थी। अब वहां दूर तक ओक के पौधे और कांटेदार झाड़ियां और बबूल के पेड़ उगे हुए थे। उसके साथ कई रेत के टीले बन गए थे। उन्हीं टीलों और झाड़ियों में ख़रगोश, सूअर, सियह और उसी प्रकार के हज़ारों जंतु घूमते-फिरते थे। कई लोगों का तो कहना है कि वहां अज़दहे (बड़ा सांप) भी देखे गए हैं। यानी कि शिकार के लिए यह इलाका जन्नत था और सच तो यह है कि चीतल और काले की महारत यहीं खिलती थी।

ख़ैर, ख़ुदा ख़ुदा करके एक शाम पीर मस्त का गांव में आना हो गया। कोई दो सौ आदमी ढोल बजाने वाले के साथ स्वागत के लिए बाहर निकल आए। आगे-आगे पीर मस्त और उसके कुत्ते थे जिनके पट्टों में सोने की कीलें जड़ी थीं और चांदी की लंबी-लंबी ज़ंजीरें मुरीदों ने पकड़ रखी थीं। पीछे सौ आदमी और थे। कुछ आदमी हमारे गांव के भी साथ थे जो एक दिन पहले ही जाकर उनके साथ हो गए थे।

जैसे ही पीर साहब नज़दीक आए, लोगों ने भाग-भाग कर पहले उनके पांव चूमे और फिर कुत्तों के मुंह सिर चूमने लगे। इस धक्कम-पेल में भीड़ इतनी बढ़ गई कि पीर मस्त कुत्तों समेत बौखला गए। दूसरी ओर ढोल की थाप और पटाख़ों के शोर में कुछ सुनाई नहीं दे रहा था। कुछ लोग गुलाब और चमेली के हार पीर मस्त और उनके कुत्तों के गले में डालने लगे। फूलों की पत्तियां बिखरने लगीं। जो हार बच गए उन्हें मुरीदों के गले में डाल दिया गया। आख़िर बहुत धूम-धाम से पीर मस्त को हयात ख़ान के चबूतरे पर लाया गया, जहां चबूतरे और बाज़ार में दूर तक चारपाइयां पहले से ही बिछा दी गई थीं। पीर मस्त और उसके कुत्तों की चारपाइयां सामने ही तख़्त की तरह थीं, जिनमें से एक पर पीर मस्त और दूसरी पर चीतल और काला विराजमान हो गए। बाक़ी

लोग सामने बैठ गए।

थोड़ी देर बाद सारे लोगों का शरबत से सत्कार किया गया लेकिन ख़ास पीर मस्त के लिए संदल तैयार करके पेश किया गया और कुत्तों के सामने संदल मिला दूध का बड़ा कटोरा रख दिया गया। इसके बाद गांव वालों का तांता बंध गया। जो आता पीर मस्त के पांव पर सिर रख देता। पीर मस्त दो-तीन बार उसे थपकी देते फिर वह कुत्तों के मुंह और पांव को छूता। कुछ तो कुत्ते को चूम भी लेते। इसके बाद बड़े आदर से पिछली चारपाइयों पर बैठ जाते।

रात दस बजे तक लोग इसी प्रकार आते जाते रहे और बातें होती रहीं। फिर अचानक पीर मस्त ने जोश के साथ उपदेश देना शुरू कर दिया। भीड़ पूरी लगन से सुनने लगी।

''बस अल्लाह से नज़दीकी यही है कि उसकी सृष्टि से प्यार करो। किसी को तकलीफ़ देना बहुत बड़ी ख़राबी है, चाहे वह कुत्ता ही क्यों न हो, मुहब्बत तुम पर फ़र्ज़ (अनिवार्य) है, यही तुम्हारी नमाज़ है और यही ज़कात (धर्म दान), इसके बिना न रोज़ा है न नमाज़, बताओ मुझे कहफ़ के कुत्ते ने कितनी नमाज़ें पढ़ीं? बोलो, बलअम बाऊर के गधे ने कितने रोज़े रखे? (थोड़ा रुक कर) गए दोनों जन्नत में। कुत्ता भी और गधा भी।''

ख़लीफ़ा जो दाहिनी ओर खड़ा था, ऊंची आवाज़ में बोला, ''हक़ है सरकार, हक़ है सरकार!'' (सच बात है सरकार)

(कुछ देर ख़ामोशी के बाद) ''जो मुहब्बत करेगा जिससे, जाएगा वह साथ उसके, चाहे बंदा (इंसान) करे मुहब्बत साथ बंदे के, चाहे करे मुहब्बत कुत्ता साथ बंदे के।''

''हक़ है सरकार, हक़ है सरकार!'' (ख़लीफ़ा बार-बार बोलता)

रात ग्यारह बजे तक यूं ही तकरीर चलती रही। पीर मस्त की रोबदार आवाज़

पूरी महफ़िल को अपने जादू में लिए हुए थी।

अगले दिन दक्खिनी टीले की ओर चल पड़े। दस डंडे वाले आगे-आगे चलने लगे। ले झाड़ियों पर डंडे मारते और तरह-तरह की आवाज़ें निकालते, सीटियां बजाते। जैसे ही कोई ख़रगोश या सियार निकल कर भागता, कुत्तों का काम शुरू हो जाता। पीर मस्त ''हक़ मदद हू!'' कह कर कुत्तों की ज़ंजीर खोलने का इशारा करता। फिर तो ऐसा उत्साह बढ़ता कि आंखों ने देखा हो तो विश्वास करे। ऐसे ही झाड़ियों से एक गीदड़ निकल आया जो सीधा झील की ओर भागा, मगर उसी पल चीतल ने उसे आगे से जा घेरा, बेचारा उल्टे पांव फिरा तो सामने काला था। फिर तो उसने आव देखा न ताव सीधे पीर मस्त के कंधे के ऊपर से छलांग मारता हुआ पूरब की ओर भागा। इस अचानक हमले से पीर साहब टीले से लुढ़के और कई लढ़कनी खा गए। मगर रेत की वजह से कोई ख़ास चोट नहीं आई, और कपड़े झाड़ कर खड़े हो गए। उधर तमाशा देखने वालों की हुल्लड़बाज़ी और चीख़-पुकार ने और भी हंगामा मचा दिया। इधर चीतल और काला हवा में उड़ते हुए उसके आगे हो लिए। इस अफ़रा-तफ़री में गीदड़ ऐसा बदहवास हुआ कि ज़मीन छोटी पड़ गई। कभी इस झाड़ी में मुंह छुपाता कभी उस झाड़ी में। लेकिन काल को कौन टाल सके। जब चारों ओर से कुत्तों ने समेट लिया तो बेचारे ने मजबूर हो कर एक घूरे में मुंह डाल लिया।

जैसे ही चीतल के दांत उसके पेट में घुसे कि एक ऐसी भयानक चीख़ निकली जो जंगल को दूर तक चीड़ती हुई निकल गई। दूसरे ही पल काला ने टांगों को जबड़े में पकड़ कर बाहर घसीट लिया। फिर दो ही मिनट में पेट खाल से बाहर निकल आया। इसके साथ ही ''हक़ हू! मदद ग़ौस!'' का शोर उठा। कुछ देर तक कुत्ते गीदड़ की लाश से खेलते रहे फिर किसी विजेता की चाल

के साथ पीर मस्त की ओर मुड़ आए। पीर मस्त ने बारी-बारी दोनों को थपकी दी और अजीब मस्ती के साथ मुस्कुराया।

यानी शाम चार बजे तक एक गीदड़, दो सूअर, तीन ख़रगोश और एक सियार का शिकार किया। फिर सारी भीड़ कुछ देर आराम करने के लिए बबूल और दूसरी झाड़ियों के साए में बैठ गई जबकि दो चेले काला और चीतल की मालिश करने लगे। हालांकि पीर मस्त मेरे गांव कई बार आया था लेकिन मैंने यह शिकार दूसरी बार ही देखा और ऐसा देखा कि आंखों में नज़ारा बस गया। रात को दरबार लगा तो मज़े-मज़े की बातें सुनीं।

''पीर जी देखा, चीतल ने तीसरे टीले से कैसी छलांग मारी,'' एक ख़लीफ़ा बोला।''हज़ूर मैंने तो समझा कि मेरे सिर पर से कोई हवाई जहाज़ निकल गया। एक दम शां की आवाज़ आई।''

दूसरा ख़लीफ़ा बोला, ''मेरी तो जान ही उड़ गई थी। धम से औंधा मुंह जा गिरा।''

''हज़रत, गीदड़ को आपसे गुस्ताख़ी महंगी पड़ी,'' शामू कहने लगा।''मैं देख रहा था कि जब आप लुढ़के तो काले के तलवों में जा लगी। मैंने तो समझ लिया कि अब गीदड़ का कचूमड़ निकल के रहेगा।'' शामू की इस बात से पीर मस्त थोड़ा खिसियाना हुआ। उसी पल हयात ख़ां ने शामू को घूर कर देखा।

''बस फिर बाबा जी आपने भी ऐसी क़लाबाज़ियां लगाईं कि हम तो दंग रह गए,'' शामू ने फ़ौरन ही सुर बदला।''पहली बार आपकी तेज़ी-फुर्ती देखी।''

''हां शामू, अगर मैं उस समय तेज़ी न देखाता तो हरामी के पंजे आंखों में घुस जाते,'' पीर मस्त ने साफ़ किया।

शेरू चूड़ीवाला जो हर कहानी को छंद में कह देता था उसने गाना शुरू किया।

देखी अज मैंने कुत्तों के कमालां

काले की दौड़ां, चीतल की छालां
जंगां में देखे ना ऐसे बहादुर
मौतां, क़ज़ावां के लंग जावें बाडर
सोरां ते गीदड़, सहवा ते गोशां
रहियां ना चीतल को देख के होशां

चूड़ी वाले की आवाज़ ने ऐसा मंज़र बनाया कि जंग का मैदान नज़र आने लगा।

ख़ैर जब रात काफ़ी हो गई और थके हारों को नींद आने लगी तो पीर मस्त ने अगले दिन का प्रोग्राम बना कर महफ़िल ख़त्म कर दी।

अगले दिन 11 बजे तक सारे टीले छान मारे, एक एक झाड़ी हिला डाली, मगर एक चूहा तक न मिला। ख़ुदा जाने कहाँ गुम हो गए। जैसे जैसे समय बीतने लगा उकताहट बढ़ती गई। एक बजे के बाद तो पीर मस्त ने हौसला छोड़ दिया और आदेश दिया कि शिकार जंगल को छोड़ कर कहीं खेतों में जा घुसे हैं। अभी यह कह कर वापस मुड़े ही थे कि बड़ी झाड़ी से हल्की सी सरसराहट हुई। एकदम सबके चेहरे खिल उठे। सुबहान ख़लीफ़े ने एक ज़ोर का डंडा झाड़ी पर मारा तो मोटा-ताज़ा ख़रगोश फ़र्राटे से निकला और हवा में तैर कर निकल गया। फ़ौरन चीतल और काले की ज़ंजीरें खोल दीं। हल्ला हुआ, शोर-शराबा मचने लगा, जैसे जंगल जाग उठा।

लेकिन दो तीन मिनट में ही पीर मस्त समेत सारे लोग हैरत में थे कि चीतल और काला बराबर कोशिश कर रहे थे लेकिन ख़रगोश घेरे में ही नहीं आता था। बीस बीस फ़ुट की छलांग लगाता। अभी इस टीले पर तो दूसरे क्षण उस टीले पर। दस मिनट तक तो ऐसा लगा कि ख़रगोश चीतल और काले के साथ मज़ाक़ करने पर तुला हुआ है। दो बार तो सारे लोगों के सिर पर से हवा की

तरह निकल गया। जब बीस मिनट बीत गए और ख़रगोश ने चीतल और काले को चकरा कर रख दिया तो सबने यह सलाह दी कि लोग तीन तरफ़ हो जाएं और एक ओर को ख़ाली छोड़ दें कि अगर ख़रगोश सीधा भागे तो कुत्तों को घुरची न कटा सके। ख़रगोश थोड़ी देर को किसी न किसी झाड़ी में रुक कर सांस ले लेता। जब कुत्ते पहुंचते तो पैंतरा बदल कर उल्टे हाथ निकल जाता। मगर पीर मस्त की इस तरकीब ने ख़रगोश को चौंका दिया। अब वह पूरी रफ़्तार से सीधा भागने लगा लेकिन कुत्ते भी अपनी जान पर खेलने के लिए तुले हुए थे। पल-पल दूरी कम होने लगी। फिर एकदम काले ने ग़ज़ब की छलांग मारी। मगर भाग्य का क्या कीजिए कि काल खड़ा था। ख़रगोश उसी क्षण रुक कर ज़मीन के बराबर हो गया और काले ने इतनी तेज़ी से क़लाबाज़ी खाई जैसे बिजली का करंट लगा हो और सामने खड़े बबूल की एक मोटी सूखी डाल से टकरा गया। डाली की एक नोक सीख़ की तरह निकली हुई थी, वह काले के पेट में अंदर तक घुस गई। काला तो वहीं लटक गया उधर ख़रगोश झील की तरफ़ भाग निकला। चीतल जो ख़ुद लुढ़कुनिया खा गया था बड़ी मुश्किल से संभला और पीछे हो लिया।

पीर मस्त और दूसरे लोग दौड़ कर काले के पास पहुंचे लेकिन इतने में वह ढेर हो चुका था, बस हल्की-हल्की सांस चल रही थी। पीर मस्त ने यह देखा तो दुनिया आंखों के सामने अंधेरी हो गई। वहीं ग़श खाकर गिर पड़ा। मुरीदों ने हाथ पांव दबाने शुरू किए। कोई पानी लेने दौड़ा। एक खलबली मच गई। लोगों के पांव तले से ज़मीन निकल गई। पीर मस्त के पास एक भीड़ लग गई। समझ में नहीं आता था कि क्या करें। पीर को संभालें या कुत्ते को देखें।

इधर तो यह हालत थी और उधर ख़रगोश पश्चिम की ओर कीचड़ से उछलता हुआ झील में और फिर वहाँ से तैर कर आगे निकल गया। चीतल पीछे-

पीछे था। उसने जैसे ही तीन चार छलांगें लगाईं, सीधा कीचड़ और दलदल में फंस गया। अब न वापस आया जाए न आगे जाया जाए। कोई रास्ता न देखकर ज़ोर-ज़ोर से भौंकना शुरू कर दिया। इधर से कुछ लोग दौड़े। पगड़ियों से पगड़ियां बांधी। जब पगड़ियों का लंबा रस्सा बन गया तो मिट्टी का ढेला बांध कर चीतल की तरफ़ फेंका। लेकिन ढेला कपड़े समेत दूर जा गिरा। चीतल हर क्षण दलदल में धंस रहा था। आख़िर तीसरी कोशिश में कपड़ा उसके मुंह के पास जा गिरा और चीतल ने फ़ौरन कपड़े को जबड़े से पकड़ लिया। चार आदमियों ने ज़ोर लगाया। बड़ी मुश्किल से धीरे-धीरे चीतल दलदल से बाहर निकला और निकलते ही निढाल हो कर गिर पड़ा।

अब गांव में हर ओर शोक था। पीर मस्त रह रह कर काले को पुकार रहा था। सारे मुरीदों को सांप सूंघ गया। काले की लाश हयात ख़ां के चबूतरे के एक ओर दफ़न करके फूल चढ़ा दिए गए। चीतल क़ब्र के पास बैठा अजीब दर्दनाक आवाज़ निकाल रहा था। छाती फटी जाती थी। तीन-चार दिन तो सब पर चुप्पी छाई रही। आख़िर पांचवे दिन चुप्पी टूटी जब पीर मस्त ने ठंडी सांस भरकर कहा, ''अच्छा काले बिछुड़ना भाग्य में था, तूने जाने में बड़ी जल्दी की। अब ज़िंदगी में कोई चाव नहीं रहा।'' इतना कहकर चीतल के सिर पर प्यार से हाथ फेरा। जब प्यार भरा हाथ चीतल के शरीर को लगा तो वह बेचैन होकर पीर मस्त के पांव में लोटने लगा। पीर मस्त और चीतल के इस प्यार से लोगों की आंखों से आंसू निकल आए। आख़िर हौसले बढ़े तो बातें दोबारा होने लगीं।

''बाबा जी, मैंने तो उसी समय जान लिया था कि वह ख़रगोश नहीं काल है काल।'' शामू फ़ौजी ने कहा। 'बस दिन पूरे हो चुके थे।''

'हज़ूर जोड़ी क्या टूटी आसमान टूट गया। ऐसा दुख तो उजाड़े के समय हुआ था या अब हुआ, काले की जुदाई का!'' सदा हुसैन ने ठंडी सांस भरी।

"लतीफ़ भाई मुझे तो एक ही दुख है कि इस सारे नुक़सान के बावजूद ख़रगोश बच निकला," ख़लीफ़ा बोला।

"सलामत नहीं निकलेगा," पीर मस्त एक दम गरजा। "चाहे वह कोई चुड़ैल या प्रेत ही क्यों न था चीतल उसे फाड़ कर दम लेगा।"

पीर मस्त की आवाज़ इतनी कड़क और स्वर इतना दो टूक था कि मुरीदों का सारा टोला एक ही बार सहम कर रह गया और पूरा सन्नाटा छा गया। थोड़ी देर बाद पीर मस्त फिर ऊंचे सुर में बोलने लगा, "काला मेरा टुकड़ा था। जब तक हरामी को अपनी आंखों के सामने टुकड़े होते न देखूं, वापस नहीं जाऊंगा, यहां तक कि मेरी क़ब्र भी काले के साथ बन जाए। हराम का जना मेरे काले को खा गया। चीतल को अकेला कर दिया। हयात ख़ां फ़ौरन बंदे भेजकर टीलों की नाकाबंदी करो और झील के पश्चिम में अपने कुत्तों को फैला दो। हक़ ग़ौस ने चाहा तो कल हम नहीं या ख़रगोश नहीं।" इतना कह कर पीर मस्त ने चीतल को थपकी दी। "चीतल! काले का बदला लिए बिना नहीं टलना। यह हमारा उससे वादा है।" पीर मस्त की आवाज़ में आदेश था।

चीतल पीर मस्त के ताबेदारी में दुम हिलाने लगा।

पीर मस्त के इस अंतिम फ़ैसले पर शहाब ख़लीफ़ा थर-थर कांपने लगा। उसने हाथ बांध कर पीर मस्त से कहा, "वैसे तो सरकार आपकी मर्ज़ी, लेकिन मैं तो कहता हूं कि वापस चलते हैं। आसार अच्छे नहीं लगते। लगता है सितारे गर्दिश में हैं। सैंकड़ों शिकार खेले ऐसी होनी कभी न हुई।"

पीर मस्त ने कड़क कर कहा, "क्या बकता है! तेरे होश तो ठिकाने हैं? ख़ुदा के बंदे वादे से नहीं मुकरते। जब तक बदला न लूंगा नींद हराम है।"

"हज़ूर सब ठीक," शहाब दोबारा हिम्मत करके बोला, "लेकिन मैंने रात बुरे बुरे ख़्वाब देखे, कि मैं क़ब्रों का मुजाविर (देख रेख करने वाला) हूं।"

"शहाबू, अपनी ज़ुबान बंद रख। जब तक मैं ख़रगोश को फाड़ नहीं देता, यहां से हिलने का नहीं," पीर मस्त एक दम गरजा।

यह सुनते ही शहाबू ख़लीफ़ा सहम कर चुप हो गया।

*

आज चार सौ के लगभग आदमी और चीतल के अलावा और बीस कुत्ते थे। झील समेत सारे टीलों को चारों ओर से घेर लिया गया और तलाश शुरू हो गई। तीन बजे तक तीन सूअर, चार गोह, कई एक छोटे-मोटे ख़रगोशों का शिकार हो गया लेकिन जिस ख़रगोश की तलाश थी उसका अता-पता नहीं मिला। इसी प्रकार दूसरे और तीसरे दिन भी उसकी कोई ख़बर नहीं मिली। खुदा जाने उसे ज़मीन लील गई या आसमान खा गया। धीरे-धीरे सारे लोगों का जोश ठंडा पड़ता गया। कई मुरीद अपने घरों को चले गए। क्योंकि पीर मस्त ने अपना आगे का सफ़र टाल दिया था। इसलिए कि आज यहीं पर उनका आठवां दिन था और वह और भी कई दिनों तक तलाश करने का इरादा रखते थे। नवें दिन शाम का धुंधलका होने लगा था और झील के पार बाजरे के खेत में तलाश जारी थी कि अचानक एक बड़ा ख़रगोश फिर निकला। अब खुदा जाने वह वही ख़रगोश था या कोई और, लेकिन सबने एक साथ "अलमदद ग़ौस हक़ हू" का नारा मारा। चीतल की ज़ंजीर खुल गई और मरा हुआ जोश एकदम जाग उठा। पीर मस्त हर क्षण पहले से ऊंचा नारा लगाता। ख़रगोश ने जब अपनी जान पर बनती देखी तो ऐसी तेज़ी से दौड़ा कि प्रेत ने भी ऐसी तेज़ी नहीं देखी होगी। कोई उछलता हुआ जादू था कि पल में यहां तो पल में वहां। इन सब करतबों से सबको यह यक़ीन हो गया कि यह वही ख़रगोश है जिसने पीर मस्त की कमर तोड़ कर रख दी। दूसरी ओर चीतल की फुर्ती अपना रंग दिखाने लगी। ख़रगोश पश्चिम की ओर भाग रहा था और चीतल जान पर

खेलता हुआ उसपर चढ़ा जाता था। ऐसा लगता था कि अब वह अपने दुश्मन को फाड़ कर दम लेगा। एक के बाद दूसरा फिर तीसरा टीला सिमटता चला गया, झील का चक्कर काट कर हरे खेतों में घुस गए। हर बीते पल के साथ दोनों के बीच की दूरी कम हो रही थी कि अचानक मायूस कर देने वाली स्थिति पैदा हो गई, जब ख़रगोश गन्ने के लंबे चौड़े खेत में घुस गया। मगर चीतल ने भी हार न मानी और पीछे ही छलांग लगा दी। मुरीदों की तादाद अब 15-16 ही रह गई थी। उन्होंने खेत को फ़ौरन घेरे में ले लिया। थोड़ी देर तक खेत के अंदर से खड़खड़ाहट की आवाज़ें आती रहीं मगर उसके बाद सन्नाटा छा गया। पीर मस्त समेत सारे लोग बेचैनी से इंतज़ार करने लगे, दस मिनट बीते, 15 मिनट हो गए धुंधलका अंधेरे में बदलने लगा। मगर अंदर से कोई हलचल होती नज़र न आई। पीर मस्त की बेचैनी बढ़ने लगी। वह बेचैनी से तड़पने लगा और चीतल के लिए बहुत फ़िक्र करने लगा। पांच-छह मुरीदों को ज़बरदस्ती खेत में घुसवाया, लेकिन कुछ ही देर बाद वे नाकाम निकल आए क्योंकि एक तो अंधेरा था और दूसरे चीतल के गुम हो जाने ने एक डर पैदा कर दिया था। आख़िर गांव में आदमी को दौड़ाया गया फिर सैकड़ों लोग जमा हुए मगर कोई भी गन्ने के खेत में घुसने को तैयार नहीं था। सब डरे हुए थे। उधर चीतल है कि उसकी ख़बर मिलने का नाम ही नहीं लेती। जैसे-जैसे रात होती गई पीर मस्त की हालत ख़राब होती गई।

सवेरा हुआ तो कई लोग हिम्मत करके खेत में घुसे। दोपहर तक सारा खेत छान मारा लेकिन चीतल की कोई ख़बर न मिली। दूसरे दिन भी नाकामी हाथ लगी। तीसरे दिन यह तय किया गया कि खेत के गन्न काट लिए जाएं। इसलिए सबने दाब और दरांतियां लेकर खेत पर हल्ला बोल दिया। अभी आधा खेत काटा था कि खेत में बड़ा सुराख़ नज़र आया। थोड़ा सा झुक कर देखा तो एक बड़ा सा सांप (अज़दहा) दूर तक लेटा फुफकार रहा था। सब डरकर पीछे हट

गए क्योंकि ऐसे जीव की बात तो क़िस्से कहानी में ही सुनते आए थे। देखने का मौक़ा कभी नहीं मिला था। सांपों ने शायद पहले दिन के हो शिकार में टीले छोड़ दिए थे उसने ख़तरे की धमक महसूस करके गन्ने के खेत में पनाह ले रखी थी। हयात ख़ां ने फ़ौरन उसपर दो-नाली से एलजी के दो कारतूस दाग़ दिए जिन्होंने पल भर में अज़दहे सांप का काम तमाम कर दिया और फिर चैन लगा कर उसे बाहर खींचा गया। पीर मस्त ने आगे बढ़कर देखा तो चकरा कर गिर पड़ा। दरअसल, अज़दहे ने चीतल को निगल लिया था।

पीर मस्त के गिरते ही मुरीदों में चीख़-पुकार मच गई। कुछ तो पीर की मुहब्बत में ज़मीन पर लोटने लगे और अपने सिर पर मिट्टी डालने लगे, दो-चार ने अपने आपे को संभालते हुए पीर मस्त को जल्दी से गांव के अस्पताल पहुंचाया, लेकिन सब बेकार था। डॉक्टर ने कहा, "बाबा जी को दिल का ज़बरदस्त दौरा पड़ा है।"

अगले दिन तक यह बहस जारी रही कि चीतल की कोई निशानी पंजा, कान, या नाख़ुन कुछ भी हो तो उसे पीर मस्त और काले के साथ दफ़्न कर दिया जाए, लेकिन सारी कोशिश के बावजूद चीतल की कोई चीज़ न मिली। शामू ने कहा, "क्यों न अज़दहे की क़ब्र भी पीर मस्त और काले के साथ बना दी जाए। आख़िर को चीतल तो अज़दहे के अंदर ही है।"

अब ख़लीफ़ा शहाब दीन सुबह उठकर रोज़ाना तीनों क़ब्रों पर झाड़ू लगाता है मगर उसके दिल से यह कसक नहीं जाती कि तीसरी क़ब्र अज़दहे की है या चीतल की!

सफ़ेद मोती

वह हम से पांच घर छोड़ के रहता था लेकिन यह बात मैं नहीं जानता था। मैंने तो उसे केवल स्कूल में देखा उस दिन यही मौसम था। अक्तूबर के पहले दस दिन बीत चुके थे और धूप में गरमी नहीं थी। वह खुले ग्राउंड में कुर्सी पर बैठा, इतना शांत था, जितना कोई कई मौसम देखा हुआ पेड़ हो सकता है। पीठ कुर्सी पर टिका कर दोनों पांव ज़मीन पर सीधे रखे, उसकी निगाहें आसमान की बुलंदी पर चक्कर में उड़ती उन चार चीलों पर थीं, जो हर चक्कर के बाद अधिक ऊंची हो जातीं और अब किसी बिंदु के बराबर रह गई थीं। मैं उसके पीछे कुछ दूरी पर चुपके खड़ा, उसे देखता रहा। मुझे यक़ीन था, मैं अपने उद्देश्य में सफल हो जाऊंगा। जब वह सफ़ेद मोती जेब से निकालेगा तो मैं निश्चित रूप से देख लूंगा, लेकिन काफ़ी देर खड़े रहने के बावजूद ऐसा नहीं हुआ। वह हर तरफ़ से निश्चिंत दोनों हाथ कुर्सी के दस्तों पर रखे रहा। उसकी नजरें चीलों से हट कर, स्कूल की चार-दीवारी से बाहर, आमों के बगीचे की ओर मुड़ गईं, जहां रंग-बिरंगे पक्षी हरे पत्तों में झूल रहे थे और तीन बच्चे उछल-उछल कर आम की मोटी शाखाओं से उलटे-सीधे होकर लटकने की कोशिश कर रहे थे। मैं मन ही मन उस पर तिलमिलाने लगा। आख़िर वह क्यों अपना हाथ जेब की ओर ले जाकर अंडे के बराबर सफ़ेद मोती नहीं निकालता। इसी बेध्यानी में आगे होता गया और न जाने कब उसने मेरे क़दमों की चाप सुन ली। उसी समय उसने मुड़ कर देखा। मैं दो क़दम पर था, उसके देखते ही भाग खड़ा हुआ और हांफता हुआ अपनी कक्षा में आ गया, जो एक दूसरे ग्राउंड में घास के फर्श पर बैठी थी। कलास में मैं लड़कों के बीच में बैठ गया।

स्कूल काफ़ी बड़ा था। बहुत बड़ा, लेकिन चारदीवारी छोटी थी। इतनी छोटी कि तीन फ़ुट का बच्चा आस-पास की जगह को देख सकता था। सामने मस्जिद

के ऊंचे मीनार और उनके सफ़ेद गुंबदों पर बैठे या उड़ते हुए कबूतर एक तरह से स्कूल का हिस्सा थे। चारदीवारी के आस-पास हरी फ़सलों के फैले खेत और बड़े बागीचों के काले झुरमुटों का साया स्कूल में चला आता और ग्राउंड की हरी घास से मिलकर एक जादू सा जगा देता फिर वह जादू धूप को अपने घेरे में ले लेता।

मुझे स्कूल में तीसरा साल था। इस मुद्दत में कभी नहीं देखा, वह शिक्षकों के पास बैठा हो या उसने स्टाफ़ रूम का रुख़ किया हो। बस कुर्सी पर किसी ग्राउंड के दूर कोने में ख़ामोश बैठा, आसानी से नीले, भूरे या काले बादलों वाले आकाश को देखता रहता या कभी-कभी कोई किताब खोल कर पढ़ने लग जाता जो वह घर से लाना कभी नहीं भूलता। ऐसा भी हुआ कि स्कूल के पश्चिमी कोने में जहां एक छोटा सा प्लॉट था, टहलना शुरू कर देता। उस में चौकीदारों ने सब्जियों की खेती कर रखी थी। वह झुक कर अपनी लाठी को सब्जियों की जड़ों में मार-मार कर बारीकी से परखता फिरता, मगर चौकीदारों से बात-चीत नहीं करता। मेरी समझ में नहीं आता था, यह कौन है। क्लास लेते या बच्चों को पढ़ाते मैंने उसे नहीं देखा। लेकिन मेरे लिए हैरानी की बात यह थी कि स्कूल के शिक्षक और सब लड़के उसे उस्ताद के नाम से ही याद करते। पता नहीं क्यों?

इन दिनों कक्षाएं भी ग्राउंड में लगती थीं। खुले आसमान तले। ऐसा नहीं कि कमरे नहीं थे। बस शिक्षक और बच्चे ग्राउंड को ही पसंद करते। इसके बावजूद कि उसे मैंने कभी पढ़ाते नहीं देखा, फिर भी स्कूल से नाग़ा न करता। साठ कनाल के क्षेत्र पर फैले स्कूल में, वह कभी एक कोने में होता, कभी दूसरे कोने में। जब तक एक नज़र देख न लेता, तबीयत बेक़रार रहती। मैंने कभी उस से बात भी नहीं की। हर कोई जानता था कि उसके पास एक अंडे के बराबर

सफ़ेद रंग का मोती है और उस मोती में एक जिन (देव) बंद है। वह जिन उसे लोगों के रहस्य और अनदेखी बातें बताता है और गीत भी सुनाता है। उस जिन ने उसे बहुत सारा ख़ज़ाना भी दिया है जो उसने अपने घर में गढ़ा खोद कर छिपा रखा है। यह मोती वह एक डिबिया में छुपा कर दाईं जेब में रखता है और किसी को पास नहीं आने देता, न ही ख़ुद किसी के पास जाता है। कई लड़कों ने उसके बेटों से मोती के बारे में पूछा लेकिन वे उतने ही अनजान थे जितने दूसरे लड़के। उनका कहना था, उसकी मां ने अब्बा जी का बर्तन, कमरा और बिस्तर अलग कर रखा है। इसलिए उन्हें इस बारे में अधिक जानकारी नहीं। इतना ज़रूर है कि उसके पास पुरानी किताबों के ढेर हैं, जिनमें अजीबो-ग़रीब न समझ में आने वाली बातें लिखी हैं। शायद सफ़ेद मोती उन किताबों में कहीं छुपा कर रख दिया हो। वहां जाकर हमने नहीं देखा।

मेरी बड़ी ख्वाहिश थी कि मैं वह मोती देखूं। लेकिन जिन से डरता था। दो-तीन बार यह ज़रूर हुआ कि वह कुर्सी छोड़ कर जैसे टहलने के लिए उठा, मैं भाग कर कुर्सी के पास गया मगर मुझे वहां घास के तिनकों के सिवा कोई चीज़ नज़र नहीं आई। और कुर्सी को हिला कर इसके पायों के नीचे देखने की मुझे हिम्मत इसलिए नहीं हुई कि कहीं नीचे जिन न बैठा हो। उसके पास जिन के मौजूद होने की एक और दलील थी कि उससे स्कूल के सब मास्टर डरते थे और उसका नाम आते ही आदर दिखाते हालांकि इतना कमज़ोर था कि दस साल का बच्चा भी उसे चित कर ले। बिलकुल हड्डियों का ढांचा। चलते हुए अक्सर लड़खड़ा जाता। स्टाफ़ रूम में चाय बनती तो चौकीदार उसके लिए भी ले आता जिसे वह बिना शुक्रिया कहे स्वीकार कर लेता।

जिस दिन मैंने उसके पीछे जाकर देखने की कोशिश की, यह उससे दूसरे दिन की बात है। मैं अपनी कक्षा में बैठा गणित का एक अभ्यास कर रहा था कि

लंगड़े चौकीदार ने, जो उसे चाय देकर आया था, मेरा नाम लिया और कहा, मुंशी फ़ज़ल हुसैन साहब बुलाते हैं। उस समय मेरी उम्र महज़ आठ साल थी। उस्ताद ने मेरी ओर ऐसे देखा जैसे मुझे उठने का आदेश दे रहा हो। मैं मुर्दा पैरों के साथ उठ कर चौकीदार के पीछे-पीछे चलने लगा। भागने की ताक़त तो पहले थी नहीं, दूसरे उसका जिन मुझे एक क़दम चलने न देता। कुछ ही सेकंड में हम वहां पहुंचे और आज यह पहला दिन था, जब मैं उसके इतने क़रीब खड़ा था कि उस सफ़ेद अंडे के बराबर मोती की ख़ुशबू ले सकता था लेकिन अब उसका विचार डर की वजह से ख़त्म हो गया। चौकीदार जा चुका था। पचास क़दम के चक्कर में अब न तो कोई क्लास थी, न लड़का था, न शिक्षक। फ़क़त वह था और मैं अपराधियों की तरह सामने खड़ा था। मुझे इस बात की हैरानी बिल्कुल नहीं थी कि उसने मेरा नाम कैसे जाना, ज़ाहिर है जिन के लिए यह कोई मुश्किल काम नहीं था।

उसके चेहरे के बजाय वहां बारीक हड्डियां थीं लेकिन उनके ऊपर त्वचा इतनी नरम और सफ़ेद थी कि हड्डियां बुरी मालूम नहीं होती थीं। हाथों की नसें नीली और मांस के नीचे की परतें हड्डियों को अधिक स्पष्ट कर रहीं थीं। आंखें चमकदार थीं लेकिन कुछ अधिक ही अंदर को धंस चुकी थीं, जिनके नीचे काले घेरे पड़ गए थे। बाल हालांकि सिर पर मौजूद थे मगर वे इतने कम कि कनपट्टियों की लकीरें साफ देख सकता था। सिर पर दो-पल्ली टोपी जमाकर आता लेकिन वह चलते समय ही सिर पर रखता था जैसे ही कुर्सी पर बैठता, टोपी उतार लेता। मुझे उससे आंखें मिलाने में कठिनाई आ रही थी और मैं लगातार स्कूल की दीवार के साथ कच्ची सड़क पर जाते उस चरवाहे को देख रहा था, जो अनगिनत भेड़ों को हांकता नहर की ओर बढ़ रहा था। भेड़ों के चलने से धूल और गंध की हल्की लहर हमारे नाकों को छूने लगी। ये भेड़ें और

चरवाहा इतना चुपचाप गुज़र रहे थे जैसे उनके पैरों के नीचे रूई बंधी हुई थी। उसी क्षण मैंने सोचा, यह चरवाहा कितना आज़ाद है कि उसे मुंशी फ़ज़ल ने अपने सामने नहीं किया था।

'बेटे बैठ जाओ।'

यह आवाज़ मुंशी फ़ज़ल हुसैन के बजाए कहीं अनदेखे से आई थी, जिसे सुनते ही मैं घास पर बैठ गया और पहली बार मेरी नज़र ने उस छड़ी को ध्यान से देखा, जो कुर्सी के दाएं पाए से सहारा देकर खड़ी की गई थी। छड़ी की मुट्ठी इतनी मुलायम थी कि मेरा जी चाहा कि उसे पकड़ कर देखूं और उस पर हाथ फेरूं मगर यह ऐसा विचार था जिस पर अमल करना असंभव था। मैं बैठ गया और उसकी टांगों के बीच से, जो पैंट के अंदर भी चंदन की दो लाठियां महसूस हो रही थीं, जगह बना कर कुर्सी के चार पायों के बीच देखने लगा, जहां शून्य के अलावा कुछ नहीं था।

किस कक्षा में बैठते हो?

उस्ताद जी तीसरी कक्षा में हूं। मास्टर ख़ालिक़ साहब पढ़ाते हैं।

क्या कुछ पढ़ा?

इसका मेरे पास जवाब नहीं था। मैं एक तिनके से मात्र ज़मीन कुरेदने लगा और कुछ न बोला।

तुम जानते हो मैं कौन हूं?

मैं इस बात पर भी चुप रहा और उंगलियों से घास की जड़ें उखाड़ने लगा। मुझे यक़ीन था मुझे कल वाली घटना के लिए बुलाया गया है और कुछ ही क्षणों बाद इस बात की पूछ-ताछ होने वाली है। इसलिए उसी का जवाब सोचने लगा, जिसके बारे में अभी तक मुझे कुछ नहीं सूझा था।

बेटा आप मेरी बात का जवाब क्यों नहीं देते? जवाब नहीं दोगे तो बात आगे

कैसे बढ़ेगी? मैं तो उस समय से तुम्हें जानता हूं जब तुम अभी स्कूल में भी दाख़िल नहीं हुए थे। अच्छा, यह बताओ, तुम्हें कोई शेर (कविता) आता है?

जी उस्ताद जी, आता है। उसके स्वर की मुलामियत ने मेरे अंदर हौसला पैदा कर दिया था।

सुनाओ।

हुई पसरे-शह से बबर की लड़ाई
सिकंदर के बेटे ने गोली चलाई
सिकंदर का बेटा खड़ा रह गया
लहू का प्याला भरा रह गया

वाह, कमाल कर दिया तूने। यह किसके शेर हैं? कहां से याद किए?

इस बात का भी मेरे पास कोई जवाब नहीं था और न यह पता था कब और कैसे याद हो गए। इस लिए फिर चुप हो रहा।

अच्छा कोई और सुनाओ।

वो नबियों में रहमत लक़ब पाने वाला
मुरादें ग़रीबों की बर लाने वाला

शाबाश, बहुत ही ख़ूब। अच्छा, इस शेर का तो आपको पता होगा, किसका है?

जी उस्ताद जी, अब मैं जल्दी से बोला। ये मौलवी इनायत का शेर है।

इसमें कोई शक नहीं था कि मैं सैकड़ों बार उसके मुंह से सुना था, जब वह जामा मस्जिद के स्पीकर पर चंदा मांगते हुए एक लंबी नात (पैगंबर मुहम्मद की तारीफ़ में लिखी कविता) पढ़ता था। उसमें मुझे सिर्फ़ यही शेर याद रह गया था। और यह कितना अच्छा हुआ कि मैंने सही-सही जवाब दे दिया।

अच्छा, मेरे पास आओ।

मैं थोड़ा आगे हो गया। मैं जानता था, लड़के दूर खड़े तमाशा देख रहे थे। और मेरे अंजाम के बारे में किसी निर्णय पर नहीं पहुंच पा रहे थे। सबको विश्वास था कि अब मैं मुंशी फ़ज़्ल हुसैन बल्कि उसके जिन के शिकंजे में फंस चुका हूं।

और नज़दीक हो जाओ।

मैं और पास हो गया। उसने मेरे सिर पर हाथ फेरा और कंधे पर थपकी दी। मैंने महसूस किया, उसके हाथ का वज़न काग़ज़ से अधिक नहीं था। इतने दयालुपन से मेरे अंदर की जिज्ञासा सवाल बन कर सहसा ज़बान पर आ गई।

उस्ताद जी, लड़के कहते हैं, आपके पास अंडे के बराबर सफ़ेद मोती है।

हां बेटा। वह ठीक कहते हैं, मास्टर फ़ज़्ल हुसैन साफ़ आवाज़ में बोला। मेरे पास मोती है लेकिन यहां कोई उसे देखने के योग नहीं। इसलिए मैं छुपा कर रखता हूं। कल वह मोती देखने के लिए आए थे?

मैं सिर हिलाकर रह गया और वह हल्का सा मुस्कुरा दिया।

अगर मैंने दिखाया और तुम लेकर भाग गए?

अल्लाह की क़सम, नहीं लेकर भागता, मैंने बचकाने आग्रह के साथ कहा।

वह हंस दिया और टोपी उठाकर सिर पर ले ली, जो उसकी झोली में पड़ी थी। पांव में जूते अड़सने लगा। यह तैयारी मानो उसके उठने और किसी ओर जाने की थी।

अच्छा, हम एक काम करते हैं। मेरे साथ आओ।

लाठी, इसे आप छड़ी भी कह सकते हैं, उसके हाथ में थी, जिसे उस वक़्त पकड़ने की तीव्र इच्छा मुझ में पैदा हुई। पांव में पतली रेक्सीन के देसी जूते थे। उनके अंदर पांव के अलावा और भी जगह थी। मैं उसके पीछे चलने लगा। मुझे क्या पता, वह किधर जा रहा था? लेकिन यह यात्रा उसी स्कूल के ग्राउंड में होने के बावजूद, जहां मैं रोज़ दौड़ता था, आज एक जादुई सा हो गया। मेरी नज़रें

उसकी छड़ी पर थीं, जो बिना आवाज़ पैदा किए, सीधे आगे चली जाती थी और मैं उसके निशानों पर पांव रखता हुआ बढ़ रहा था। यह मेरे लिए एक खेल था। हमने एक ग्राउंड पार किया फिर दूसरा और फिर तीसरा। उसके बाद दक्षिण दिशा में एक दीवार के साथ खड़े आसमान जैसे बड़े पीपल के नीचे आ गए, जिसकी जड़ें दीवारों में घुलमिल कर दूर तक निकल गई थीं कि दीवार की सड़ी ईंटें मुड़-तुड़ कर उसके तने का हिस्सा बन चुकीं थीं। बहुत सी जड़ें ज़मीन में मोटी और गोल चौकियों के रूप में इधर-उधर उभरी हुई थीं। इनके नीचे बिल्लियों और ख़रगोशों ने अपने दड़बे बना रखे थे। शाखाओं और पत्तों ने एक दुनिया को घेरा हुआ था। मैदान का एक चौथाई हिस्सा उसकी चपेट में था और पक्षी इतने कि कान पड़ी आवाज़ सुनाई न देती। यही वह पीपल था, जिसके बारे में किसी को शक नहीं था कि उस पर भूत और जिन रहते हैं। अगर कोई व्यक्ति दिन के बारह बजे या रात के बारह बजे उसके तने के चारों ओर सात चक्कर लगाकर जड़ों में पेशाब कर दे तो उसी समय चुड़ैलें उसकी गरदन तोड़ देती हैं। इसलिए अब तक किसी को ऐसा करने की हिम्मत नहीं हुई थी।

मुंशी फ़ज़ल हुसैन ने मुझे एक भारी और उभरी हुई जड़ पर बैठने को कहा, जो एक बड़ी चौकी सी बन गई थी। मैं उसके आदेश को टाले बिना आराम से बैठ गया। लड़के दूर झुरमुट बना कर मुझे देख रहे थे। मैं कांपने लगा कि मुझे जिनों से पकड़वाने के लिए ले आया। मैं एकदम ही पसीने से सराबोर हो गया।

इस जगह को पहचान लो। रोज़ाना मैं तुम्हें यहीं पर तीन घंटे तक मंत्र पढ़ाऊंगा। जब तक वह मंत्र तुम याद नहीं कर लेते। मैं वह सफ़ेद मोती तुम्हें नहीं दिखा सकता। क्या तुम्हें मंजूर है? मुंशी फ़ज़ल हुसैन ने लाठी से इसकी जड़ पर ठोकर लगाते हुए कहा।

सच तो यह था कि अभी मैं मोती को भूल कर अपनी जान छुड़ाने के

चक्कर में था। कहां मंत्र याद करता फिरूं, लेकिन जिन का भय मुझ पर इतना सवार था कि इन्कार करना मेरे बस से बाहर था। इसलिए मैंने ऊपर-नीचे सिर हिला दिया।

बस कल से स्कूल की किताबें और मंत्र सब कुछ यहीं दो घंटे तक मैं तुम्हें पढ़ाऊंगा। तुम अपनी कक्षा में जाने के बदले यहीं आजाया करना। अगर नहीं आओगे तो तुम्हारे पीछे जिन को लगा दूंगा।

उसके बाद आदेश हुआ कि अब घर चला जाऊं। मैं इसी इंतज़ार में था। हुक्म मिलते ही उल्टे पांव भागा और घर आ गया जो स्कूल से सौ क़दम की दूरी पर था। घर आकर मैंने सारी घटना अपनी मां को सुनाया, लेकिन बजाए परेशान होने के वह हंसती रही। बेटा, ये उस्ताद फ़ज़ल हुसैन हमारा पड़ोसी और तुम्हारे अब्बा जी का गहरा दोस्त है। बड़ा अच्छा उस्ताद है। बहुत दिनों से उसने किसी को नहीं पढ़ाया लेकिन तुम्हें पढ़ाएगा। तेरे अब्बा ने उसकी मिन्नत-समाजत की है। मास्टर साहब से मन लगा कर सब कुछ सीखना।

अब यह दूसरों को क्यों नहीं पढ़ाता? सारा दिन ख़ाली बैठा रहता है।

बेटे, जिन ने उस पर साया किया हुआ है। जिसके कारण वह अधिक देर पढ़ा नहीं सकता।

मेरी समझ में मां की बातें नहीं आईं लेकिन चुप हो गया। दूसरे दिन सुबह आठ बजे बस्ता लेकर स्कूल पहुंचा और निश्चय किया कि अपने क्लास की ओर जाऊं उसी क्षण उसने दूर से मुझे देख लिया। पीपल स्कूल के मुख्य द्वार से अंदर घुसते ही दक्षिणी दीवार के साथ था, जो सामने साठ सत्तर क़दम पर मौजूद था। उसके और गेट के बीच कोई आड़ नहीं थी। मुझे देखते ही उसने लाठी हिला दी। अत: मैं उसकी ओर चला गया।

ले बेटा, आज मंत्र का पहला सबक शुरू करते हैं, लेकिन पहले एक-एक

सवाल आपकी पाठ्य पुस्तकों से हो जाए, उसने मेरे हाथ से बस्ता लेकर उसे टटोलते हुए कहा। मैं नीचे उसी जड़ की चौकी पर बैठ गया जिस पर कल मुझे बैठने को कहा गया था। इसके बाद डेढ़ घंटे तक उसने मुझे इसी तरह पाठ्य पुस्तकें पढ़ाईं, मानो बातें हो रही हैं। मैं नहीं समझता कि उसने मुझे कुछ पढ़ाया था, हां जो बातें कीं सब याद हो गईं। फिर अचानक कहा, अब आप को मंत्र सिखाएंगे और दो छोटे से क़ायदे निकाल लिए। जिनकी भाषा कुछ अजीब सी थी। लेकिन इसे पढ़ने में मज़ा आता था। दो मंत्र वहीं बैठे-बैठे याद भी करा दिए। उसका नाम उसने अमीर ख़ुसरो की पहेली बताया और सख़्ती से मना किया कि किसी को इस मंत्र के बारे में एक शब्द भी नहीं बताऊं वरना सारा असर ख़त्म हो जाएगा, उसने कहा। एक और बात का ध्यान रहे, जिस दिन ये मोती मैंने तेरे हवाले किया, उसके बाद मैं जीवित नहीं रहूंगा। इसलिए पहले सारे मंत्र सीख लो इसके बाद मोती लेना, कहीं काम अधूरा रह जाए और जिन तुम पर चढ़ दौड़े। इसलिए जल्दी नहीं करना। शैतान तुम्हें बार-बार बहकाएगा मगर तुम उसकी बातों में न आना। ये बातें हो रही थीं कि इतने में एक तोते ने उन पर बीट कर दी जिससे कि उस्ताद जी की पूरी नाक और कुर्ते का दामन लाल रंग की बीट से भर गया जिसके अंदर पीपल की गोहलों के छोटे-छोटे बीज साफ़ मोहकता दिखा रहे थे।

ओ तेरा सत्यनास, नालायक़ जगह भी नहीं देखते। मास्टर फ़ज़ल हुसैन ने हुशहुश करते हुए ऊपर की ओर देखा।

उस्ताद जी आप चिंता न करें, मैं कल ग़ुलेल लेकर आऊंगा। एक एक को ताक ताक कर मारूंगा, मैंने मास्टर की खुशामद की और एक कच्ची मिट्टी का टुकड़ा उठाकर ऊपर फेंका।

ना बेटा ना, उन्हें मारते नहीं। यह पक्षी खुदा की औलाद हैं। उन्हें मारोगे तो

ख़ुदा सख़्त नाराज़ हो जाएगा और वह भी तुम्हें मारेगा।

उस्ताद जी ख़ुदा तो नहीं मारता। मैंने पहले भी कई बार उन्हें गुलेल से मारा है लेकिन ख़ुदा ने मुझे कभी नहीं मारा।

अच्छा यह बताओ तुम्हें कभी बुख़ार हुआ है?

कई बार। एक बार तो बेहोश हो गया था।

बस यही ख़ुदा की मार है। वह कोई थप्पड़ों से थोड़ी मारता है? बल्कि कल से तुम एक और काम भी करो। घर से रोज़ाना एक रोटी उनके लिए लाओ और उसके टुकड़े करके उनके आगे फेंका करो। हम उनके घर आकर बैठे हैं। उसका मुआवजा भी तो उन्हें देना है।

उस्ताद जी की बात पर मैं खिलखिला कर हंस दिया। यह कोई उनका घर थोड़ी है?

तो और किसका घर है? क्या कभी तुमने इंसानों को पेड़ों पर रहते देखा है और पक्षियों ने कभी मकान बनाए?

नहीं तो।

अगर नहीं तो फिर मेरी बात पर हंसने का क्या तुक है? भई ख़ुदा ने पेड़ इन पक्षियों के लिए ही तो बनाए हैं। यह तो उनकी मेहरबानी है कि हमें छाया में बैठने की अनुमति देते हैं। अगर हमारे सिरों पर ठोंगें मार-मार कर निकाल बाहर करें तो हम उनका क्या बिगाड़ लेंगे। मनुष्य तो इतना ओछा है, इन पेड़ों को सिरे से ही काट कर अपना साया और उनका घर नष्ट कर देता है।

बात कुछ-कुछ मेरी समझ में आ रही थी। वाकई उस्ताद जी सच कहते थे। उनका ठोंगा बहुत बुरा होता है। मुझे तुरंत वह घटना याद आ गई जब मेरे सिर को टिंड हुए अभी दो दिन ही हुए थे और मैं सहन में खड़ा जलेबी का टुकड़ा खा रहा था तो एक कव्वे ने मेरी टिंड पर वह ज़ोर का ठोंगा मारा कि ख़ून निकल

आया और जलेबी हाथ से गिर गई जिसे दूसरा कौव्वा जल्दी से झपट कर ले गया था।

मैंने कहा, उस्ताद जी यह कव्वे बहुत बुरे होते हैं। बहुत तेज़ ठोंगा मारते हैं।

मेरी बात पर मास्टर फ़ज़ल हुसैन की हंसी निकल गई। वे बोले, इसीलिए तो मैं कहता हूं, हर एक पक्षी का नाम याद करके उन्हें दोस्त बना लो।

वे मेरे दोस्त कैसे बनेंगे? वे तो डरके उड़ जाते हैं।

जब तुम उन्हें ग़ुलेल से मारोगे तो क्या आकर तुम्हारे गले मिलें?

इतने में खेल की घंटी बजी और मैंने ललचाई हुई नज़रों से मास्टर की तरफ़ देखा, कि वह मुझे छुट्टी करने का कहेगा मगर उसने एक और काम किया, उठ कर खड़ा हो गया और कहा, मेरे साथ आओ। मुझे क्यारियों और फूलों के पास ले आया और एक शाख़ को झुका कर उसके सुंदर फूल को मेरे सामने किया।

यह क्या है?

यह फूल है, मैंने तुरंत जवाब दिया।

और उसकी पत्तियों के अंदर क्या है?

अब फिर मेरा ज्ञान समाप्त हो गया। पत्तियों के अंदर क्या हो सकता था? कुछ भी नहीं था। मैं क्या जवाब देता?

मैंने मुस्कुरा कर कहा, कुछ भी तो नहीं है।

क्यों कुछ नहीं है? उसकी पत्तियों के अंदर जो नीले, पीले और गुलाबी रेशे नज़र आते हैं यह असल में ख़ुदा की नर्म आत्माएं हैं और जो हल्की-हल्की खुशबू सूंघ रहे हो, जिसे तुम देख नहीं सकते, यह ख़ुदा है। यही वजह है, इंसान जितने अधिक फूल और पेड़ लगाता है, अल्लाह मियां उससे उतना ही खुश होता है और उसे बड़े-बड़े सफ़ेद मोती देता है।

इसके बाद वह मुझे देर तक एक-एक फूल की कहानी बताने लगा, जिनके

अंदर जिनों और परियों के निवास थे। अब मुझे याद आया कि वह जो बार-बार फूलों और पेड़ों की ओर देखता रहता था, दरअसल यही रहस्य था। मुझे दूसरे लड़कों पर हंसी आई जिन्हें इस बात का पता नहीं चल सका था कि वास्तव में मास्टर फ़ज़ल हुसैन के हाथ यह मोती और जिन कैसे लगा।

सभी लड़के खेल छोड़ कर हमारे पास आ गए थे, लेकिन इतना नज़दीक भी नहीं कि मास्टर की बातें सुन सकें, बल्कि इतनी दूरी पर जहां से ख़तरा भांपते ही भाग सकें।

समय ऐसे गुज़रा कि मुझे पता ही नहीं चला, कब खेल की घंटी पूरी हुई और कब लड़के अपनी कक्षाओं में चले गए। मैं इस समय चौंका जब मुंशी ने कहा, अब तुम्हें इजाज़त है, घर चले जाओ। और मैं घर चला आया।

अब क्या था, मैं सब कुछ खुश-खुश याद करने लगा और मन ही मन अंडे बराबर सफ़ेद मोती के सपने देखने लगा। फिर यह सपने रातों को भी आने लगे। कई बार ऐसे हुआ, मैं सपने में मोती को लिए छुपाता और भागता फिर रहा हूं, लेकिन जागते ही अपने ख़ाली हाथ देखकर निराश सा हो जाता। इसी हाल में दिन और महीने बीतने लगे। पहेलियां पढ़ीं, कलीला-व-दम्ना पढ़ी, बैताल पच्चीसी और बैताल बत्तीसी याद की। कुछ मंत्र जल्दी याद हो जाते थे और कुछ देर में। ख़ास कर जो शेरों में थे वे मिनटों में याद हो जाया करते। दिन महीने और महीनों ने चार साल का मुंह देख लिया। पीपल की जड़, जिस पर मैं बैठता था, घिस कर मास्टर फ़ज़ल हुसैन की लाठी की तरह सफ़ेद, चमकदार और मुलायम हो गई। मुझे एक-एक जड़ का हुलिया और नक्शा इतना याद हो गया कि ज़रा से बदलाव को तुरंत भांप लेता और पीपल की शाखाएं और उन पर के पक्षियों के घोंसलों की संख्या तक याद हो गई। अब मुझे मुंशी की लाठी की मुट्ठी को भी बिना अनुमति छूने में झिझक न थी और कई बार उसे पकड़ के चला भी था।

हम दोनों शाम के समय क़स्बे के बाहरी इलाक़ों में निकल जाते। वह आगे-आगे, मैं पीछे-पीछे। बाग़, फ़सलें, चरवाहे, गायें और भैंसें और उनके गले में बजती हुई घंटियां, कोयलों और फ़ाख़्ताओं के गीत, और गांव से जंगलों की तरफ़ शाम को उड़-उड़ कर जाते हुए हज़ारों पक्षी और खेतों से वापसी पर किसान बैलों की जोड़ियां हंकाते हमारे साथी थे और हम उनके। पांच साल बीत गए।

दिन क्या रात क्या, मैं मंत्र पढ़ते थकता नहीं था। ऐसी हुड़क लगी कि कई बार सारी-सारी रात जागता और जादू के देशों की सैर किया करता। आंखें लाल हो जातीं। मंत्र ख़त्म होने में नहीं आते थे। अलिफ़ लैला, अमीर हमज़ा का उमर अय्यार, सामरी जादूगर और क़िस्सा चहार दरवेश, तोता कहानी, क़िस्सा हातिम ताई, मसनवी सहरुल-बयान और ज़हर-इश्क़ के मंत्रों ने वह रौनक़ पैदा की और ऐसे-ऐसे सफ़ेद मोती दिखा दिए कि उनके आगे उस्ताद जी के मोती की कोई हैसियत न रही। इन मंत्रों के अलावा सातवीं कक्षा की किताबों में भी लड़के तो एक तरफ़, उस्तादों तक के कान काटने लगा। हजारों ही शेर, ऐतिहासिक क़िस्से, और कहानियां यूं ज़बान से फिसलनें लगीं कि सुभान-अल्लाह कहिए।

मगर इसके साथ ही उस्ताद फ़ज़ल हुसैन की खांसी और ख़ून की थूकें बहुत ज्यादा बढ़ गईं। वह लकड़ियों की छोटी-छोटी पट्टियों की कैंची नुमा कुर्सी पर, जिसे तह भी किया जा सकता था, उसी तरह उकडूं बैठा, मुझे मीर और अनीस की जादूगरी तक ले गया।

एक दिन जब हम इसी तरह शाम को टहलते हुए ज़रा नलकूप के कुएं तक पहुंचे, जिसकी नाल से ठंडा पानी शरटि भर-भर कर एक हौज़ में गिर रहा था। उसने मुझ से कहा, अब वह मोती तुम्हारे हवाले करने का समय आ गया जिसका तुमसे वादा किया था। मैं हंस दिया क्योंकि अब मैं जान गया था कि

मोती की हकीकत क्या थी। उसके पास कोई मोती नहीं था। उसी समय उसे एक खांसी का गंभीर दौरा पड़ा, जिसमें बहुत देर तक हलकान होता रहा और खांसी के साथ ख़ून के छींटे फेंकता रहा। यह टीबी की अंतिम स्टेज थी। बड़ी मुश्किल से उसे मैं घर तक लाया। जब उसकी तबीयत संभली तो उसकी बेगम ने कहा, बेटा अब तुम चले जाओ। आपके उस्ताद अब ठीक हैं। मैं अपने घर चला आया। उसी रात वह मर गया। जनाज़ा हुआ और पास के क़ब्रिस्तान में ही उसे दफ़्ना दिया गया। दूसरे दिन मैंने कहीं से पीपल का पौधा क़ब्र के सिरहाने लगाकर उसे पानी दे दिया।

उसके बाद मेरा मन स्कूल में नहीं लगा और मैं पिता से ज़िद करके दूसरे स्कूल चला गया। लेकिन छुट्टी के बाद शाम के क़रीब जब हरेक चीज़ शांत हो चुकी होती और मेरे हम-उम्र उसी मैदान में खेल रहे होते, मैं उस पीपल के पास जाकर बैठ जाता और नागा नहीं करता। पक्षियों को रोटियां डालता और उनके साथ गीत गाता। उस मुलायम उभरी हुई जड़ पर बैठ कर कुछ मंत्रों का जाप करता। अब मैं खुद भी इतना होशियार हो गया था कि ढूंढ़-ढूंढ़ कर जादूगरी के ख़ज़ाने इकट्ठा करने लगा। मैं चाहता था, अधिक नहीं तो अपने क़स्बे में कोई मुझसे बड़ा जादूगर न हो। मोतियों का एक क़ीमती ख़ज़ाना मेरे पास इकट्ठा हो गया, कि इस प्रकार का एक भी मेरे किसी क्लास-फ़ेलो के पास नहीं था। बागों, खलिहानों, हवाओं, चरवाहों और जानवरों के गले में बजती हुई घंटियों और हलों से तलपट होती ज़मीनों से कीड़े-मकोड़े चुनती लालियों से और हवा में क़लाबाज़ी खाते पक्षियों से मेरी दोस्ती पक्की होती गई। मैं खुद मंत्र बनाने लगा, जो गाए भी जा सकते थे और पढ़े भी जा सकते थे। यह मंत्र पढ़ता-पढ़ता मैं किसी अन्य क्षेत्र में चला गया, जहां मुझे अपने दौर का सबसे बड़ा जादूगर मान लिया गया। अब वह जिन पूरी तरह से मेरे क़ब्जे में आ गया था। जीवन के

अड़तीस साल निकल गए और मैं मंझा हुआ जादूगर हो गया। मेरे पास कई दुर्लभ मोती थे, जो मुझसे कोई छीन नहीं सकता था। एक दिन क़ाफ़ी समय बाद वापस उसी क़स्बे में आया जो अब शहर बन चुका था।

बिल्कुल यही दिन थे। यही मौसम था। मैं भी वही था, लेकिन वह पीपल नज़र नहीं आ रहा था। बस इसी जगह पर था, जहां बड़ी-सी भद्दी इमारत खड़ी थी और उसके माथे पर गहरे काले अक्षरों में प्रिंसिपल डिपार्टमेंट लिखा था। मैं पीपल की जड़ों को चूम नहीं सकता था कि वह मेरी पहुंच से बाहर थीं। परिंदे ग़ायब थे। फूलों की क्यारियों की जगह पक्के रास्ते बन गए। स्कूल के पास पड़ोस ग़ायब होकर कहीं दूर निकल गए थे। चारों ओर ऊंची और बड़ी दीवार थी, जिसके बाहर चरवाहे और भेड़ों के बजाए मोटर और रिक्शों की चंगाड़ें थीं और घने धुएं के मरग़ोले थे। बागों और खलिहानों को बजरी और लोहे की

इमारतें खा चुकी थीं। लड़कों की संख्या बहुत ज्यादा और उनकी पोशाकें बदल चुकी थीं। उनके हाथों में नोट्स के भारी रजिस्टर थे।

इतने बड़े स्कूल में न किसी उस्ताद को पता था न किसी पढ़ने वाले को, कि यहां कोई उस्ताद फ़ज़ल हुसैन भी था, जिसके पास अंडे बराबर सफ़ेद मोती था। न किसी को पता था कि मैं कौन हूं। उस्तादों, छात्रों और स्कूल के दरो-दीवार में से न मुझे कोई पहचानता था और न मैं किसी को।

मैं दबे पांव वहां से निकला सीधा क़ब्रिस्तान का रुख़ किया और उस्ताद फ़ज़ल हुसैन की क़ब्र पर जा पहुंचा। क़ब्र के सिरहाने खड़ा पीपल का पेड़ अब बड़ा और घना हो चुका था। उस्ताद फ़ज़ल हुसैन की क़ब्र के अलावा आस-पास बीसियों क़ब्रों पर भी उसकी छांव थी और शाख़ों पर सैंकड़ों परिंदे चहक रहे थे।

कम्मी भाई

हाजी अब्दुल करीम के मरने की ख़बर सुनकर औरतें घरों से ऐसे निकल आईं जैसे भूकंप आ गया हो। बाज़ार में जैसे लोगों की एक नहर थी जो हाजी साहब के घर की ओर चली जा रही थी। कुछ औरतें तो रोती पीटती जा रही थीं। मैं उस वक़्त कोई सात बरस का रहा होऊंगा। नहीं कह सकता कि हाजी साहब से मेरा परिचय था। हां सुबह सवेरे दादी अम्मा मुझे उठाती कि चलो मौलवी से क़ुरान पढ़ कर आओ, तो उस वक़्त मेरा सामना पहले हाजी अब्दुल करीम से ही होता। वह ठीक इमाम के पीछे खड़े होते। कई बार ऐसा भी हुआ कि हाजी साहब वक़्त पर नहीं पहुंचे तो पेश पेश-इमाम इंतज़ार करता और जामात की नमाज़ (एक साथ मिलकर सामूहिक नमाज़) पढ़ने में देरी की। बहरहाल, मेरा उनसे यही परिचय था। उसके अलावा ना उन्होंने कभी पूछा ना मैं नज़दीक हुआ।

अब उनके मरने पर ना तो मुझे ग़म था ना ख़ुशी। लेकिन पांव बिना सोचे समझे बड़ी हवेली की ओर उठने लगे और अब हवेली के सामने लोगों के ठठ (भीड़) के सामने खड़ा था। रोने की आवाज़ उठ रही थी। आस-पास के गांव में आदमी को दौड़ा कर घोषणा करवा दी गई ताकि सलाम दुआ वाले (जान पहचान वाले) कंधा दे सकें। हमारा गांव या यूं कहें कि हाजी साहब का गांव काफ़ी बड़ा था, जिसकी आबादी पांच हज़ार रही होगी। बाज़ार खुले खुले और ऊंचे-ऊंचे पेड़ों से ढके हुए थे। गांव में चार बड़ी बिरादरियां थीं, लेकिन चौधराहट हाजी साहब की थी। उसके अलावा कोई सौ घर कम्मियों का होगा। हाजी साहब ने दस हज किए, नमाज़ रोज़े की सदा पाबंदी की। भरा हुआ शरीर, लंबा क़द और लंबी सफ़ेद दाढ़ी थी। मैंने उन्हें हमेशा सफ़ेद मलमल में ही देखा था। हाथ में असा (छड़ी) रखते थे। गांव में सबसे ज़्यादा ज़मीन भी उन्हीं की थी, इसलिए पंचायत में केंद्रीय हैसियत उन्हीं की होती और जो मुंह से निकल जाता

पत्थर की लकीर होता, किसी की क्या मजाल कि उनके आगे दम मारे।

मैं लोगों की भीड़ चीरता हुआ उनकी चारपाई तक पहुंचा जहां औरतों के रोने से कान पड़ी आवाज़ सुनाई न देती थी। रोने वालियों में अधिकतर कम्मियों की औरतें थीं। एक दो मिनट को हाजी साहब का मुंह देखता रहा जिनकी ठुड्डी के नीचे सफ़ेद कपड़ा बांध दिया गया था। चेहरे का रंग काले में मिला हुआ पीला हो गया था। जबड़े अंदर को धंसे हुए और मुंह की हड्डियां बाहर निकली हुई थीं जिन्हें देख कर मुझे डर लगने लगा और मैं फ़ौरन पीछे हट गया। शायद पहली बार किसी मुर्दे को देखा था इसलिए डर गया। बाहर आकर खुली हवा में खड़ा हो गया और उस वक़्त हैरान रह गया जब औरतें यह कहती हुई गुज़री: "भहिनां, हाजी साहब पर आज कोई रूप आया, अल्लाह बख़्शे (माफ़ करे) कितने भले थे।" मैं जल्द ही अपने घर चला आया और शानी के साथ गोलियां खेलने लगा। मग़रिब (शाम) से पहले जनाज़ा (अर्थी) उठ गया, लोग जनाज़े की जगह भागे जा रहे थे लेकिन मुझे ज़रा दिलचस्पी नहीं थी। रात में अलबत्ता सोते हुए डरता ज़रूर रहा।

दूसरे दिन सवेरे मस्जिद गया तो मौलवी साहब ने हम सारे बच्चों को संबोधित करते हुए कहा, "बेटा तुम्हें पता है कल हाजी अब्दुल करीम का देहांत हो गया। अल्ला बख़्शे गांववालों के लिए रहमत (वरदान) थे। आज गांव अनाथ हो गया। क्या मजाल थी हाजी साहब के होते हुए कोई गांव पर बुरी नज़र डालता। मेरे साथ भाई जैसा व्यवहार था।"

इसके साथ ही मौलवी साहब के आंसू निकल गए।

"पुत्तर आज अपने अपने सिपारे (क़ुरान के अलग अलग भाग) लेकर हाजी साहब की क़ब्र पर चलो और क़ुरान पढ़कर उनकी आत्मा को सवाब पहुंचाओ। मैं भी तुम्हारे साथ चलता हूं। वहां शीरीनी (मिठाई) भी होगी।"

शीरीनी के लालच में हम सब हाजी साहब की क़ब्र पर आ गए। क़ब्रस्तान गांव के पूर्वी कोने पर पांच एकड़ में फैला हुआ था और गांव के साथ जुड़ा था। दूसरी तरफ़ नहर बहती थी लेकिन नहर का कोई प्रभाव क़ब्रस्तान पर नहीं था। चारों ओर मिट्टी गारे की दीवारें थीं। क़ब्रस्तान में गिनी चुनी क़ब्रें थीं। कोई सायादार पेड़ नहीं था। लेकिन झाड़ियां बहुत उगी हुई थीं जिनमें सांप और कीड़े मकोड़े रेंगते फिरते। जगह-जगह चूहों ने बिल बना रखे थे जिसके कारण अधिकतर क़ब्रें ज़मीन में धंसी हुई थीं। आवारा गधे और कुत्ते दिन रात फिरते रहते, सड़ी गली हड्डियां इधर-उधर बिखरी हुई थीं। ऐसा लगता था कि चुड़ैलों का यही ठिकाना है।

जब हम क़ब्रस्तान पहुंचे तो हाजी अब्दुल करीम का बड़ा बेटा हाजी सैफ़ुर्रहमान और दूसरे अन्य लोग वहां पहले से मौजूद थे। हम सब बड़े आदर से क़ब्र के गिर्द बैठ गए और क़ुरान पढ़ना शुरू कर दिया। क़ब्र, क़ब्रस्तान की बीच में थी। क़ुरान पढ़ने के बाद मौलवी जी ने अंत पढ़ा और शीरीनी बांटी गई। हमारी इस व्यस्तता के दौरान क़ब्र खोदने वाले दीने ने एक जामुन का पौधा क़ब्र के सिरहाने लगाकर उसे पानी दे दिया, जिस पर ख़ुश होकर सैफ़ुर्रहमान ने दीने को दस का नोट दिया। नोट लेकर दीने सैफ़ुर्रहमान को दुआएं देने लगा। विदाई के वक़्त मौलवी जी ने हाजी सैफ़ुर्रहमान के गले मिल कर उसे ढाढस बंधाई। फिर हम चल दिए। दो चार ही क़दम चल कर मौलवी जी अचानक रुक गए और सैफ़ुर्रहमान की ओर मुंह कर के कहने लगे:

''बेटा सैफ़ुर्रहमान, ऐसा कर हाजी साहब की क़ब्र के गिर्द छोटी सी दीवार बना दे और क़ब्र पक्की कर दे ताकि बारिश और कुत्ते बिल्ले नुक़सान न पहुंचाएं।'' सैफ़ुर्रहमान ने मौलवी की बात सुन कर सिर हिला दिया। दीना गोरकन भी ग़ौर से सुन रहा था। इसके बाद हम अपने घरों को चले आए और खेल धंधों में लग गए। तीसरे दिन मस्जिद में क़ुल (क़ुरान पढ़ी गई) हुए और

सातवीं को साता जिसमें ख़ूब फल और मिठाइयां बंटीं और हमारी मौजें हुईं। मैंने दिल में सोचा काश रोज़ कोई इसी तरह मरता रहे।

उसके बाद एक महीने तक बिल्कुल ख़ामोशी रही। ऐसा लगा जैसे मौलवी साहिब ख़ुद भी हाजी साहब को भूल गए हों। लेकिन एक दिन अचानक सुबह मौलवी साहब ने हमें कहा, ''बेटा, आज फिर हाजी साहब की क़ब्र पर क़ुरान पढ़ना है क्योंकि आज हाजी साहब का चालीसवां है।'' पिछली बार की शीरीनी हमें याद थी इसलिए हम ख़ुशी ख़ुशी चल दिए लेकिन इस बार हाजी साहब का बेटा वहां मौजूद न था और न हमें वहा कहीं मिठाई दिखाई दी। हम सब का दिल छोटा हो गया और मौलवी को दिल ही दिल में कोसने लगा। सिर्फ़ दीना गोरकन खड़ा था। उसने क़ब्र पर ताज़ा छिड़काव भी किया और गुलाब की पत्तियां बिखेर कर अगरबत्तिया सुलगा रखी थीं। जिनका ख़ुशबूदार धुआं हमें अच्छा लग रहा था। सबसे अलग चीज़ जो नज़र आई वह ये कि क़ब्र के गिर्द काफ़ी खुला सेहन छोड़ के छोटी कच्ची दीवार खड़ी कर दी गई। जामुन का पौधा भी हरा हरा लहलहा रहा था।

गोरकन ने आगे बढ़कर मौलवी साहब को सलाम किया जिसका मौलवी साहब ने बेपरवाई से जवाब दिया। कुछ देर खड़ा रहने के बाद गोरकन बड़े गर्व से बोला, ''मौलवी साहब पिछली बार आपने जो मशविरा दिया था उसे हाजी सैफ़ुर्रहमान ने मेरे ज़िम्मे लगा दिया था, क्योंकि उनको तो और भी सौ काम होते हैं, और फिर हाजी साहब कौन से बेगाने थे। मुझे अपना बेटा समझते थे। कच्ची ईंटें पड़ी थीं, मैंने सोचा क़बर तो पक्की मैं बना नहीं सकता। चलो इसके गिर्द कच्ची दीवार ही कर दूं। हाजी साहब नेक आदमी हैं, मुझे भी पुण्य मिलेगा।'' फिर आहिस्ता से मौलवी जी के नज़दीक होकर बोला, ''मौलवी साहब ये सेहन मैंने इसलिए खुला रख दिया है कि हाजी की बीवी बेचारी बूढ़ी

हो गई है, अल्ला न करे ऊंच-नीच हो जाती है, उसकी क़ब्र भी हाजी साहब के साथ बन जाएगी। हाज़ी हज्जन फिर इकट्ठे हो जाएंगे।''

मौलवी ने सुनकर गोरकन को थपकी दी और हाजी साहब की क़ब्र के बारे में दो तीन सलाह दी। उसके बाद हमें क़ुरान पढ़ने का हुक्म दिया। अभी क़ुरान पढ़ ही रहे थे कि हाजी सैफ़ुर्रहमान अपने नौकर के साथ शीरीनी लेकर आ पहुंचा जिसे देख कर हमारे चेहरों पर एक रौनक़ सी आ गई और हमने ज़ोर-ज़ोर से क़ुरान पढ़ना शुरू कर दिया। जितनी देर हम क़ुरान पढ़ते रहे, हाजी सैफ़ुर्रहमान, मौलवी जी और गोरकन आपस में बातें करते रहे जो क़ुरान पढ़ने के शोर में हमें सुनाई ना दीं।

जब विदा होने लगे तो हमने देखा हाजी सैफ़ुर्रहमान ने मौलवी जी और गोरकन को एक एक सौ रुपये दिया। फिर हम सब वापस चले आए और हाजी अब्दुल करीम, जिससे मेरी पहले भी कोई दिलचस्पी ना थी मेरे लिए एक ख़्वाब हो गया। अब गांव में शायद ही कोई होगा जिसने कभी हाजी साहब का ज़िक्र किया हो। यहां तक कि एक साल गुज़र गया। फिर और कुछ महीने बाद मैंने मौलवी साहब से क़ुरान पढ़ना भी छोड़ दिया और पूरी तरह अपने खेल और स्कूल में लग गया।

गांव में बूढ़े मरते रहे लेकिन फिर मैंने न किसी का जनाज़ा पढ़ा और न क़ब्रस्तान का रास्ता देखा। लेकिन एक बार ईद की नमाज़ पर जब मौलवी साहब ने गांव वालों को क़ब्रस्तान की ख़राब स्थिति पर शर्म दिलाई तो उन्होंने पक्की चारदीवारी करने का इरादा किया जिसमें सारे गांव ने बढ़-चढ़ कर भाग लिया और चारदीवारी खड़ी कर दी। उसके अलावा मुझे कुछ पता नहीं। यहां तक कि मैं मट्रिक में पहुंच गया और उम्र के पंद्रहवें साल में। फिर अचानक एक दिन चौधरी मोहम्मद ख़ुशी के मरने का एलान हुआ। मैं ज़्यादा ग़ौर न करता लेकिन चौधरी का छोटा बेटा अमजद मेरा क्लास फ़ेलो था इसलिए न चाहते हुए भी जाना पड़ा। कंधा दिया, जनाज़ा पढ़ा, यहां तक कि दफ़न करने में भी शामिल

रहा। और क़ब्रस्तान में यह देख कर हैरान रह गया कि नक़्शा ही बदला हुआ है। हाजी साहब की क़ब्र पर एक बड़े जामुन के पेड़ के अलावा बहुत से पेड़ क़ब्रस्तान में उगे हुए हैं। अधिकतर क़ब्रें पक्की हो चुकी हैं और बहुत के साथ खुली चारदीवारियां हैं, जिने के अहाते पांच पांच मरले तक खुले और क़ब्रों पर नाम और ख़ानदान की तख़्ती अलग। हाजी अब्दुल करीम की क़ब्र पर तो एक गुंबद भी बन चुका था जिसके नीचे अब हाजी की बीवी भी दफ़्न हो चुकी थी जो दो साल पहले मरी थी। ये गुंबद शायद उसी वक़्त बनाया गया था। लेकिन क़ब्रस्तान में अभी बहुत जगह ख़ाली थी। मुझे याद है कि चौधरी ख़ुशी मोहम्मद की क़ब्र की तैयारी के वक़्त भी अमजद के साथ वहां मौजूद था। हमारे जाने से पहले ही दीने गोरकन ने क़ब्र एक खुली जगह पर खोदी और इर्द-गिर्द की लगभग पांच मरले की जगह झाड़ झंखाड़ साफ़ कर दी जिसे देख कर हम सराहना किए बिना न रह सके, बल्कि अमजद ने दीने को दो सौ रुपये का इनाम भी दिया। जिसपर दीने ने चौधरी ख़ुशी मोहम्मद की काफ़ी तारीफ़ की और कहा, "चौधरी साहब, मैंने सोचा चौधरी ख़ुशी मोहम्मद बड़े अच्छे आदमी थे, क़ब्र ज़रा खुली जगह पर बना दूं, ताकि फ़ातिहा कहने में आसानी रहे। जगह मैंने साफ़ कर दी है। अब चौधरी जी, कल पक्की ईंटों की दीवार करवा दें ताकि ये जगह घेरे में आ जावे और सुरक्षित हो जावे।"

मैट्रिक करने के बाद मैं शहर चला आया ताकि और पढ़ाई कर लूं। गांव में हमारा एक ही घर था जो यूपी से महाजिर (प्रवास) करके आया था और ना जाने किन परिस्थितियों में इस गांव में आ बैठा था। रिश्तेदार लाहौर और कराची जा बसे। इसलिए हमारी यहां कोई बिरादरी नहीं थी जबकि गांव की बाक़ी आबादी स्थानीय थी। लिहाज़ा, असर व रसूख़ न होने के कारण हमारी गिनती भी कम्मियों में होती थी।

शहर में, मैंने एक मेडिकल स्टोर पर रात की नौकरी कर ली, जो दो बजे तक होती चलती थी। ढाई बजे सो जाता। सुबह नौ बजे कॉलेज निकल जाता। इस प्रकार गांव का मेरा चक्कर सप्ताह के बजाय महीने पर लगता और महीने-महीने वेतन लेकर घर चला जाता। बल्कि अब कभी कभी तो हफ़्ते बाद ही निकल जाता क्योंकि दादी अम्मा की तबीयत अब ठीक नहीं रहती थी। एक दिन दफ़्तर में डाक सील कर रहा थी कि सुपरिंटेंडेंट ने आवाज़ दी। पास गया तो रिसीवर हाथ में दे दिया। फ़ोन सुन कर चकरा गया। वालिद साहब ने दादी अम्मा की मौत की ख़बर सुनाई। दादी अम्मा से जितनी मोहब्बत थी उसकी पहली प्रतिक्रिया तो यह थी कि फूट-फूट कर रोया। वह मुसीबतों की मारी जब से भारत से आई, मुफ़लिसी और परेशानी ने साथ न छोड़ा। दादा मियां आते ही चल बसे। तरकारियां बेचीं, सूत काते, ख़ुद भूखों रही छह औलादों को पाला। अब जो यह मौत का संदेश आया तो मुझे उसपर बड़ा तरस आया। ख़ुदा जानता है आज तक उससे तहज्जुद (रात के पिछले पहर की नमाज़) नहीं छूटी थी। मजलिस का आयोजन करने की हैसियत न थी लेकिन घर में ताहिरीन (पैग़म्बर मोहम्मद के परिवार के लोगों) की छोटी मोटी न्याज़ (के नाम पर दान करना) दिलवाना ना भूली। मैंने सुपरिंटेंडेंट से छुट्टी ली, काम छोड़ा। भागम भाग बस अड्डे पर आया, बस पकड़ी और शाम से पहले गांव जा पहुंचा और अम्मा की लाश से ख़ूब लिपट कर रोया। अंधेरा छा चुका था। अम्मा को नहलाया गया कफ़न दे दिया। इशा हो गई लेकिन मय्यत न उठी। फिर आठ बज गए। नौ बज गए। जाड़े में नौ भी आधी रात लगती है। हमारे घर में रोने धोने के अलावा कुछ काना फूसी भी हो रही थी और अब्बा मियां कुछ परेशान दिखाई दे रहे थे।

मैंने पूछा, ''अब्बा जी मय्यत नहीं उठी। अब किसका इंतिज़ार है?''

बोले, ''इंतिज़ार तो किसी का नहीं, बस क़ब्र की देर है''

मैंने कहा, ''शाम से अब तक क़ब्र क्यों नहीं बनी?''

बोले, ''क़ब्रस्तान में जगह नहीं।''

मैंने कहा, ''ये क्या हुआ! इतना बड़ा क़ब्रस्तान है, अभी कल की बात है ढाई क़ब्रें थीं।''

बोले, ''लेकिन अब जगह नहीं रही।''

इतना सुनना था कि मैं भागा क़ब्रस्तान आया। गोरकन के घर का दरवाज़ा पीटा जो क़ब्रस्तान के अंदर एक कोने में था और अब सारे का सारा पक्का हो चुका था।

गोरकन बाहर निकला तो मैंने पूछा, ''चाचा, क्या बात है क़ब्र नहीं बनाते हो? अम्मा बाहर पड़ी है।''

कहने लगा, ''भाई कितनी बार कह चुका हूं, बुढ़िया का कहीं और बंदोबस्त करो, क़ब्रस्तान में जगह नहीं।''

मैंने कहा, ''चल देखते हैं कैसे जगह नहीं?''

बोला, ''तेरे बाप का नौकर हूं आधी रात क़ब्रें फलांगता फिरूं और सांप डंसवा लूं।''

मैंने कहा, ''चल नहीं तू न सही, मैं ख़ुद जगह ढूंढ़ लूंगा।''

जैसे ही वापस मुड़ा और क़ब्रस्तान में दाख़िल हुआ तो उसने पीछे से फिर आवाज़ दी, ''ख़बरदार अगर किसी दूसरे ज़मीनदार की क़ब्रों के अहाते में क़ब्र बनाई वरना सुबह मुर्दा बाहर निकाल फेकेंगे, फिर न कहना क्या हुआ।''

बहरहाल जब मैं क़ब्रस्तान के अंदर आया, जाड़े की चांदनी रात थी, गोया दूध बरस रहा था। पूरे क़ब्रस्तान में अहाते ही अहाते थे और अंदर दो दो तीन-तीन क़ब्रें, बाक़ी जगह ख़ाली। दो-तीन जगह मुझे बड़े गुंबद भी नज़र आए। हैरान कि अब क्या करूं अम्मा को कहां दफ़्न करें, कि इतने में दूर क़ब्रस्तान

की आख़िरी नुक्कड़ पर लालटेन की हल्की सी रौशनी दिखाई दी। क़रीब गया, देखा तो मेरे चचा क़ब्र खोद रहे थे। उन्होंने थोड़ी देर पहले ही चारदीवारी के साथ एक लावारिस जगह ढूंढ़ निकाली थी और अब वह क़ब्र बना रहे थे।

ख़ैर, रात दो बजे अम्मा को दफ़्न किया, जनाज़े में कोई पंद्रह लोग थे। मौलवी जाड़े की डर से न आस के, जनाज़ा बाबा जान ने पढ़ा।

अगले दिन सुबह नौ बजे चौकीदार ने अब्बा को आवाज़ दी कि हाजी सैफ़ुर्रहमान याद करते हैं। बाबा ने मुझे साथ लिया। हवेली पहुंचे तो कोई सौ आदमी बैठे थे जिसमें तमाम बिरादरियों के लोग मौजूद थे। दीना गोरकन भी वहां मौजूद था। मुझे देखते ही त्योरी चढ़ाई। हम सलाम करके बैठ गए। अब्बा मिया हैरान कि ख़ैर हो ख़ुदा जाने क्या बात है।

जब सब बैठ गए तो सैफ़ुर्रहमान की गरजदार आवाज़ ने चुप्पी तोड़ी।

''मियां तक़ी मोहम्मद रात तेरे छोकरे ने दीने से बदतमीज़ी की। आधी रात बुढ़िया की क़ब्र बनवाता फिरता था और तुम्हें यह भी पता है कि क़ब्रस्तान में कम्मियों के लिए अब कोई जगह नहीं। रात की बात तो हमने पी ली, लेकिन आगे के लिए सारे कम्मी अपना बंदोबस्त करो। क़ब्रस्तान सिर्फ़ उनके लिए है जिनकी गांव में ज़मीन है। आज तक कम्मियों की जो क़ब्रें बन गईं बन गईं, वह भी हमारा एहसान समझो, और सुनो कि दीने गोरकन ने तुम्हारे कम्मियों का कोई ठेका नहीं लिया कि क़ब्रें खोदता फिरे। मेरा पंचायत बुलाने का आज सिर्फ़ यही मक़सद था।''

यह कहकर हाजी सैफ़ुर्रहमान उठ गया। किस की मजाल कि दम मारे। हम भी अपने घर चले आए। दूसरे दिन कम्मियों ने ख़दिम तेली के घर लोगों को इकट्ठा किया और फ़ैसला ये हुआ कि कम्मी बिरादरी दो कनाल ज़मीन क़ब्रस्तान के लिए अलग ले। हर घर को ढाई सौ रुपये लगा दिया। पांच दिन में पच्चीस हज़ार रुपया इकट्ठा हुआ और गांव से दो किलोमीटर दूर राव अब्दुश्शकूर से दो कनाल ज़मीन ख़रीद ली

गई। ज़मीन रेतीली थी लेकिन उन्हें कौन सी फ़सल बोनी थी। हां, कुछ दूर थी।

अब जो कम्मी मरता, उसके वारिस ख़ुद क़ब्र बना लेते, इस प्रकार गोरकन भी ज़रूरत नहीं रही और मौलवी की कमी इसलिए महसूस ना हुई कि अब्बा मियां जनाज़ा पढ़ देते।

उधर ज़मीनदारों का गोरकन दीना था जिसने क़ब्रस्तान को स्वर्ग की तरह बना दिया। पक्की क़ब्रें और जगह-जगह गुंबद, हर तरफ़ घनी छांव वाला पेड़, पानी की कमी बीच से गुज़रने वाला नाला पूरा करता। अब क़ब्रस्तान में ज़मीनदारों के लिए काफ़ी जगह थी जो मुद्दतों काम आती और ख़त्म न हो सकती थी कि क़ब्रस्तान में हर किसी ने अपना क़ब्ज़ा कर रखा था।

मैं अब कभी कभार गांव जाता तो अम्मा की क़ब्र पर ज़रूर जाता और हर तरफ़ सफ़ेद संगमरमर की क़ब्रें देखता। यूं दस साल बीत गए। कोई समस्या ना हुई। मैंने देखा कि दीना अब बूढ़ा हो चुका था मगर क़ब्रों को देख-भाल उसी मेहनत से करता था।

अगली बार छह महीने बाद गांव गया तो पता चला कि आज सुबह दीना गोरकन मर गया। मैंने ये ख़बर सिर्फ़ सुन ली ज़्यादा दिलचस्पो न ली। यहां तक कि शाम तक वैसे ही भूल गया। दूसरे दिन दस बजे अपने घर बाबा जान के साथ बैठा था। गर्मियों के दिन और तेज़ धूप चढ़ आई थी। अचानक दरवाज़े पर दस्तक हुई। मैं उठ के बाहर गया तो सामने चौकीदार था।

कहने लगा, हाजी साहब हवेली बुलाते हैं। मैं बाबा जान को बताए बिना हवेली चला आया। सामने देखा तो हाजी साहब बड़े मोढ़े पर बैठे हुक़्का पी रहे थे। दूसरे लोग और कम्मी चारपाइयों पर बैठे थे।

मुझे देखकर हाजी सैफ़ुर्रहमान ने कहा, ''मियां तक़ी नहीं आया?''

मैंने कहा, ''चौधरी साहब, वो ज़रा बीमार हैं, आप हुकम करें, मैं आ गया हूं।''

कुछ देर हुक़्क़ा गुड़गुड़ाने के बाद बोले:

''तुम्हें पता है, कल दीना गोरकन मर गया और लाश अभी तक पड़ी है। क़फ़न दफ़न किसी ने नहीं दिया। गर्मियों के दिन हैं और दीने की लाश बदबू छोड़ने लगी है, तुम्हारा कम्मी भाई था लेकिन तुम्हें ज़रा भी ख़्याल नहीं आया। जाओ उसका बंदोबस्त करो।'' रहीमे कुम्हार की ओर देखते हुए: ''रहीमे तुम क़ब्र खोदो। और तैफ़े तू दीने को ग़ुसुल दे। कफ़न का बंदोबस्त मैंने कर दिया है।'' और फिर मेरी ओर देखकर: ''अली हुसैन तू पढ़ा लिखा है, ज़रा जनाज़ा पढ़ देना। मौलवी आज फ़ारिग़ नहीं।''

इतना कह कर हाजी साहब खड़े हो गए और मुड़ते हुए फिर रुके।

''और हां, गांव के क़ब्रस्तान में जगह नहीं, उधर अपनी ही तरफ़ ले जाना।''

मर्द बच्चा

''बाबा का नाम टेमपीस! बाबा का नाम टेमपीस!'' की आवाज़ें कसते हुए हम उससे दूर भाग जाते। वह हमारे पीछे गालियां देता हुआ कुछ दूर तक भागता, फिर कोई पत्थर उठा कर हमारी ओर पूरे ज़ोर से फेंक देता जो काफ़ी पीछे रह जाता। हम उसके कड़े मिजाज़ को जानते थे इसलिए हमेशा उसपर उस वक़्त आवाज़ कसते जब हमें यह विश्वास होता कि हम पकड़े न जा सकेंगे या उसके पत्थर की पहुंच से दूर रहेंगे।

गांव के बच्चों उससे कुछ ज़्यादा ही चिढ़ थी। कोई बच्चा ही ऐसा होगा जो उससे मज़ाक़ करके न भागता हो। गांव का यह अकेला नाई था जिसकी बच्चों के साथ खुली हुई दुश्मनी चली आती थी। बच्चे जिनमें मैं ख़ुद भी शामिल था न केवल उस पर आवाज़ें कसते बल्कि उससे बड़ी नफ़रत भी करते।

उसकी एक आंख कानी थी। एक टांग से लंगड़ा कर चलता और हर एक क़दम के साथ साठ डिग्री के कोण तक दायीं ओर झुक जाता। पांव में टायर के बने हुए

जूतों के सिवा मैंने कोई जूता नहीं देखा। चेहरा एक दम कुरुप कि देखने वाले को घिन आती। जहां से गुज़रता बदबू और दुर्गंध फैलाता जाता। शायत ईद बक़रीद नहाता हो, लेकिन प्राय: यही कहते सुना कि जो व्यक्ति सवा किलो पानी से ज़्यादा से स्नान करेगा उसे ख़ुदा का अज़ाब होगा। जहां तक मुझे याद पड़ता है। उसकी एक लुंगी और एक ही कुर्ता था। गर्मियों में जब वह अपनी चारपाई बाहर खुले में रखकर सोता तो वही लुंगी कमर से खोल कर ऊपर ले लेता ताकि मच्छरों से बचा रहे। गांव के अधिकतर लोगों ने उसे इस बात पर टोका भी, मगर वह अपनी धुन का पक्का था। शायद नया कपड़ा लेने या पुराने को उतार कर धोने के झंझट में वह कभी नहीं पड़ा। कपड़े धोना तो दूर की बात, उसने अपने चाय और हांडी रोटी के बर्तन भी शायद ही कभी धोए हों, जो उस अकेली झोंपड़ी में खुले पड़े रहते थे जिसके आगे न कोई सेहन था, न सेहन की दीवार। सुबह चाय बनाते हुए न कभी उसने किसी राह चलते को चाय की दावत दी और न किसी ने चाय पीने की इच्छा जताई। चाय पीकर अपने औज़ारों की पोटली खोलता और नौ बजे तक वहीं बैठा दीवार के साये में लोगों की हजामत बनाता जो उसके दरवाज़े पर चल कर आते। अगर कोई चाय पीने के दौरान आ जाता तो ऐसी साधुओं वाली बेपरवाई दिखाता कि लोग ईर्ष्या से जल कर मर जाएं। बाल कतरते समय ज़बान क़ैंची से ज़्यादा चलाता, इसलिए कि कभी सालों बाद मौज में आता तो क़ैंची में सान लगवा लेता। उससे भी बुरी हालत टुंड (गंजा) करने वाली मशीन की थी जिसे बच्चे तो बच्चे बड़ों के भी पसीने छूट जाते। बाल काटने से ज़्यादा खिंचती थी। उसके बावजूद हमारा सारा मुहल्ला, जिसमें लगभग दो सौ घर होंगे, सबके सब उसी से बाल कटवाते क्योंकि एक तो उसका भाव बहुत कम था और दूसरे बाल काटने या गंजा करने ठीक समय पर जाता। हर घर में टुंडे करने की तारीख़ उसे हमेशा याद रहती। कुछ परिवारों की टुंडें तो वह बिना पैसा लिए ही

यानी चाय और रोटी पर ही कर देता। इस प्रकार उसका ज़्यादातर काम बार्टर सिस्टम (बदलैन) के अनुसार ही चलता। बालों को बनाते समय बाल बनवाने वाले पीड़ित की सलाह सुनना अपनी शान के ख़िलाफ़ समझता। फ़ौरन धक्का दे कर दूर कर देता और अपनी मशीन घुतली में डाल लेता। इस तरह आधी हजामत वाले को अपनी बात उसी समय वापस लेनी पड़ती।

मेरे साथ उसकी दुश्मनी उस वक़्त शुरू हुई जब मैंने उससे टुंडा कराने से इन्कार कर दिया जो मेरे बाप को बहुत बुरा लगा। उसने छड़ी से मार मार कर मुझे काना टेमपीस के आगे कर दिया।

उस दिन ज़ालिम ने मेरे बाल मशीन के साथ इतने उखाड़े कि मेरी खोपड़ी का चमड़ा फूल गया। मैं कई घंटे तक रोता रहा और रात में सोते हुए काने टेमपीस को सच्चे मन के साथ शराप दिया कि या अल्लाह सुबह को वह ज़िंदा न उठे। मगर वह उसी प्रकार ज़िंदा रह कर मेरे सीने पर मूंग दलता रहा। मुझे टुंडा कराने पर कोई ऐतराज नहीं थी मगर काने से टुंडा कराने में परेशानी ये थी कि लोग और लड़के पहचान जाते कि काने टेमपीस के हाथ लगे हैं। यही बात मेरी लिए परेशानी की थी। उसने अपना एक डाकटरी नुस्ख़ा हर मां बाप को याद करा दिया था कि टुंडा कराए रहने से बच्चा स्वस्थ रहता है, ख़ासकर गर्दन मोटी होती है।

मुझे उससे शदीद नफ़रत के बावजूद उसकी एक विशेषता बहरहाल यह थी और मैं मानता हूं कि वह बिना घड़ी के बिलकुल सही वक़्त बताता। सिर्फ़ सूरज को दो तीन बार देखता और अपना फ़ैसला सुना देता कि कितने बजे हैं। ग़ालिबन पांच सात मिनट से ज़्यादा का फ़र्क़ नहीं निकलता। मगर इसी खासियत पर बच्चों ने उसकी छेड़ बना दी। धीरे-धीरे यह छेड़ इतनी ज़्यादा बन गई कि कोई वक़्त पूछ लेता तो वह ईंट उठा लेता और गालियां देते देते गांव से चले जाने की धमकी भी दे दता, कि मेरे बाद तुम्हारे बाल कोई नहीं काटेगा फिर सिख बन जाओगे।

मेरे पिता ने अकसर कुरेदने की कोशिश की, ''मियां शर्फ़ू (असल नाम शरीफ़ था), आख़िर तुम्हारे कहीं बीवी बच्चे भी होंगे, कोई अस्ली वतन होगा। कुछ तो ख़बर करो। कल परसों ख़ुदा न करे कोई ऐसी वैसी बात हो गई, फिर हम किसका मुंह देखेंगे।''

''मुंह किसका देखना? अगर दफ़ना न सको तो आग लगा देना।'' शर्फ़ू ने बिगड़ कर जवाब दिया। इसलिए अधिक पूछने की हिम्मत न हुई।

मुझे बड़ी ख़ुशी इस बात की होती कि शादी ग़मी में काने टेमपीस से कोई भी देगें नहीं पकवाता, न कोई बरतन धुलवाता, फिर भी ऐसा कमीना ख़ुद बख़ुद चाला आता और नाइयों की सलाह देनी शुरू कर देता। नमक ये डालो, मिर्च फ़लां डालो, घी कम डालो, वगैरह। मगर नाई भी अपनी ही करते सिर्फ़ उससे प्याज़ कटवा लेते।

चूंकि शर्फ़ू की झोंपड़ी हमारे घर से कोई बीस क़दम पर थी, इसलिए अकसर टक्कर हो जाती। मुझे पता नहीं जब वह बीमार होता तो उसकी देख-भाल कौन करता था। हमने या उसके पड़ोस में दो एक घर जो और थे उन्होंने तो कभी नहीं की। कोई बाल कटवाने जाता और वह कह देता कि मैं बुख़ार में हूं या सिर दर्द है तो उसका जवाब सुनकर वापस लौट जाता, यह सोचे बिना कि अब उसकी दवा-दारू का ज़िम्मेदार कौन है। मुझे उन चीज़ों से कोई मतलब नहीं था। मेरी और दूसरे कई बच्चों की ख़ुशी तो इसी बात में थी कि जितनी जल्दी हो सके ये मर जाए ताकि हमारी टुंडे होने जान छूटे।

यहां तक कि छह सात साल और निकल गए। धीरे-धीरे हम बड़े होते गए। वह बूढ़ा होता गया। वह अब हमारी इच्छा के खिलाफ हमारी हजामत नहीं कर सकता था। हम उसे नज़दीक से भी आकर छेड़ सकते थे। आवाज़ें कसने के साथ साथ पीछे से आकर धक्का भी दे देते और भाग जाते क्योंकि अब एक तो वह भाग नहीं

सकता था, दूसरे ये कि पत्थर उठा कर हमारे पीछे फेंकना भी अब उसके लिए आसान नहीं था, बस गालियां देता रह जाता जिनसे हम और भी आनंदित होते।

हमारे घर से चालीस क़दम पर पश्चिम की ओर हाई स्कूल था जिसमें शीशम, शहतूत और नीम के अनगिनत पेड़ थे। गांव के लोग अकसर गर्मी से बचने के लिए अपनी चारपाइयां दोपहर को वहीं ले आते क्योंकि स्कूल तीन महीने बंद रहता। काने टेमपीस का भी अब सारा समय वहीं बीतता। वहीं हजामतें होतीं। यहां तक कि काने टेमपीस पर आवाज़ें भी कसी जातीं जिसपर बहुत हंगामा और चहल-पहल रहती। कभी-कभी गालियां देते देते उसे खांसी का दौरा भी पड़ जाता जिस में उसे काफ़ी तकलीफ़ होती और सांस टूटने लगती।

स्कूल खुलते ही लोग बिखर गए। काने टेमपीस अब बीमार रहने लगा था। सिर मूंडना भी कम कर दिया था। लोग मज़ाक़ करना भी छोड़ गए थे क्योंकि उसने गालियां देनी बंद कर दी थी। सिर्फ़ ग़ुस्से से देखकर मुंह दूसरी तरफ़ कर लेता। यहां तक कि अब बच्चों के मज़ाक़ को भी सहन कर लेता। लेकिन बच्चे कब बाज़ आने वाले थे। जब देखते कि हमारे चिढ़ाने और धक्का देने पर भी चुप रहा तो दूर से कंकड़ उठा कर मारने शुरू कर दिए। इधर कुछ दिन तो वह गुज़ारा करता रहा, आख़िर तंग आकर अपनी झोंपड़ी में ही बैठ रहा, बाज़ार में आना जाना छोड़ दिया।

अब कोई इक्का-दुक्का उससे हजामत करवाने जाता वरना अकसर लोगों ने दूसरे नाइयों के पास जाना शुरू कर दिया। सर्दियां आईं तो फिर चारपाई झोंपड़ी में चली गई।

सुबह के वक़्त मैं उधर से गुज़रता। अब मैंने उसे कभी चाय बनाते और पीते नहीं देखा। शायद नाश्ता भी छोड़ दिया था। अलबत्ता हजामत अभी भी चल रही थी। एक दिन सुबह मैं अपने स्कूल जा रहा था कि कुछ लोग टेमपीस की

झोंपड़ी के गिर्द खड़े नज़र आए। मैं भी पास जा खड़ा हुआ। दरवाज़ा अंदर से बंद था। एक आदमी ने आगे बढ़ कर कहा, ''यार दरवाज़ा तोड़ कर तो देखो।'' दूसरे ने हामी भरी।

दरवाज़ा तोड़ा गया तो जिसका डर था वही बात हो गई। टेमपीस मुर्दा पड़ा हुआ था। बहुत ही गंदी रज़ाई जो सीने तक ओढ़ी हुई थी और मुंह पर मक्खियां भिनभिना रही थीं। मुंह और आंखें खुली हुई थीं। चेहरा बहुत ही भयानक हो गया था। लेकिन अजीब बात ये थी कि आज उसके मरने की मुझे रत्ती बराबर ख़ुशी न हुई, और शायद कोई ग़म भी नहीं था। झोंपड़े में एक लोहे का बक्सा, औज़ारों की गथली और एकलौती चारपाई जिस पर उसकी लाश पड़ी थी, इन के सिवाय मुझे कोई चीज़ नज़र नहीं आई।

ख़ैर दो मुसल्ली बुलवाए गए जिन्होंने उसे नहलाया दिया। एक आदमी ने कफ़न दे दिया और शाम से पहले ही जनाज़ा करवा कर उसे दफ़ना दिया गया। ज़िंदगी में शायद ये अकेला जनाज़ा था जिसमें मैंने किसी को रोते या आंसू बहाते नहीं देखा। इतना चुपचाप दफ़्न कर दिया गया जैसे कोई मरा ही नहीं। चौथे दिन एक अधेड़ उम्र व्यक्ति आया जिसने अपने आपको शर्फ़ू टेमपीस का बेटा बताया। लोगों ने फ़ौरन विश्वास कर लिया क्योंकि उसकी शक्ल शर्फ़ू से मिलती जुलती थी। उन्होंने उसे शर्फ़ू की क़ब्र बताई।

अगले दिन मैं टेमपीस की झोंपड़ी के पास से गुज़रा तो वही व्यक्ति वहां खड़ा था जिसके साथ एक गधा गाड़ी थी। वह टेमपीस का बिस्तर, चारपाई, औज़ारों की गथली और संदूक़ ठेले पर रख चुका था। और दरवाज़ा उखाड़ रहा था ताकि वह सामान अपने साथ ले जाए। आख़िर वह टेमपीस का बेटा था, लिहाज़ा तरके का वारिस उसके सिवा कौन हो सकता था। क्योंकि वह बता चुका था कि वह उसका इकलौता मर्द बच्चा है।

कारीगर के हाथ

"हाजी साहब, इन बच्चों को शिक्षा देना मेरे बस में नहीं, कोई और बंदोबस्त कर लीजिए," उसने बेज़ारी से उठते हुए कहा।

"बेटा आपसे बढ़ कर और क्या बंदोबस्त होगा," हाजी अल्ताफ़ शर्मिंदगी से बोला। "इन कमबख़्तों की शिक्षा के लिए मैंने शहर का कोई भला आदमी नहीं छोड़ा मगर हर कोई मुश्किल से एक महीना पूरा कर पाता है। सोचा था तुम फ़ुर्सत से हो, शरीफ़ घर के, पढ़े-लिखे हो, कुछ न कुछ कर गुज़रोगे। जब तक कोई ढंग का काम न मिले इनको पढ़ा दो।"

"हाजी साहब, आपकी सब बातें ठीक है, मगर ये आपके पोते मुझसे डरते नहीं और सबक़ पर भी कान नहीं धरते। मैं ऐसे ही अपना और उनका समय बेकार करूंगा। फिर सारा दिन मज़दूरी करने के बाद थक जाता हूं। शाम को ये मुसीबत नहीं उठती।" वह ड्योढ़ी से बाहर निकलते हुए रुका। "अगर आपको मुझसे वास्तव में हमदर्दी है तो मेरी मुलाज़मत के लिए कोई बंदोबस्त करा दीजिए। ये बच्चे तो मुझसे नहीं पढ़ाए जाते।"

"चलो कोई बात नहीं," हाजी कहने लगा, "लेकिन मैं नहीं चाहता कि तू मज़दूरी करता ही बूढ़ा हो जाए और सारे दिन मस्जिदों के मीनार बनाने में ही गुज़ार दे।"

"तो फिर क्या करूं," उसने जवाब दिया।

"एक काम कर तू मेरे बेटों के पास चला जा," हाजी अल्ताफ़ ने उसका कंधा थपथपाते हुए कहा। "वहां जल्द ही ख़ुदा कोई बेहतर सूरत पैदा करेगा।"

"ठीक है लेकिन अब्बा से पूछ कर बताऊंगा," उसने चलते हुए कहा।

असग़र को बाप के साथ मज़दूरी करते हुए अब पूरे पंद्रह साल हो गए थे। उसने दीवार पर हाथ रखकर पहले अच्छी तरह से जांचा कि क्या वह तर हो

चुकी है। क्योंकि दीवार ज़रा भी सूखी हो तो उसपर पलस्तर करना मुसीबत हो जाता है। हाथ लगाने के बाद उसने महसूस किया कि दीवार पलस्तर के क़ाबिल नहीं। असग़र ने मज़दूर को और पानी फेंकने को कहा और फिर अपने बाप के पास आकर खड़ा हो गया। जो पलस्तर की हुई दीवार पर सजावटी टाइलें चिपका रहा था। टाइलों का काम पलस्तर के मुक़ाबले ज़रा आसान था। कई वर्षों से वह काम को इसी तरह आपस में बांट लेते कि मुश्किल काम वह अपने ज़िम्मे ले लेता और ज़रा आसान काम बाप के हवाले कर देता। असग़र ने देखा कि उसके बाप के हाथ टाइलें लगाते हुए कांप रहे थे। वह उसकी सफ़ेद दाढ़ी को ग़ौर से देखने लगा जिसमें सीमेंट के छींटे काली मिट्टी की तरह चिपके हुए थे और चेहरे की हड्डियां कुछ अधिक ही उभर आई थीं। यह देखकर उसे शदीद एहसास हुआ कि उसका बाप अब बहुत बूढ़ा हो चुका है और इस उम्र में उसे काम नहीं करना चाहिए। वह एक हुनरमंद राजगीर था। शहर की लगभग सारी मस्जिदों का निर्माण उसी के हाथों हुआ था। बाप के साथ इतने दिनों तक काम करने के बाद उसने सारे हुनर सीख लिए थे।

कुछ देर चुपके से अपने बाप को काम करते देखता रहा, फिर अचानक उसने हाजी अल्ताफ़ से होने वाली कल शाम की बातचीत हूबहू सुना दी।

बात सुनने के बाद उसके बाप ने करंडी तगारी में रखते हुए कहा, ''बेटा आगे तुम्हारी मर्ज़ी लेकिन एक बात मैं तुमसे कहे देता हूं कि आजकल अरबों में ज़लालत के सिवा कुछ नहीं। तेरे सामने मैं तीन साल कुवैत में रह आया, लेकिन ये करंडी और तीसी हाथ से न छूटी। रही हाजी अल्ताफ़ के बेटों की बात, तो इसका जवाब ये है कि ताजिर और सुनारों की खाल जाए माल न जाए वाली बात होती है। मैं जानता हूं वे तेरे मददगार न होंगे।''

असग़र ने धीरज के साथ बाप की नसीहत को सुना। लेकिन अब वह

फ़ैसला कर चुका था।

जद्दा एयरपोर्ट पर उतरते ही वह इमिग्रेशन के काउंटर पर जा कर खड़ा हो गया। इमिग्रेशन के पांच काउंटर थे जिनपर कोई कर्मचारी नहीं था। वह पहले काउंटर पर लगी लाइन में दूसरे नंबर पर खड़ा था। सवारियां इतनी ज़्यादा थीं कि हर क़तार में सौ-सौ आदमी इकट्ठा हो गए। कुछ ही देर में एहराम बांधे लोगों (हज यात्रियों) का एक बड़ा ग्रुप भी आ गया जिनके हाथों में तस्बीह (माला) और लंबी दाढ़ियों के साथ सिर मुंडे हुए थे। इमिग्रेशन हाल में उनके देर से पहुंचना का कारण शायद ये था कि वे जहाज़ से उतर कर एक दूसरे का इंतज़ार करते रहे। उनसे एक अजीब तरह की पर्फ़्यूम की बू आ रही थी। असग़र ने सोचा, अगर वह ज़्यादा देर उनके साथ खड़ा रहा तो उसे उल्टी आ जाएगी। वह डरते-डरते बोला।

''बाबा जी, आप पीछे क़तार में खड़े हों, इसलिए कि हम पहले से खड़े हैं।''

''बेफ़िकर रहो बेटा,'' अहराम वाला बोला, ''अपनी बारी पर पासपोर्ट चेक करवाएंगा। हम जानते हैं। उमरा (छोटी हज, वह हज जो कुरबानी के महीने के अलावा किसी और वक्त की जाए) करने आए हैं। कभी

नाइंसाफी नहीं करते।''

लेकिन जैसे ही कर्मचारी आए, अहराम वालों ने एक दम हल्ला बोल दिया। कतार में खड़े सारे लोगों को एक ओर धकेल कर आगे हो गए। इस खींचातानी में असग़र आख़िर में जा पहुंचा। एक घंटे की दिमागी जद्दोजहद के बाद जैसे ही अगले बूथ पर गया। कुछ शुर्तों (अरब की पुलिस) ने उसे घेर लिया और पासपोर्ट छीन कर अपने क़ब्ज़े में कर लिया। वह हैरान था कि अब क्या मामला है। इतने में शुर्ते ने कहा, ''इला हाजी ख़मसून रियाल'' (ऐ हाजी पचास रियाल लाओ)।

''लेकिन इतने तो मेरे पास नहीं,'' उसने टूटी-फूटी अरबी भाषा में जवाब दिया।

"तो फिर सीधे मक्का चलो, आपका वीज़ा उमरे का है। पासपोर्ट आपको मक्का में मिलेगा। दूसरे किसी शहर में जाने की इजाज़त नहीं," शुर्ते ने कहा।

यह सुनकर वह सोच में पड़ गया। एक तो उसके पास अहराम नहीं था। इसके अलावा इतने पैसे भी नहीं थे कि किसी होटल में रुक सके। उसके इरादा उमरा करने का तो था, मगर पहले हाजी अल्ताफ़ के बेटों के पास जद्दा जाना चाहता था। चलते समय उनको फ़ोन करके सूचना दे दी थी। उन्होंने कहा था कि वह एयरपोर्ट पर लेने आ जाएंगे। लेकिन अब यह एक नई मुसीबत खड़ी हो चुकी थी। उसके पास सिर्फ़ सौ रियाल थे। काफ़ी देर तक मामले की गंभीरता पर ग़ौर करने के बाद उसने शुर्ते से कहा, "कुछ कम नहीं हो सकता?"

"पचास रियाल दो वरना सीधे मक्का चलो," शुर्ते ने कठोरता से कहा।

आख़िर उसने बेचारगी की हाल में पचास रियाल शुर्ते के हाथ में दिए और पास्पोर्ट लेकर जिस क़दर जल्द हो सकता था इमिग्रेशन हाल से बाहर निकल आया। बाहर आते ही उसपर टैक्सी वाले टूट पड़े, मगर वह हर के पास से बेपरवाई से गुज़र गया। वह जानता था कि हाजी अल्ताफ़ के बेटे उसे लेने आए हैं। बाहर आकर बड़ी देर इधर-उधर घूमता रहा, लेकिन उसे वे नज़र नहीं आए। आख़िर तंग आकर टेलीफ़ोन बूथ से उन्हें फ़ोन किया तो पता चला कि वे घर से ही नहीं निकले थे। अलबत्ता उन्होंने एक पता लिखवा दिया और कहा, टैक्सी करवा कर ख़ुद आ जाओ।

बैग कंधे से लटकाए फ़ोन बूथ से बाहर आकर वह एक खजूर के पेड़ के साथ लग कर खड़ा हो गया। उसे देखते ही एक टैक्सी वाला फ़ौरन भांप गया और आगे बढ़कर बोला, "जनाब, पाकिस्तान से आए हो?"

"जी," उसने कहा।

"कहां जाओगे?", टैक्सी ड्राइवर ने पूछा।

''बनी मालिक,'' और काग़ज़ पर लिखा पता उसके हाथ में दे दिया। टैक्सी ड्राइवर ने काग़ज़ देखकर वापस कर दिया और दरवाज़ा खोल कर बैठने को कहा।

''पहले बताओ क्या लोगे,'' वह झिझकते हुए टैक्सी की ओर बढ़ा।

''भाई तुम पाकिस्तान से आए हो इसलिए चालीस रियाल में पहुंचा दूंगा।''

''चालीस रियाल तो बहुत ज़्यादा हैं।'' वह एक दम पीछ हटा।

''फिर आप क्या दोगे?''

''बीस रियाल।''

''न मियां बीस रियाल तो बहुत कम हैं,'' ड्राइवर ने साफ़ उर्दू में जवाब दिया। ''यहां से जद्दा शहर बहुत दूरी पर है और फिर बनी मालिक तो उससे भी आगे हैं।''

बैग दौबारा कांधे से लटकाकर वह टैक्सियों के घेरे से बाहर निकल कर सोचने लगा। क्यों न शहर जाने वाली सड़क के किनारे खड़ा होकर किसी से लिफ़्ट ले ले। इस प्रकार पैसे भी बच जाएंगे। वह सड़क के साथ-साथ चलता रहा, यहां तक कि एयरपोर्ट काफ़ी पीछे रह गया। सड़क के दोनों ओर खजूर के झुंड थे। उसने अपना बैग खजूर के पेड़ के साथ रख दिया, और चांद की रोशनी में खजूरों के झुंड में घुस गया। रात के पिछले पहर दूर तक रेगिस्तान में खजूर के पेड़ों से छन कर गिरती चांदनी उसे अजब तिलिस्म में ले गई। पकी हुई खजूरें बड़ी संख्या में रेत पर इधर-उधर बिखरी हुई थीं। असग़र ने झुक कर एक खजूर उठाई और खा ली। खजूर इतनी मीठी थी कि ऐसा स्वाद कभी न आया था। वह चांद की रोशनी में और खजूरें चुनकर खाने लगा। हवा में हिलते हुए खजूरों के पत्ते उस पर जादू डाल रहे थे। जब दूर से किसी कार की रोशनी देखता, फ़ौरन सड़क पर आकर हाथ का इशारा कर देता, मगर कार फ़र्राटे से गुज़र जाती। उसे कार के गुज़रने पर कोई मलाल न होता, इसलिए कि खजूरें खाने में बहुत मज़ा आ रहा था। कोई एक

घंटे तक वह खजूरों के झुंड में फिरता रहा। बहुत से खजूर चुन कर उसने अपने बैग में भी डाल लीं। उसी बीच सुबह की अज़ान हो गई। अज़ान सुनते ही वह दोबारा सड़क पर आ गया और वापस एयरपोर्ट की ओर चल पड़ा। अब वह खजूरों से उकता चुका था और चाहता था कि जल्द से जल्द शहर पहुंच जाए। उसने अंदाज़ा कर लिया था कि यहां कोई लिफ़्ट नहीं देगा क्योंकि वह पाकिस्तान को पीछे छोड़ आया है। लिहाज़ा टैक्सी स्टैंड पर वापस आ गया।

असर के वक़्त उसकी आंख खुल गई। एयरकंडीशनर ने कमरा इतना ठंडा कर दिया था कि उसे सर्दी महसूस होने लगी। ऐसे कमरे में सोने का आज पहला मौका था। असग़र से महसूस किया जैसे देह अकड़ गई हो। वह कमरे से बाहर आया तो गर्म हवा ने मुंह झुलसा दिया।

ऐसी हवाओं का सामना उसे पहले कभी नहीं हुआ था। ख़ैर वज़ू करके (नमाज़ से पहल हाथ, मुंह और पांव धो करके) दोबारा कमरे में आया और असर (शाम से पहले) की नमाज़ पढ़ी। फिर कुछ देर दुआएं मांगता रहा। उसने दिल में तय कर लिया था कि कभी नमाज़ नहीं छोड़ेगा। और जैसे ही काम पर लग जाएगा फ़ौरन घर पर सूचना देगा।

वह ये सोच कर लुत्फ लेने लगा कि जिन जगहों के नाम इतिहास की किताबों में और कहानियों में पढ़ता आया था कल उन्हें ठीक अपनी आंखों के सामने पाएगा। इन्हीं ख़्यालों में गुम शाम के वक़्त हाजी नासिर के साथ जद्दा की गलियों में फिरता रहा और यह देखकर हैरान रह गया कि हज़ारों पाकिस्तानी, हिंदुस्तानी और बंगाली घूमते फिरते हैं। कई लोगों ने बड़ी-बड़ी होटलें, रेस्तरां और दूसरे धंधे फैला रखे हैं। कुछ ऐसे भी दिखे जो मांगते फिरते हैं। कुछ लड़के ख़ुद भी साथ बिक जाते हैं। गली-कूचे और बाज़ार देखते हुए वह आगे बढ़ रहे थे कि मग़रिब (शाम) की अज़ान हो गई। अज़ान के साथ ही दुकानों के शटर

धड़ाधड़ बंद होने लगे। रेस्तरां के दरवाज़ों पर नमाज़ के लिए ब्रेक के बोर्ड लगा दिए गए। हज़ारों तरह के लोग अपनी जेबों से टोपियां निकालते हुए मस्जिद की ओर भागे। कोई भी उस समय आलस नहीं दिखा रहा था। यहां तक कि वो ख़ुद भी उन्हीं में शामिल हो गया।

रात उसने अत्यंत बेचैनी में काटी। हरम (काबा) की ज़ियारत (देखने) के शौक़ में नींद उड़ गई थी। वह ये सोचता रहा कि कितने ऐसे बदनसीब हैं जो करोड़ों रुपए रहते हुए इस पाक जगह की ज़ियारत से महरूम हैं। इसी सोच में ख़ुदा-ख़ुदा करके सुबह हुई। वह जल्दी से उठा, नहाया और अहराम (हज की पोशाक) बांध लिया। हाजी नसीर ने उसे 300 रियाल और उमरे के लिए अहराम उधार दे दिए थे। वह दस रियाल किराए पर एक टैक्सी में बैठ गया जिसमें तीन आदमी पहले से मौजूद थे। टैक्सी में बैठते ही उसने बेचैनी से पूछा, ''मियां हरम कितनी दूरी पर होगा?''

''एक घंटे में पहुंच जाएंगे,'' ड्राइवर ने जवाब दिया।

''काबे का रकबा (क्षेत्रफल) कितना होगा,'' असग़र ने दोबारा पूछा।

''माफ़ी मालूम या अख़ी (मुझे नहीं मालूम, भाई),'' ड्राइवर ने बहुत रुखाई से जवाब दिया।

ड्राइवर के इस दो-टूक जवाब से वह दुबक कर बैठ गया और सीट के साथ सिर लगा कर बड़ी तन्मयता के साथ सड़क के दोनों और चटियल पहाड़ों और रेगिस्तानों को देखने लगा। कभी पहाड़ों की घाटी में कोई हट नजर आती और पीछे छूट जाती, कभी हवा का बगूला रेत उड़ाता हुआ आसमान की ओर उठ जाता। वह दिल में सोचता कि शायद इन रस्तों पर भी इस्लाम के पैग़ंबर (ईश्वर के दूत) गुज़रे हों। हालांकि टैक्सी की रफ़्तार बहुत ज़्यादा थी लेकिन उसे यह सफ़र बहुत लंबा लगने लगा। वक़्त गुज़रने का नाम ही नहीं ले रहा था। आख़िर

उसने अपना दिमाग़ 1400 साल पुराने झमेलों में लगा दिया। पैग़म्बर का लोगों को एक ईश्वर की तरफ़ बुलाना, अबु तालिब (पैग़म्बर मुहम्मद के चचा) की सहयोग, पलायन, बदर, उहद, ख़ंदक़ के युद्ध... वह इन्हीं सोचों में गुम था कि टैक्सी ड्राइवर ने उसे यह कह कर चौंका दिया, ''भाई उतरो, हरम आ गया।'' यह सुनकर वह जल्दी से कपड़ों का बैग समेट कर बाहर निकल आया। सामने हरम का पूरबी दरवाज़ा उसे जादुई तौर पर अपनी ओर खींच रहा था।

वह खिंचता हुआ आगे बढ़ा। हर प्रकार के काले गोरे लोग बिना किसी अजनबीपन के घूम रहे थे। हज़ारों कबूतर बिना डर के उड़ते-दौड़ते फिरते थे। हालांकि 11 बज रहे थे और धूप भी तेज़ थी लेकिन उसे गर्मी नहीं लग रही थी। वह हरम में दाखिल हो चुका था, नफ़िल नमाज़ पढ़ी और फिर उमरा के काम में व्यस्त हो गया। काबा की दीवार के साथ अल्लाहुम्मा लब्बैक कहते हुए तवाफ़ किया (चक्कर लिए)। हालांकि हुजूम बहुत था लेकिन उसने हर चक्कर में हजरे-अस्वद (काले पत्थर) को चूमा। फिर सफ़ा व मर्वा (दो पहाड़ियां) के बीच सात चक्कर लगाए। सफ़ा पहाड़ी पर सफ़ेद कपड़े में परियों के झुंड उसे अपनी ओर खींचते रहे मगर वह आज इस प्रकार के किसी झमेले में नहीं पड़ना चाहता था। उसके बाद वह दोबारा काबे के पास आ गया, फिर अचानक उसने मक़ामे-इब्राहीम (एक स्थान) को बोसा दिया तो एक शुर्ते (पुलिस) ने उसके कंधों पर छड़ी मारी।

''ला, ला, हाजी, हाज़ा शिर्क'' (नहीं नहीं, हाजी यह शिर्क यानी द्वैतवाद है)

''अना आलिम,'' (मैं पढ़ा लिखा हूं, मैं जानता हूं), असग़र ने जवाब दिया।

''ला, अंता जाहिल'' (नहीं, तुम जाहिल हो), शुर्ता चीख़ कर बोला, और छड़ी दोबारा पेट में चुभा दी।

उसे शुर्ते पर ग़ुस्सा तो बहुत आया लेकिन अनदेखी करते हुए दुबारा प्रार्थना

में जुट गया। इबादत करते हुए उसका ध्यान इतिहास से जुड़ा रहा ताकि काबा जाने का सही लुत्फ आए और हरम की हर उस चीज़ को देखने और समझने की कोशिश की जिसके बारे में उसने सुन या पढ़ रखा था। बड़ी देर तक काबा का ग़िलाफ़ पकड़े हुए दुआ मांगता रहा। सारा दिन हरम में गुज़ारने के बाद शाम से कुछ पहले वहां से निकल आया।

उमरे से फ़ारिग़ होकर वह कुछ दूसरी जगहें भी देखना चाहता था। लेकिन थकावट की वजह से उसने उसे कल पर टाल दिया और एक खुले मैदान में बैग सिर के नीचे रखकर सो गया। यह जगह अबु तालिब के घर के पास अबु क़ुबैस पहाड़ी के बग़ल में थी। वहां उसके जैसे कई लोग सो रहे थे जो होटल में रुकने की हैसियत नहीं रखते थे। नींद का झोंका ऐसा था कि उसे कुछ ख़बर ही न रही यहां तक कि सुबह की अज़ान के समय एक शुर्ते ने उसे ठोकर मार कर उठाया।

नमाज़ पढ़ते ही वह मक्का की गलियों में निकल गया। गलियां और सड़कें बेहद साफ़ पत्थर लगा कर पक्की की गई थीं। फिरता फिराता और पूछता हुआ वह हजवन के स्थान पर गया। यहां पैग़ंबर के परिवार और बनी हाशिम की क़ब्रें थीं। ज़ुहर (दोपहर) तक उसने कई जगहों को देख लिया और मस्जिद हराम में आकर ज़ुहर की नमाज़ पढ़ी। फिर उसका रोज़ाना का मामूल बन गया। सुबह पैदल निकल जाता, मक्का की घाटी में घूमता फिरता और तीसरे पहर से पहले वापस आ जाता।

आज मक्का में उसका आठवां दिन था। बचत के साथ काम लेने के बावजूद उसका 140 रियाल ख़त्म हो चुका था। अब उसने सोचा उसे जल्द मदीने चले जाना चाहिए और वहां की ज़ियारत के बाद फ़ौरन काम पर लग जाना चाहिए।

तीस रियाल का टिकट लेकर वह बैठा ही था कि एक 15-16 साल का काला लड़का दो बच्चियों के साथ सवार हुआ। शायद दोनों उसी की छोटी बहनें थीं।

हालांकि तीनों काले थे लेकिन नैन-नक़्श में एक कशिश और मासूमियत थी। दोनों लड़कियां एक सीट पर बैठ गईं। लड़के ने चारों ओर नज़र घुमाई फिर असग़र के पास वाली सीट पर बैठ गया। कुछ ही देर में बस चली तो काले लड़के ने चुप्पी तोड़ी।

''मास्मुक?'' (तुम्हारा नाम क्या है)

''इस्मी अली असग़र।'' (मेरा नाम अली असग़र है)

''जज़ाकल्ला वास्मी अब्दुल्लाह'' (शुक्रिया, और मेरा नान अब्दुल्ला है), काले लड़के ने कहा और उसके बाद कई देशों की करेंसी निकाल कर दिखाने लगा। उसने बताया कि उसके हर देश में दोस्त हैं। अमरीका, यूरोप, अफ्रीका, इराक़, सीरिया, हिंदुस्तान और इरान में।

''क्या कोई पाकिस्तानी दोस्त नहीं,'' असग़र ने पूछा।

''ला, ला, कुल्लो बाकिस्तानी हरामी, कुल्लो सारिक़'' (नहीं, नहीं, सारे पाकिस्तानी चोर हैं), वह एकदम बिगड़ कर बोला। ''ला वाहिद रफ़ीक़ी मिन बाकिस्तान'' (पाकिस्तान से मेरा एक भी दोस्त नहीं है)।

यह सुनकर असग़र का रंग उड़ गया और उसने दूसरी ओर मुंह कर लिया।

अभी कुछ ही देर बीते थे कि लड़के ने पूछा, ''व अंत मिनल ईरान।'' (और क्या तुम इरान से हो)

''लम वलकुन मिनल बाकिस्तान (नहीं, बल्कि मैं पाकिस्तान से हूं),'' असग़र ने रूखेपन से जवाब दिया।

काले लड़के को झटका सा लगा, ग़लती से वह उसे गोरे रंग और नैन-नक़्श की वजह से ईरानी समझ बैठा था। उसके बाद सन्नाटा छा गया।

मदीना में आज उसका पांचवां दिन था। मस्जिदे-नबवी, उहद, ख़ंदक़ और हर उस स्थान को उसने जाकर देखा जिसके बारे में उसे कुछ पता था। वह रात

दिन मदीने के खुले बाज़ारों और साफ़ सुथरी सड़कों पर फिरता और आस-पास मौजूद खजूरों के बगानों की सैर को निकल जाता। उसे मदीने के पश्चिम में स्थित अक़्क़ीक़ की ज़मीन रोज़ाना असर (सूरज ढलने से दो ढाई घंटे पहले) अपनी ओर खींच लेती जहां खजूरों की हरी लहलहाती घाटी में वह सूरज के डूबने का नजारा देखता, जो आकाश में उड़ते छोटे-छोटे बादलों के टुकड़ों को लाल और सुनहरी चादर उढ़ा कर चटियल पहाड़ियों के पीछे छुप जाता। रसूल के रौज़े के सामने खड़े होकर देर तक सलाम और दरूद पढ़ता। उसे उन बदमाश ईरानियों पर बहुत आश्चर्य होता जो कपड़े के थैलों में अपने जूते डालकर मस्जिद में लिए फिरते और मस्जिद का अनादर करते थे।

आज वह चाहता था कि जी भर के मदीने को देख ले, फिर कभी आना नसीब हो कि न हो। उसी एहसास में डूबा वह मस्जिदे-नबवी और मदीने के सारे पवित्र स्थलों का दर्शन करने के बाद पश्चिमी भाग की सैर के लिए निकल गया। अभी आधा किलोमीटर ही चला होगा कि उसे एक प्लाज़ा बनता दिखाई दिया। वह धीरे-धीरे उस में दाखिल हो गया, और सोचा कि उसे यहां राजगीर का काम मिल जाए तो कितना अच्छा हो। इस प्रकार वह लगातार मदीने में रह सकेगा और दर्शन के अलावा रोज़ी-रोटी का भी इंतज़ाम हो जाएगा। यह सोचते ही उसे एक प्रकार की ख़ुशी का एहसास हुआ। असग़र ने सुपरवाइज़र का नाम पूछ कर उससे अपनी बात कही।

''क्या कर सकते हो,'' सुपरवाइज़र ने उसे ग़ौर से देखते हुए पूछा।

''राजगीरी का सारा काम कर सकता हूं,'' उसने आत्मविश्वास से जवाब दिया।

''वीज़ा उमरे का लाए हो क्या?'' सुपरवाइज़र ने दूसरा सवाल किया।

''वीज़ा तो उमरे का ही है लेकिन अगर आप काम पर लगा लें तो धीरे-धीरे

काम का परमिट भी बन जाएगा।''

''अच्छा उस दीवार को एक फ़ुट तक बना कर दिखाओ,'' सुपरवाइज़र ने लगभग दस फ़ुट लंबी, बन रही दीवार की ओर इशारा करते हुए कहा।

उसने काम मिलने की उम्मीद में तेज़ी से आगे बढ़कर औज़ार पकड़े और एक माहिर कारीगर की तरह दीवार बनाने लगा, यहां तक कि कुछ ही देर में डेढ़ फ़ुट उंची दीवार उठा दी। जिसे देखर सुपरवाइज़र की आंखें खिल गईं। मग़रिब की नमाज़ के बाद सुपरवाइज़र ने उसे खाना खिलाया और बताया कि वह भी गुजरांवाला का रहने वाला है। दस साल पहले सऊदी अरब आया था और उस वक़्त से अलग-अलग शहरों में काम करता रहा। लेकिन पिछले पांच साल से अब वह मदीने में ही है। सुपरवाइज़र ने बताया कि पहले वह भी राजगीरी करता था, मगर इक़बाल साहब की दया से अब उस काम से उसकी जान छूट गई। ''कल जुमा (शुक्रवार) है, परसों आ जाओ। मैं इक़बाल साहब से बात करके आपको रख लूंगा।''

''ये इक़बाल साहब कौन हैं?'' असग़र ने पूछा।

''वह इंजीनियर हैं, लाहौर के हैं। यहां कई काम उन्हीं की निगरानी में हुए हैं।''

''तो अभी काम पर क्यों नहीं लगा लेते,'' असग़र बेचैनी की साथ बोला।

''भाई यहाँ बहुत ख़तरा है। ये जो शुर्ते घूमते-फिरते हैं, ये तीन-तीन बार चेक करते हैं कि कोई आदमी बिना परमिट के तो काम पर नहीं लगा। इंजीनियर साहब किसी से बात करेंगे फिर आपको काम देंगे।''

इशा के बाद वह वापस मस्जिदे-नबवी में आ गया, और खुश था कि रसूल के रौज़े की बरकत से उसे जल्द काम मिल जाएगा।

अब असग़र के पास कुल पचास रियाल थे। उसने सोचा कि अगर दो तीन

दिन में काम मिल जाए तो वह जद्दा नहीं जाएगा। यहीं रहेगा और सुबह शाम रसूल के रौज़े का दर्शन करेगा। इस विचार से वह झूम सा गया और अपने जूते मस्जिदे-नबवी के दरवाज़े पर उतार कर अंदर चला गया। देर तक वहां बैठा रहा, रात दस बजे प्रबंधन ने जब मस्जिदे नबवी सारे लोगों से ख़ाली करवाई तो वह भी बाहर निकल आया और जूते ढूंढ़ने लगा लेकिन हज़ार कोशिशों के बावजूद जूते नहीं मिले। रात उसने नंगे पांव ही गुज़ारी। वह एक प्लाज़े की दीवार के साथ कपड़ों का बैग सिर के नीचे रखकर सो गया। दूसरे दिन सुबह की अज़ान के साथ जाग गया। आंखें मलते हुए इधर उधर देखा तो उसे पास ही एक लड़का बैठा हुआ दिखा। दोनों मस्जिद में आए, नमाज़ पढ़ने के बाद बातें करने लगे।

''कहां के रहने वाले हो?'' लड़के ने पूछा।

''ओकाड़ा से आया हूं,'' असग़ार ने जवाब दिया।

''कोई काम मिला?''

''अभी नहीं, पर किसी नें वादा ज़रूर किया है। और तुम कहां के रहने वाले हो?''

''मैं रायविंड के एक गांव राजा जंग का रहने वाला हूं। मेरा नाम नवेद है। दो साल से यहां हूं। आजकल कोई काम भी नहीं और पैसा भी ख़तम हो चुका है। रात तुम्हें सोते हुए देखा तो सोचा, पाकिस्तानी है, दोस्ती हो जाएगी। वैसे तुम क्या कर सकते हो?''

असग़ार ने कहा, ''टाइल्ज़, पलस्तर, पेंटिंग, शीशे का काम और राजगीर के सारे काम कर लेता हूं।''

नवेद कहने लगा, ''उहद पहाड़ के पार एक बस्ती है वहां एक बंगाली मेरा दोस्त है। वह भी निर्माण का काम करता है। अगर काम करना चाहो तो मैं तुम्हें उसके पास छोड़ आता हूं। मेरा ख़ुद भी उसी के साथ मज़दूरी करने का इरादा

है। दूसरी बात यह कि उधर शुर्तों का नामो-निशान भी नहीं।''

सुबह दस बजे से पहले वह उहद की बस्ती में पहुंच चुके थे। नाश्ता और टैक्सी का किराया देने के बाद उसके पास सिर्फ़ 15 रियाल बच गए थे। बंगाली घर पर नहीं था इसलिए शाम तक इंतज़ार करना पड़ा। असग़र ने चाहा कि छोटे मोटे जूते ख़रीद ले ताकि नंगे पांव की शर्म से बचे। वह दोनों उस बस्ती के एक छोटे बाज़ार में गए मगर बड़ी कोशिश के बावजूद उन्हें ऐसा कोई जूता नज़र नहीं आया जो 25 रियाल से कम हो। पथरीली ज़मीन तांबे की तरह तप रही थी। पांव ज़मीन पर नहीं पड़ता था। सूरज जैसे जैसे ऊपर हो रहा था गर्मी सिर चढ़ने लगी। दहकते हुए कंकड़ तलवों को काटते हुए अंदर घुस जाते, आख़िर वह दोनों एक खजूर के नीचे बैठ गए। दोपहर बाद उसने नवेद को पांच रुपए दिए कि होटल से खाना ले आए, इसलिए कि अब वह नंगे पांव होटल तक नहीं जा सकता था। नवेद खाना लेकर आया तो वे खाना खा कर वहीं पसर गए, यहां तक कि शाम हो गई।

''मैं आपको 50 रियाल दिहाड़ी दूंगा,'' बंगाली ने पान की राल मुंह से गिराते हुए कहा। ''हां खाने और रहने का तुमसे कुछ नहीं लिया जाएगा। काम अगर अच्छा नहीं करोगे तो मज़दूरी काट ली जाएगी। और छुट्टी के रोज़ खाना तुम अपनी जेब से खाओगे। अगर मंजूर है तो ठीक नहीं तो आगे तुम्हारी मर्ज़ी। और हां, एक बात तुम्हें बताऊं। तुम्हें काम पर लगाने का ख़तरा मैं अपनी ज़िम्मवारी पर ले रहा हूं।''

बंगाली की बातों के बीच वह कमरे का जायज़ा लेता रहा। चटाई, बिस्तर, खाने के बर्तन जो बिलकुल गंदे थे, इधर-उधर बिखरे हुए थे। उनसे एक अजीब तरह की उलझन हो रही थी। कमरे की हर चीज़ बंगाली समेत इतनी गंदी और बदबूदार थी कि उसे मतली होने लगी। विशेषकर जब बंगाली बात करता, पान

से सने हुए उसके काले दांत भयभीत कर देते। इसलिए वह बंगाली की शर्तों पर कान धरने के बजाए इस बात पर विचार करता रहा कि यहां रात कैसे काटी जाए।

सुबह होते ही उसने नवेद को जगाया और वे बिना बताए ही चल दिए। टैक्सी का किराया न था, तो उन्होंने सोचा कि पहाड़ का चक्कर काटने के बजाए पहाड़ी पर चढ़ कर उस पार उतर जाए। इस प्रकार जल्दी मैदान में पहुंच जाएंगे। फिर वहां से मस्जिदे-नबवी तो बस तीन ही किलोमीटर पर है। लेकिन जब वह बहुत ऊपर तक चढ़ गए तो उन्होंने महसूस किया कि काम जितना आसान समझ रहे थे उतना आसान भी नहीं था। धीरे-धीरे सूरज की किरणों ने सूखे पत्थरों को इतना तपा दिया कि पांव रखना मुश्किल हो गया। उधर पहाड़ था कि ख़त्म होने का नाम ही नहीं ले रहा था। एक चट्टान ख़त्म होती तो दूसरी सामने आ जाती। असग़र के पांव में छाले पड़ चुके थे। जलन की शिद्दीत तकलीफ़ दे रही थी। ख़ुदा-ख़ुदा करके दो बजे तक वह चोटी पर पहुंचे लेकिन अब उतरना चढ़ने से भी अधिक मुश्किल था। हर तरफ़ नोकदार गरम पत्थर और कंकड़ देख कर उसका दिल सहम गया। छोटी-छोटी झाड़ियां तो बहुत थीं लेकिन साया नाम को न था। इस पर यह विपदा कि प्यास और धूप की तेज़ी ने रही सही कसर निकाल दी। आख़िर उसने नवेद से कहा, "भाई अब तो मैं नहीं चल सकता" और एक छोटी सी गुफा में ढेर हो गया, जिसके पास ही बबूल की छोटी-छोटी झाड़ियां थीं। काफ़ी देर लेटने के बाद दर्द की एक तेज़ लहर से, जो उसके पांव से उठी थी, असग़र की आंख खुल गई और वह उठ बैठा। उसने अपने पांव की तरफ़ देखा जो अब सूज चुके थे। दूर से मग़रिब की अज़ान की आवाज़ आ रही थी। सामने मस्जिदे-नबवी के मीनार भी साफ़ दिखाई दे रहे थे। वह लगातार चार घंटे सोते रहे थे लेकिन तभी भूख और प्यास अपना काम दिखाने लगी। चांद पूरब की ओर से निकल आया। उन्होंने दोबारा सफ़र शुरू

किया। पत्थरों में गर्मी कुछ कम हो चुकी थी। सूखे पहाड़ों के सन्नाटे में ठंडी हवा की छुअन बहुत अच्छी लग रही थी। पांव के छाले अब बहने लगे थे जिनसे ख़ून रिस रहा था। लेकिन पहाड़ के ऊपर चांद की छांव में वह अपनी यात्रा रोकना नहीं चाहता था। लगातार चलते रहे। लेकिन कहां तक? भूख और प्यास के कारण आंखों के सामने आंधेरा छा गया। आख़िर 11 बजे के क़रीब वह फिर एक जगह लेट गए। असग़र के पांव अब इतने छलनी हो गए थे कि वह जहां पाव रखता वह लाल हो जाता। दर्द की टीस बहुत तेज़ हो चुकी थी। जिसके कारण उस पर बेहोशी छाने लगी।

आंख खुली तो असग़र ने अपने चेहरे पर हाथ फेरा ओस के क़तरों से चेहरा भीग चुका था। उसने इधर-उधर नज़र की लेकिन नवेद कहीं नज़र नहीं आया। चारों ओर देखने के बाद आवाज़ दी लेकिन कोई नतीजा नहीं निकला। सूरज धीरे-धीरे ऊपर उठ रहा था। असग़र ने चलने का इरादा किया लेकिन जैसे ही बैग की ओर हाथ बढ़ाया एक धक्का सा लगा। कपड़ों का बैग वहां नहीं था, जिसमें उसके पासपोर्ट और दूसरे काग़ज़ात भी थे। फिर उसका हाथ असहाय ही अपनी जेब की ओर चला गया लेकिन वह भी ख़ाली थी। नवेद उसका बैग और 10 रियाल की पूंजी लेकर जा चुका था।

फिर भी वह ख़ुदा का नाम लेकर निकल पड़ा। तीन घंटे लगातार चलने के बाद वह उहद पहाड़ से नीचे उतरा। प्यास के कारण जान निकली जा रही थी। उसने पानी के लिए बेचैन होकर इधर उधर देखा। अचानक एक लोहे का ड्रम दिखा। पास ही बकरियों का एक बाड़ा था। बाड़े में सूखी घास के गट्ठे पड़े थे जिन्हें बकरियां कुड़ कुड़ करके खा रही थीं। असग़र ने बेताबी से ड्रम में हाथ डाला और चुल्लू से बकरियों का पानी गले में उतार लिया। पानी इतना गर्म था कि वह गले को चीरता हुआ पेट में उतर गया, जहां जाकर उसने और आग

लगा दी। आंखें उबलने लगीं। ख़ैर किसी न किसी तरह असग़र उहद के मैदान की ओर बढ़ा और अपने सारे सुध को जुटाते हुए जिस क़दर हो सकता था तेज़ क़दमों से चलने की कोशिश की। मैदान के क़रीब पहुंचा तो सामने वाले घर के दरवाज़े पर एक दस बारह साल का लड़का नज़र आया। वह दीवार के साये में गिर गया और बच्चे को इशारे से पानी के लिए कहा। ठंडे पानी से पेट भर कर उसकी जान में जान आई। अभी वह लड़के को कुछ कहना ही चाहता था कि उसने अंदर जाकर दरवाज़ा बंद कर लिया।

आखिरकार वह कमज़ोरी और लाचारी की स्थिति में मस्जिद अमीर हमज़ा पहुंच गया और मुंह पर अच्छी तरह से पानी के छींटे मारे। फिर दीवार के साथ बैठकर पांव सहलाने लगा। भूख ने अब उसे बेबस कर दिया था। लेकिन किसी से मांगने की नौबत आज तक न आई थी। वह जल्द किसी न किसी तरह खाने का बंदोबस्त करना चाहता था, लेकिन नंगे और जख़्मी पांव के साथ धूप में निकलने की कल्पना से ही उसके रोंगटे खड़े हो गए। सूजे हुए पैरों से ख़ून अभी तक रिस रहा था। वह इसी उधेड़बुन में था कि क्या करे, इतने में असर की अज़ान हो गई। लोग नमाज़ के लिए आने लगे। उसी पल उसके दिमाग़ में एक अनोखा ख़्याल बिजली की तर कौंदा। वह जल्दी से लड़खड़ाता हुआ उठा और दरवाज़े पर आकर खड़ा हो गया। उसने देखा कि एक अरबी बहुत ही नफ़ीस कपड़े में आया और जूते मस्जिद के दरवाज़े की बाहरी चौखट पर उतार कर अंदर चला गया। जूते बहुत अच्छे और चमड़े के थे। अरबी के मस्जिद में जाते ही असग़र जूते पहन कर तेज़ी से मुड़ा लेकिन पास ही खड़े एक चौकीदार ने उसे पकड़ लिया और "सारिक़! सारिक़!" का शोर मचाने लगा। सारे लोग दौड़े आए जैसे अचानक कोई तमाशा लग जाए। किसी ने थप्पड़ और किसी ने लात मारी। अरबी ने बढ़कर उसकी गर्दन दबोच ली। दो लोगों ने मिल कर उसकी

बांहें कस दीं। वे सब उससे अरबी में न जाने क्या क्या पूछते रहे जिनका वह कोई जवाब न दे सका। बल्कि भूख से निढाल होने के कारण अब वह कुछ सुन भी नहीं रहा था।

''जनाबे-आली, मेरी आंखों के सामने इस बदमाश ने शरीफ़ नमाज़ी के जूते चुराए हैं। ये दोनों सच्चे गवाह और उनके अलावा दूसरे कई लोग भी मौक़े पर मौजूद थे,'' चौकीदार अदालत में गवाही देते हुए बोला। चौकीदार के बाद अन्य चश्मदीद गवाहों ने बारी-बारी गवाही दी।

''लेकिन मुल्ज़िम को सफ़ाई को मौक़ा ज़रूर मिलना चाहिए,'' क़ाज़ी ने तर्ज़मान की ओर देखते हुए कहा।

तर्ज़मान के तीन बार पूछने के बाद भी वह आंखें बंद किए खड़ा रहा। वास्तव में उसे कुछ सुनाई नहीं दे रहा था। कानों से सिर्फ़ सांय सांय की आवाज़ आ रही थी, बल्कि अब उसे यह भी मालूम नहीं था कि उसका वहां क्यों लाया गया है।

मुल्ज़िम की ख़ामोशी और फटेहाली देखकर क़ाज़ी को विश्वास हो गया कि वह एक आदी मुजरिम है। अंत में शरिया क़ानून के हिसाब से क़ाज़ी ने अपना फ़ैसला सुना दिया। जिसे मुजरिम के अलावा सभी ने सुना और तारीफ़ की।

सुबह की अज़ान से पहले जब उसे हाथ काटने के लिए जब उसे क़ैद से बाहर लाया गया तो वह भूल चुका था कि वह एक माहिर कारीगर है, यहां तक कि उसे अपने बूढ़े बाप की शक्ल तक याद न रही थी।

क़ायमदीन

"हां तो बोल इस डब्बे खरी का क्या लेगा? वैसे एक बात कहूं? चोरी का माल है सोच के दाम लगाना। कल्लां पुलिस आ गई तो उसके साथ बी मुक मुक्का करना पड़ेगा," नूर दीन ने भैंस की कमर पर हाथ फेरते हुए कहा।

"देख मियां नूरे, पांच हज़ार से एक टका नीचे नहीं लूंगा। अठारह लीटर दूध सुबह शाम बाट से तौल कर लेना। क़तरा कम हुआ तो थड़े पर मुंछ मुंडवाऊंगा। रही पुलिस की बात, अगर तुझे कोई पूछे, सीधा मेरे छप्पर का रास्ता दिखा देना, मैं जानूं और पुलिस," क़ुम्मे ने रूखेपन के साथ दाम बताते हुए कहा।

"पांच हज़ार, क़हर ख़ुदा का! आख़िर भैंस ही तो है, कोई हाथी थोड़े है। फ़िर तुम कौन सा मोल लेकर आए हो। मुफ़्त की मार है। तीन हज़ार लो और कमबल से जान छुड़ाओ" नूरा फिर बोला, "माई नज़ीरां को तो पिछले महीने बेल बराबर गाय एक हज़ार में दे दी और मुझसे पांच हज़ार मांगते हो!"

"ऐ चल मुफ़्त की मार है! सीमा पार से माल चोरी करके लाना तो एक तरफ़, ज़रा आधी रात को नदी पार करके ही दिखा दे। ऐसी तीन भैंसें मुफ़्त में ना दूं निज़ामुद्दीन का नुतफ़ा (जना) नहीं," क़ुम्मा रूखाई से बोला। "पूस की ठंडी रातों को सतलज के चढ़ते पानी को पार करके डीले के जंगलों में काले सांपों के फन पांव से कुचलना अम्मा जी का खेल नहीं और फिर सीमा पार ये सिखड़े माल कोई हथेली पर रख कर खड़े नहीं रहते। मौत के मुंह से निकाल कर लाता हूं। और तुझे मुफ़्त में दे दूं? अगर पांच में लेनी है तो ले, वरना अपना रास्ता नाप। माई नज़ीरा का तुझे ठेका है क्या। बेचारी का आगा न पीछा, अकेला दम, मैं उसे मुफ़्त में दूं या पैसे लूं तुझे दर्द क्यों?"

क़ुम्मे की बात सुन कर नूरुद्दीन खिसियाना मुंह लेकर बाड़े से बाहर निकल आया। इधर क़ुम्मे ने जल्दी से भैंसों को ट्रक पर लादने की तैयारी की जो उसका

भाई जलालुदीन रात ही मंडी अहमदाबाद से किराये पर लाया था। वह उस पर छह भैंस और दो गाय लाद कर लायलपुर मंडी ले गया।

उधर जलालुदीन माल ले कर चला इधर कहानियां चलने लगीं।

''भाई शाधे ख़ां,'' क़ुम्मे ने मूंछ पर हाथ फेरकर हुक़्क़े का एक लंबा घूंट भरा।''जब मैं नदी किनारे पहुंचा तो रात के नौ बजे थे। रात घुप अंधेरी थी ऐसे कि यमराज की भी हिम्मत जवाब दे दे। उधर सतलज का उफान भरता ठंडा पानी। मैंने दिल में कहा, ले भाई क़ुमिया तेरा रब राखा और साईं चानन शाह तेरा मददगार। मार दे छलांग नदिया में। बस फिर एक दो मिनट ठंड लगी, उसके बाद तो मैं दरिया को चीरता हुआ निकला, पंद्रह मिनट में रब साईं के करम से अगले किनारे पर था।''

''और डीले का जंगल कैसे पार किया। वहां तो गिलहरियों की तरह सांप नाचते हैं,'' शम्स अली ने हैरानी से पूछा।

''शम्मे खां! डीले का नहीं, सांपों का जंगल कहो, सांपों का!'' क़ुम्मा मीठी धूप में अंगड़ाई लेते हुए बोला, ''इतने लंबे हैं कि बंदे को समूचा खा जाएं। डकार लेना तो अलग बात, ज़बान तक नहीं चाटते। बस दो करवटें लीं और बंदा हज़म। क़सम चानन शाह की, इन आंखों ने बीसियों बंदों को इस डीले के जंगल में ग़ायब होते देखा है। दो चार को तो मेरे सामने निगल गए। अब मैं कोई बच्चा था कि इसका तोड़ नहीं जानता। पीर निज़ाम बख़्श से मंतर (मंत्र) इसी वखत के लिए तो सीखा। बस भाई इधर मंतर पढ़ा उधर बाशक नाग, कुलसाढ़, अरगन नाग, पदम नाग, खपरा, कलचूड़िया, संगचोड़, कुल्हरिया, एक एक करके सलामी को हाज़िर हुए। नील बानिया न माना तो एक फूंक मार कर राख कर दिया।''

''लेकिन सुअर पर तो मंतर चलते नहीं और मैं जानता हूं कि दस-बीस नहीं, सैंकड़ों सुअर इस जंगल में हैं। जैसे हिंदुस्तानी फ़ौज मुंह में कटार लिए घूमती

हो। उनसे कैसे बचे?'' हामदी ने टोकारा दिया।

''वाह हामदी वाह, ये तूने ख़ूब कही! ये दीवार से लगी छे फल्ली बरछी को देखा, काटते समय दुशमन और सुअर में भेद नहीं करती। पंदरह सुअर काट के देख कितने आराम से लेटी है। जन्म जन्म की साथी। भाग भरी ने रात कमाल कर दिया।''

''थोड़े में,'' क़ुम्मे ने कहानी आगे बढ़ाते हुए कहा, ''सुअरों को फाड़ता और सांपों को कुचलता रात एक बजे फजासियों की भेनी पर पहुंचा और एक एक करके सारी भैंसें खोल कर आगे कर ली। मोंजी के खेत होते हुए एक घंटे में बार्डर से इधर ले आया।''

''तो क्या सिखड़ा अफ़ीम खाके सोया था जो जगा नहीं? इरशाद अली ने पूछा।

''साला आदमी कहां, भैंस है। रोज़ाना चार जग लस्सी पी कर सोता है। जो इतनी लस्सी पी ले, फिर वो क्या उसके भाग भी सो जाते हैं।''

क़ुम्मा सर्दियों की धूप में थर्रे पर बैठा गांव के लोगों को अपनी कहानी सुना रहा था कि दूर से मौलवी सिराज दीन तस्बीह (माला) फेरता हुआ क़रीब आया और क़ुम्मे को संबोधित करके कहने लगा, ''क़ुम्मे, माले ग़नीमत मुबारक हो। सुना है रात अल्लाह ने तेरी बड़ी मदद की, पूरे आठ मवेशी लाया है। बस काफ़िरों के साथ जिहाद का आजकल यही तरीक़ा ठीक है। अल्लाह ने चाहा तो तेरी बख़्शिश (माफ़ी) निश्चित है।''

सारे लोगों ने मौलवी की बात को ग़ौर से सुना और क़ुम्मे को ईर्ष्या की नज़र से देखा। सुन कर क़ुम्मा भी गौरव से मूंछों पर हाथ फेरने लगा और बनावटी नरमी से मौलवी की तरफ़ झुका। फिर मौलवी साहब ने 15 मिनट तक इस्लाम और कुफ़्र पर भाषण दिया। इसके बाद क़ुम्मे के घर से सारे लोगों के लिए चाय बनकर आ गई जिसे सब मज़े लेकर पीने लगे। चाय पीकर मौलवी सिराज दीन

उठकर जाने लगा तो सब खड़े हो गए। दो क़दम चल कर मौलवी साहब फिर रुके और क़ुम्मे को संबोधित करके फिर बोले, "पुत्तर क़ुम्मे, मस्जिद का हिस्सा (भाग) जल्द भेज देना, कहीं ख़ुदा नाराज़ न हो जाए।"

"बस मौलवी साहब जलाल दीन मंडी से वापस आ जाए तो सबसे पहले मस्जिद का हिस्सा आएगा," क़ुम्मे ने तड़ से जवाब दिया।

"ले भई क़ुम्मे, आज से तीसरे दिन भादो की सोलह है," ख़ानू सियाल ने बैठते हुए कहा। "मैंने तुझ पर दो हज़ार की झंडी रख दी। हमीदा गुजर इस बार कुश्ती में जीत न जाए। शामदीन और फ़ैज़े ने उस पर शर्त लगाई है।"

"चाचा ख़ानू तू फ़िक्र न कर, हरामी को ऐसा धोबी पाट दूंगा कि फिर दस पुश्तों तक कोई कुश्ती न खेलेगा। गेंडे की औलाद ने पिछले साल माई जुम्मन के पुत्तर (पुत्र) की टांग तोड़ दी, और पसलियों पर भी बिना कारन ज़ोर देता रहा," क़ुम्मा तड़प कर बोला। "वो तो कहो सरदार नबी बख़्श ने कुश्ती छुड़ा दी वरना तो ये उसको मारने ही लगा था। मगर ये तो बता इतने पैसे कहां से आ गए कि पूरे दो हज़ार लगा रहा है? और फिर कुत्तों की लड़ाई और कबड्डी पर भी तो दांव लगाना है।"

"पुत्तर तू इसकी चिंता न कर," ख़ानू सयाल बोला। "इस बार गन्ने और मोंजी की फ़सल ने सारे दलिद्दर दूर कर दिए। पूरे एक लाख की फ़सल हुई है। क़र्ज़ा उधार चुका के बीस हज़ार इस कड़े समय के लिए बचा रखा है। लेकिन इस साल तूने भी तो तीन चोरियां कीं। वह क्या हुईं। जहां तक मुझे पता है कम से कम एक लाख का माल होगा। जानूं, शरीफ़ा, शम्मा और कालू नाई तो इसी काम में लाटों के मालिक बन गए और तू वही फक्कड़ का फक्कड़!"

"चाचा क्या बताऊं," क़ुम्मा अफ़सोस के साथ बोला, "जिस दिन चोरी करके लाता हूं, दूसरे ही दिन आधा गांव उधार लेने आ जाता है। और आज

तक किसी ने एक पाई वापस नहीं की। पुलिस तीसरा हिस्सा अलग मार लेती है। इसके अलावा पंद्रह लोग घर के और अल्ला बख़्शे भाई रहमत का परिवार अलग। बस समझो इधर आया उधर निकल गया। ख़ैर चाचा, तू इस क़िस्से को छोड़, इस दो हज़ार में से एक हज़ार मेरा और बाकी सब तेरा। अल्लाह ने चाहा तो सोलह भादो का मेला रंग दूंगा।''

मेले में अभी तीन दिन थे। चक क़ासिम शाह और आस पास के दस पंद्रह गांव जो नदी के पेटे में पड़ते थे, सब मेले के सिवा सब कुछ भूल गए थे। पहलवानों की मालिशें हो रही थीं। कुत्तों और मुर्ग़ों की सेवा दुगुनी हो गयी थी। चानन शाह के मज़ार के दाहिनी ओर नदी के किनारे अखाड़े की जह ख़ूब हल चलाकर नर्म कर दी गई। मज़ार पर झंडियां और रंग बिरंगे दुपट्टे लहराने लगे। दूर-दूर से महिलायें मज़ार पर घी के चिराग़ जलाने आईं और मन्नतों का दूध बांटा जाने लगा। मलंगों ने बूटी के रगड़े और हक़ अली के नारे और तेज़ कर दिए।

तूत और नीम के घने सायों में धमाल हुई तो ठाड़ में ज़िंदगी जाग उठी। बच्चों से बूढ़ों तक हर कोई मज़ार की ओर जाने लगा। मज़ार के पास क़ी बीसियों एकड़ ज़मीन मिठाई, जलेबी और पकौड़ों वालों की दुकानों से भर गई।

पंद्रह की रात दरबार पर हर तरफ़ घी, गैस और तेल के चिराग़ जल उठे, नक़्क़ालों, भांडों की टोलियों ने अपने अखाड़ों के लिए अलग अलग स्थान पर क़ब्ज़े जमा लिए और आधी रात तक तैयारियों में लगे रहे। चौदहवीं की चांद का दूध बरस रहा था और ख़ुशी का मेला था कि शफ़ी कमबोह ने ख़बर दी, नदी का पानी अपने स्तर से ऊपर उठ रहा है, अपना अपना बंदोबस्त कर लो। यह सुन कर लोगों में बेचैनी फैल गई।

रफ़ीक़ जोइया घर से रेडियो उठा लाया। आठ दस दिन से वह ये समाचार तो सुन रहे कि नदी का पानी बढ़ने वाला है, मगर वे उसे अफ़वाह ही समझे,

क्योंकि हर साल ऐसी अफ़वाहें उड़ती रहती थीं लेकिन पानी कभी ख़तरे के निशान के पार न गया। हां बीस साल पहले सैलाब आया था जिसमें उनका काफ़ी नुक़सान हुआ था, उसके बाद ऐसी कोई विपदा नहीं आई।

रात के एक बजे सब लोग रेडियो के गिर्द बैठ गए और ख़बरों में सैलाब के बारे में सुनने के लिए तैयार हुए। लेकिन सारी ख़बरों में सैलाब का ज़िक्र तक न था। फिर भी बेचैनी न गई। लोग मेले भूल कर नदी की तरफ़ देखने लगे, यहां तक कि दूर से पानी की आवाज़ सुनाई देने लगी। लगभग तीन बजे रात तक नदी ने अपने पाट डुबो दिए और फ़सलें निगलने लगी। अब तो डर और अफ़रा तफ़री ऐसी मची कि भगदड़ मच गई। कुछ ही देर में जब पानी मज़ार के क़रीब आ गया तो दुकान वालों ने जल्दी जल्दी दुकान समेटी, नक़्क़ाल (नकलची) और भांड अखाड़े समेटने लगे। लोग अपने अपने गांव की ओर भागे मगर उनके पहुंचने से पहले ही नदी गांव की कच्ची दीवारें खा चुकी थी।

रात के समय लोग जो कुछ समेट सके समेटा, बाक़ी वहीं छोड़ कर बड़े बांध की ओर जाने लगे। ट्रालियां, छकरे, और गधा गाड़ियां जुत गईं। मगर नदी की रफ़्तार उनसे कहीं ज़्यादा तेज़ थी। तेज़ और बिफरी हुई नदी किसी मस्त हाथी की तरह झूमती चली आती थी। क़ुम्मे ने देखा तो अपनी भैंसों और परिवार के लोगों के सिवा सारी चीज़ें वहीं छोड़ दीं और उन्हें हांकता हुआ बड़े बांध की ओर चल दिया।

सुबह पांच बजे क़ुम्मा और नदी साथ ही बांध पर पहुंचे। बांध पर क़ुम्मे की तरह और भी सैंकड़ों लोग दूर तक किनारे पर बैठे हुए थे जिन्होंने जल्दी अपनी ठाड़ (नदी और बंद के बीच बसा हुई बस्ती) छोड़ दी थी। क़ुम्मे ने किनारे पर खड़े होकर जब नदी को देखा तो उसे ऐसा लगा कि ज़मीन के अंदर से बड़ा अज़दहा (सांप) निकल आया हो।

हज़ारों छप्पर बहे जाते चले जाते थे। सैंकड़ों बकरियां और भैंसें तैरती और डूबती डाबती बांध की ओर आने की कोशिश कर रही थीं कि अचानक उसकी नज़र इरशाद अली पर पड़ी जो अपने दो बच्चों और बीवी को मुश्किल से संभालता हुआ, बांध की ओर बढ़ रहा था। क़ुम्मे ने जैसे ही देखा चीते की फुर्ती के साथ छलांग लगाकर इरशाद अली के पास पहुच गया और दोनों बच्चों को उचक कर बांध की ओर बढ़ा। इरशाद अली की जान में जान आई। लेकिन अब क़ुम्मे को चैन कहां था। इधर उधर से डूबने वालों ने पुकारना शुरू कर दिया। उसने नदी से बांध पर और बांध से नदी के कई चक्कर लगा दिए। बीसियों को खींच खींच कर बाहर लाया। मौलवी सिराजुद्दीन, चौधरी नूरुद्दीन, फ़ैज़ चौधरी, ख़ान सयाल और सैंकड़ों गांव वाले बंद पर बैठे कर लाचारी की हालत में मकई, गैहूं और बाजरे के ग़ल्लों को पानी में बहते देख रहे थे। अब नदी का पानी इतना बढ़ गया था कि बांध के ऊपरी भाग को छूने लगा। बड़े बड़े पेड़ों की फुंगियां डूबने से बच गईं जो परिंदों से ढकी पड़ी थीं। नदी ने कई पेड़ भी जड़ से उखाड़ दिए। हज़ारों मवेशी डूब गए, जिन्हें पानी बहाए लिये जाता था। इक्का दुक्का इंसानों की भी लाशें तैरती नज़र आईं और नदी का पाट मीलों तक फैल गया। ऐसी हालत में क़ुम्मे ने अपनी डूबी हुई बस्ती से दोपहर तक ना जाने कितने चक्कर लगाए और थक कर निढाल हो गया। इसके बावजूद हर एक नज़र मदद के लिए उसी की ओर उठती और वह हर चक्कर में बंद पर पहुंच कर गर्व से लोगों पर नज़र डालता जैसे कह रहा हो, देखा मैं जो तुम्हें अपने कारनामे गिनवाता था, अब तो उनपर विश्वास आया कि नहीं? मेरे सिवा आज कौन नदी का सामना करने वाला है? ऐसी नज़र मार कर फिर बिफरी हुई नदी में छलांग मार देता। लेकिन इंसान आख़िर इंसान है। दोपहर तक थक कर निढाल हो गया। बीवी ने यह हालत देखी तो रोने लगी कि अब न कूदना। धीरे धीरे उसका अपना जोश भी काफ़ी ठंडा पड़ गया। मगर यह सोच कर कि लोग उसे नामर्दी का ताना

देंगे फिर कूद पड़ता। यहां तक कि सूरज ढलने लगा। फिर अचानक यह देख कर उसकी जान में जान आई कि पाकिस्तान की फ़ौज लोगों की मदद के लिए नदी में उतर आई है। अब उसने जल्दी से अपने आदमी को लिया और चक जिंद में फ़ौज के लगाए हुए ख़ेमों में से एक ख़ेमे में जा बैठा। फिर ऐसा सोया कि दूसरे दिन दोपहर होने पर आंख खुली। वह जल्दी से उठा और बांध की ओर भागा।

देखा तो हर तरफ़ सुकून था। रात हर चीज़ या तो डूब गई थी या बह चुकी थी। जिधर निगाह जाती पानी के सिवा कुछ नज़र नहीं आता, हां, मगर पानी पर उड़ते हुए छोटे-छोटे परिंदे ज़रूर क़लाबाज़ियां लगा रहे थे, जैस ठार की बरबादी पर ख़ुशियां मनाते हों। उन्हें देख कर जीवन में पहली बार उसके आंसू निकल पड़े। वह शाम तक बांध पर खड़ा रहा। आज वह इतना बुझा हुआ था कि कुछ भी हो जाता पानी में न घुसता। सूरज डूबने लगा तो क़ुम्मे को लगा कि उसे तेज़ भूख लगी है। फिर उसे याद आया कि उसने तो परसों शाम से कुछ नही खाया। वह अपने ख़ेमे की तरफ़ लौट गया। उसके बात तो यह उसका मामूल बन गया। रोज़ाना सुबह आकर बांध पर बैठ जाता और मीलों पर फैली हुई नदी के पाट देखता रहता, फिर शाम के बाद ख़ेमे को लौट जाता। सातवें दिन उसने देखा कि पानी अपने स्तर से नीचे उतर रहा है। पहले दो दिन तो धीरे-धीरे फिर तेज़ी से सिमटने लगा और हर दिन लगभग दो फ़ुट नीचे चला जाता। लगभग बीस दिनों में नदी का पानी अपने किनारों में सिमट गया, लेकिन ज़मीन में नमी और कीचड़ इतना था कि लोगों का वह रहना अभी असंभव था। जगह जगह ताल बन गए थे। इधर-उधर मृत जानवरों की हड्डियां पड़ी हुई थीं जिन्हें सारा सारा दिन गिद्ध और कौवे नोचते रहते। सैंकड़ों पेड़ ज़मीन पर लेटे थे जिनमें कूड़ा करकट फंसे हुए थे। इसी स्थिति में बाढ़ के बाद चार महीने बीत गए। अब लोग भी ख़ेमों की ज़िंदगी से तंग आ चुके थे। वे चाहते थे कि जल्दी से जल्दी अपनी ठार में जा बसें। मगर जिधर देखते गढ़ों में खड़े पानी

से बास उठ रही थी। हर तरफ़ बड़ी-बड़ी झाड़ियां उग आई थीं जिनकी ओट लेकर हज़ारों कीड़े मकोड़ों ने जनम लिया था। कीड़े मकोड़ों और सांपों की बहुतायत हो गई। ऐसी स्थिति में ख़ेमों से निकलने वाला पहला व्यक्ति क़ुम्मा था जो अपनी बस्ती के लिए बेचैन था। उसके बाद लोगों का तांता बंध गया।

क़ुम्मे ने जैसे ही नदी में डूबे घर में क़दम रखा, उसके शरीर में एक बिजली सी कौंध गई। सारे घर वालों को लिया और कीचड़ और मिट्टी गारे से दीवार खड़ी करनी शुरू की। उसे देखते ही सारा गांव हौसले में आ गया, यहां तक कि दो महीने में पूरा गांव दोबारा बस गया। ज़मीन से धीरे-धीरे बास और गंदगी नकलने लगी। लोगों ने मुर्दा हड्डियां और अंजर-पंजर गाड़ दिए। अपनी अपनी ज़मीनों की दोबारा हद बनाई गई और छह महीने के अंदर ही दोबारा हल चलने लगे। बस्ती के बहुत से पेड़ उखड़ चुके थे लोगों ने अपने घरों में छांव के लिए दोबारा पौधे लगाए। क़ुम्मे के घर में भी तीन कीकर और एक बेरी का पेड़ था जिन पर सारा दिन कौवे और चिड़ियां शोर मचातीं। उनकी आवाज़ें कानों में रस सा घोलती थीं। बाढ़ में वे पेड़ भी बह गए इसलिए क़ुम्मे ने भी बांध पार से बेरी का एक पौधा लाकर घर में लगा दिया जो नदी की उपजाऊ ज़मीन में ख़ूब बढ़ने लगा। दिन गुज़रते गए, यहां तक कि तीन साल बाद तो ऐसा हो गया जैसे कभी बाढ़ आई ही नहीं थी। क़ुम्मे ने भी दोबारा अपना कारोबार शुरू कर दिया।

अब नदी पार आठ किलोमीटर पर फैला डीले का जंगल पहले से कहीं अधिक ख़तरनाक और घना हो गया था। जंगल में पानी जो कभी पांव पर होता था अब घुटनो तक हो गया था। बिच्छु, सांप, नेवले और न जाने कौन कौन से कीड़े रेंगते फिरते। कई अज़दहे लोटते फिरते, गीदड़ों और सुअरों की ग़ुर्राहटें, उल्लुओं और चमगादड़ों का शोर कानों के सुनने की शक्ति छीन लेता। ऐसी परिस्थिति में आदमी रात तो क्या दिन को भी वहां से नहीं गुज़रता था। मगर क़ुम्मे के लिए ये कोई

आश्चर्जनक बात नहीं थी। उसने जंगल में कई जगह अपने ठिकाने के लिए बना रखी थी। बचपन से ही वह जंगल की ऊंच नीच से परिचित था। वह जानता था कि कौन सी जगह ज़्यादा ख़तरनाक है और कौन सी कम। अगर किसी मुसीबत का सामना हो जाए तो कैसे बचाव करना है। वह अपने पास आग का बंदोबस्त ज़रूर रखता। उसे आग ने कई बार ख़तरनाक परिस्थिति से निकाला था।

दिन ढलने से पहले ही क़ुम्मा नदी पार करके डीले के जंगल में आ जाता और बीचों-बीच आठ किलोमीटर की दूरी तय करके हिंदुस्तान की सीमा पर पहुंच जाता। रात के पिछले पहर सीमा पार करके गाय, भैंस, बैल या भेड़ बकरियां जो कुछ हाथ लगता हांक कर डीले के उसी जंगल से होता हुआ नदी पर आता और सुबह दस बजे से पहले अपने गांव पहुंच जाता। क़ुम्मा हर चोरी में कम से कम दो महीने की दूरी रखता। भारतीय रेंजर्स से कई बार पाकिस्तानी रेंजरों को शिकायत भी की गई लेकिन डीले का जंगल दोनों के लिए मुसीबत था जबकि क़ुम्मे के लिए वही जंगल वरदान बना हआ था। बाढ़ के बाद दस वर्ष बीत गए। इस बीच क़ुम्मे ने ना जाने कितने लंबे हाथ मारे। उसने अपने गांव को मवेशियों से भर दिया। बाढ़ में तबाह हो जाने वाले कई लोगों के चूल्हे मुफ़्त जलाए। बहुत से लोगों के हाथ सस्ते दामों पर बेचता रहा।

शुरू में तो पाकिस्तानी रेंजर्स उसे ढील देती रही लेकिन अब स्थिति ज़्यादा बिगड़ गई थी क्योंकि भारतीय रेंजर्स का दबाव लगातार बढ़ रहा था। इसलिए पाक रेंजर्स ने गंभीरता से चोरों को पकड़ने के बारे में सोचा नदी समेत डीले के जंगल की ख़ुफ़िया नाकाबंदी कर दी गई। जगह जगह छापे मारे गए जिसमें पहले महीने ही शम्मा और कालू पकड़े गए लेकिन क़ुम्मा हाथ न आया। उसकी ख़ास वजह यह थी कि वह चोरी करने से पहले पूरे इलाक़े की जासूसी करता ताकि हालात को जान सके। उसने अपने पिता के साथ काम करते हुए

अच्छा ख़ासा अनुभव हासिल कर लिया था। वह जानता था कि उसे किस प्रकार विषम परिस्थिति का सामना करना है। उसके पिता ने उसे बहुत से गुर बताए थे इसलिए इस साल उसने सिर्फ़ दो सफल चोरियां कीं।

दूसरी चोरी उसने दिसंबर की अत्यंत ठंडी रात में की जिसमें वह पूरी ग्यारह भैंसें भारतीय क्षेत्र में तीन किलोमीटर अंदर जाकर ले आया। ये चोरी ऐसी न थी कि जिसे अंदेखा कर दिया जाता। दोनों तरफ़ के रेंजर्स में एक भूंचाल आ गया और उच्च अधिकारियों ने काफ़ी डांट पिलाई। इन हालात में रेंजर्स ने अपनी कार्रवाई अत्यंत सख़्त और तेज़ कर दीं। लेकिन मुसीबत ये थी कि माल जंगल से होके निकलता। फिर भी रेंजर्स ने तय कर लिया चाहे कुछ भी हो अब चोर ज़रूर पकड़ा जाएगा। मुख़बिर तैयार किए गए और सारा इंतज़ाम बहुत ही ख़ुफ़िया तरीक़े से किया गया।

15 फ़रवरी की शाम क़ुम्मा नदी पर पहुंचा तो उसे इरशाद अली सामने से आता दिखाई दिया। क़ुम्मे के हाथ में छवी देख कर इरशाद मुस्कुराया और दूर ही से हाथ हिला कर गांव की ओर मुड़ गया। क़ुम्मे ने सोचा इरशाद कितना हरामी है, मेरी दो भैंसों के पैसे खा गया, छह महीने हो गए, एक टका भी नही दिया। अब पास आकर सलाम करने से भी गया। उसने सोचा अब मैं सारा माल मंडी ही भेजा करूंगा। गांव वालों को किसी जानवर की दुम भी नहीं दूंगा। इतने मुश्किल हालात में मौत के मुंह से जानवर निकाल कर लाता हूं और ये गांव वाले बैठे बिठाए मुफ़्त में ले जाते हैं। ख़बीस बाद में पैसे भी नहीं देते।

ख़ैर रात दो बजे क़ुम्मा जैसे ही डीले के जंगल से निकला और भारतीय सीमा में घुसने लगा तो पाक रेंजर्स ने अचानक दबोच लिया। क़ुम्मे को इतना मौक़ा भी न मिल सका कि वह दोबारा जंगल में घुस जाए। वह हैरान हुआ कि उन्हें कैसे पता चला। वह इसी सोच में था कि उसके हाथ पीठ पर बांध दिए गए और रेंजर

हेडक्वार्टर में ले जाकर मार-कुटाई शुरू कर दी गई। क़ुम्मे ने अपनी ज़बान ऐसी बंद की कि रेंजर्स के सारे उपाय फ़ेल हो गए। दो महीने तक क़ुम्मे को इतनी मार पड़ी कि ज़मीन हिल जाती थी। रोज़ाना मार खाने के बाद क़ुम्मा सोचता कि उसकी मुख़बिरी करने वाला कौन है? छह महीने तक रेंजर्स ने क़ुम्मा से उगलवाने का हर हथकंडा प्रयोग कर लिया। पाजामे में चूहे छोड़े गए। उल्टा लटकाया गया, पानी में ग़ोते दिए गए। और मार तो इतनी पड़ी कि ख़ुद रेंजरों को उसपर तरस आने लगी। जब वह किसी प्रकार न माना तो शराब का केस बनाकर उसे मंडी अहमदाबाद थाने भेज दिया गया। लेकिन इन छह महीनों में क़ुम्मा शारीरिक और मानसिक तौर पर बिल्कुल निढाल हो चुका था क्योंकि रेंजर्स के डर से किसी ने गांव से आकर उसकी ख़बर नहीं ली दूसरे यह कि उसका भाई जलालुद्दीन रेंजर्स की मार सहन न करते हुए चार महीना पहले ही मर गया। क़ुम्मे को हल्का बुख़ार रहने लगा। उसे मंडी अहमदाबाद थाने में छह महीने तक रखा गया और हल्की फुल्की दवाइयां भी देते रहे, लेकिन बुख़ार न उतरा। आख़िर एक दिन थानेदार ने बुलाया और थोड़ी बहुत डांट पिला कर उसे छोड़ दिया।

हवालात से निकलते हुए उसने थोड़ी अंगड़ाई ली और थोड़ी देर के लिए थाने के बाहर कीकर के पेड़ के साथ लग कर बैठ गया। यह सर्दियों की ठंडी दोपहर थी, उसके ऊपर कोई कपड़ा भी न था। हवा की एक सर्द लहर उसके सीने को चीरती हुई निकल गई। मंडी अहमदाबाद थाने से उसका गांव 22 किलोमीटर दूर था। उसने बाजरे के खेत के साथ-साथ चलना शुरू कर दिया। बुख़ार सर्दी के कारण अधिक तेज़ होता गया और सिर में तेज़ दर्द भी होने लगा, लेकिन वह चलता गया। रात एक बजे उसे चक्कर सा आया और वह गिर पड़ा।

सुबह सात बजे शरीफ़ हुसैन ने क़ुम्मे के बेटे तुफ़ैल को बताया कि तेरा बाप ख़रबूज़ों के खेत में बेहोश पड़ा था, मैं बड़ी मुश्किल से उसे होश में लाया तो

वह उस वक़्त से कुछ उल्टी सीधी मार रहा है। उसने हमें पहचाना भी नहीं। ख़ुदा ख़ैर करे, मुझे तो लगता है कि उसका दिमाग़ चल गया है। उसे बहुत तेज़ बुख़ार भी है। लगता है बुख़ार उसके सिर चढ़ गया है।

यह 1988 की बात है। क़ुम्मे को पागल हुए 18 साल हो गए। शुरू शुरू में तो बहुत इलाज कराया। गांव के वैद के देसी नुस्खों से लेकर पीर चिराग़ शाह के तावीज़ गंडे आजमाए। मगर पागलपन बढ़ता ही गया। बीच बीच में वह कभी कभी स्वस्थ भी हो जाता मगर यह स्थिति कुछ दिनों तक ही रहती। पिछले दस साल से तो वह एक पल के लिए भी ठीक नहीं हुआ। अब उसने गांव वालों के गालियां भी देना शुरू कर दिया। जो सामने से गुज़रता उसे बेहूदा गालियां देता। धीरे-धीरे यह स्थिति हो गई कि वह लोगों को ढेले उठा कर मारने लगा। यह देख कर लोग उससे कतराने लगे। इधर यह उनकी इस हरकत से और भी गालियां देता हुआ उनके पीछे भागने लगा, जिसे लोगों ने कुछ समय तक तो सहा मगर अब वह तंग आ गए और क़ुम्मे के बेटे को शिकायतें आने लगीं। जब शिकायतें अधिक आने लगीं तो एक दिन तुफ़ैल ने क़ायम दीन को एक छोटी सी ज़ंजीर से उसी की चारपाई के साथ बांध दिया ताकि घर से न निकले। क़ायम दीन दो-तीन दिन तो उसी हालत में रहा लेकिन एक रात चारपाई समेत बाहर निकल कर गांव के चौक में बैठ गया और फिर वहीं गालियां देने लगा। यह देखकर तुफ़ैल ने चारपाई घर में खड़े बैरी के पेड़ से बांध दी। अब क़ायम दीन घर के लोगों को सारा सारा दिन कोसता और ज़ंजीर पटख़ता रहता। इसी प्रकार दो तीन महीने बीत गए। एक दिन ख़ुदा जाने कैसे ज़ंजीर टूटी और क़ायम दीन आज़ाद हो गया। तुफ़ैल घर पर नहीं था, महिलाओं से पकड़ा न गया। पागलपन अपने चरम पर था। शाम तक कई एक को ज़ख़्मी कर दिया और बहुतों को बेहूदा गालियां दीं। गांव में बहुत हंगामा हुआ। कमबख़्त ने इर्शाद अली की बेटी को तो ऐसी ईंट मारी बेचारी सीधी अस्पताल पहुंच गई। दूसरे, मस्जिद में घुसकर सारे नमाज़ियों के सिर पर रेत डाल दी और जूते उठाकर कुएं में फेंक दिए। उसकी इस हरकत

से तुफ़ैल आग बगूला हो गया, मौलवी साहब ने बुरा भला कहा। चौधरी आशिक़ अली ने तुफ़ैल को बुलाकर कह दिया, "अगर तुम्हारे बाप ने आगे ऐसी कोई हरकत की तो गांव से अपना बोरिया बिस्तर बांध लेना। बुड्ढे ने बीस साल से सबको पागल बना रखा है, या तो उसे बांध कर रखो वरना ज़हर देकर कहानी ख़त्म करो, ताकि रोज़-रोज़ की किच किच से जान छूटे।"

इसलिए तुफ़ैल ने क़ायम दीन को अबके जो ज़ंजीर बांधी वह किसी मस्त हाथी के लिए भी काफ़ी थी। उसने आते ही लोहार से 15 किलो कि ज़ंजीर और दो किलो का देसी ताला बनवा कर क़ायम दीन को बेड़ो के पेड़ से बांध दिया। पास एक चारपाई रख दी कि चाहे तो चारपाई पर लेट जाया करे, वरना ज़मीन तो है ही। क़ायम दीन की बहू सुबह शाम खाना उसके सामने रख देती, कि वह सगी भतीजी भी थी। कोई और नज़दीक जाता तो वह खाना बिल्कुल न खाता। क़ायम दीन को उस ज़ंजीर से बंधे आज छह महीन हो चुके थे। बाएं टख़ने पर घाव साफ़ दिखाइ देने लगे थे। दो साल से बहू रोज़ाना सुबह शाम उसका मल भी साफ़ करती। यह उसके रोज़ाना के काम में शामिल था।

पिछले 21 वर्षों में बेरी का पेड़ इतना फैल गया था कि पूरे अहाते को अपने घेरे में ले आया था। हरी-भरी लचीली शाख़ों में गिलहरियां, तोते चिड़ियां चहकती रहतीं। कभी कभी क़ायम दीन के सिर पर भी बैठ जातीं और इतना चूं चूं करतीं कि क़ायम दीन का ध्यान उनकी ओर चला जाता। अब वह सारा दिन बेरी के पेड़ पर फुदकती गिलहरियों, रस चूसती शहद की मखियों और हरे पत्तों के बीच चहकती चिड़ियों को देखता रहता। धीरे धीरे उनमें इतना रम गया कि किसी और की ओर ध्यान भी नहीं देता। अब गाली देना तो अलग बाती उसने बोलना भी बंद कर दिया। बस टुक टुक बेरी की शाख़ों को देखता और चहकते हुए पंछियों में ही मगन रहता।

शायद वह 20 जून 1999 की बात है तुफ़ैल अपनी बीवी के साथ हुजरा शाह

मुक़ीम फ़ौतगी पर गया हुआ था। वह क़ायम दीन की ज़िम्मेवारी अपने पड़ोसी नज़ीरे को सौंप गया। क्योंकि उसे हुजरे में दो चार दिन लग जाने थे। उन्हीं दिनों यह ख़बर उड़ी कि भारत ने सतलज का पानी छोड़ दिया है। ख़बर उस वक़्त पहुंची जब पानी बिल्कुल पास आ गया। इस ख़बर ने सारे ठार में ख़ौफ़ फैला दिया। फिर भी ठार वालों के पास बचने के लिए कुछ समय था। लोगों को 32 साल पहले की बाढ़ याद थी। उन्होंने जल्दी जल्दी अपने बोरिए बिस्तर लपेटे और बांध की ओर तरफ़ भागे। हर एक की यही कोशिश थी कि जो वक़्त मिला है उससे लाभ उठाते हुए अपनी हर चीज़ बचा ले जाएं। अतः हर आदमी काम में इतना व्यस्त था कि किसी को किसी की ख़बर नहीं थी। जिसे देखो अपना सामान छकड़ों पर डाले बांध की ओर भागा जा रहा है। मकानों की छतों से शहतीर निकाल लिए गए और एक एक चीज़ समेट ली गई। नज़ीरे ने भी जल्दी से अपना सामान बांधा। वक़्त बहुत कम था जबकि अपनी ठार की ओर तेज़ी से बढ़ रहा था। उसने अपने सारे मवेशी और सामान दो तीन चक्कर में बांध पर पहुंचा दिए। इतने में पानी घर में घुसकर टख़नों से ऊपर उठने लगा। तुफ़ैल को जब बाढ़ की ख़बर हुई तो वह जल्दी से मंडी अहमदाबाद आने वाली बस पर बैठा ताकि समय पर पहुंच सके। वह मंडी अमहमदाबाद पहुंचा तो शाम के पांच बज रहे थे। आगे का रास्ता उसे पैदल तय करना था क्योंकि उस इलाक़े में बस या तांगे नहीं जाते थे। उधर गांव में पानी घुटनों से ऊपर आ चुका था। शाम के छह बजे तक नदी ने बची खुची दीवारें और मकान बराबर कर दिया। क़ायम दीन की चारपाई पानी में डूब चुकी थी लेकिन वह बेफ़िक्री से परेशानी में दौड़ते हुए लोगों को देखने में मगन था। हर एक को अपनी पड़ी थी। लोग क़ायम दीन को ज़ंजीर से बंधा देखते और गुज़र जाते।

नज़ीरे ने बांध पर पहुंच कर सुख की सांस ली और सोचा शुक्र है हर चीज़ सलामत पहुंच गई। मगर अचानक उसका दिल धक से रह गया। उसे ख़्याल

आया कि तुफ़ैल ने क़ायम दीन की ज़िम्मेवारी उसपर सौंपी थी। मगर अफ़रा तफ़री में कुछ याद न रहा। उसने सोचा कि वापस जाए लेकिन अंधेरे और पानी के शोर से डर गया। सोचा कि पानी तो बहुत ऊपर आ चुका है और ज़ंजीर की चाभी भी मेरे पास नहीं। इसलिए अब जाने से कोई फ़ायदा नहीं।

पानी जब क़ायम दीन के घुटनों से ऊपर उठा तो वह बेरी के पेड़ से लिपट गया और बेड़ी पर चढ़ने की कोशिश करने लगा लेकिन पांत्र में पड़ी ज़ंजीर रुकावट बन गई। तुफ़ैल अभी तक आठ किलोमीटर अपने घर से दूर था। कभी भागता और कभी चलता मगर इतना रास्ता कुछ घंटों में पूरा करना आसान नहीं था जबकि ठार में पानी भी घुटनों से ऊपर हो चुका हो। रात नौ बजे के क़रीब पानी जब क़ायम दीन के कंधों तक पहुंचा तो उसने तेज़ी के साथ अपने पांव पटकने शुरू कर दिए। कभी हाथों से ज़ंजीर खींचता और ज़ोर से हाथ पांव मारता और कभी बेरी पर चढ़ने की कोशिश करता लेकिन फिर ज़ंजीर बीच में आ जाती। आख़िर 70 साल का बूढ़ा 15 किलो भारी लोहे की ज़ंजीर से कहां लड़ता। बेसुध हो गया और जहां तक हो सकता था ऊपर उठकर बेरी के पेड़ से चिमट गया। पानी था कि थोड़ी देर बाद और ऊपर हो जाता। अब क़ायम दीन कोई पांच फ़ुट की ऊंचाई पर ज़ंजीर समेत बेरी के पेड़ से चिमटा हुआ था। उसके हाथ पांव इतनी वज़नी ज़ंजीर को लगातार उठाए छिपकिली की तरह चिमटे रहने के कारण सुन हो गए। इस पर जुल्म यह कि पानी का स्तर और उठ गया। धीरे धीरे पानी इतना ऊंचा हो गया कि क़ायम दीन ग़ोते खाने लगा। वह बार बार पांव से ज़ंजीर पटकता और ग़ोते खाता रहा। मगर सब बेकार था। अंधेरी रात में पानी के सिवाए उसे कोई चीज़ न दिखाई देती थी। यहां तक कि रात के दस बजे अचानक पानी का पहला घूंट उसके मुंह में चला गया। पानी इतना अधिक था कि क़ायम दीन सांस न ले सका। बेबसी के स्थिति में उसके मुंह से एक ज़ोरदार चीख़ निकली जिससे पूरा ठार सहम गया। फिर पानी के अंदर एक भरपूर हलचल हुई फिर एक ख़ामोशी छा गई। तुफ़ैल अभी तक अपने गांव से चार किलोमीटर दूर था।

शाह मोहम्मद का तांगा

मैं देर तक पुरानी दीवार से लगे तांगे के ढांचे को देखता रहा, जिसका एक भाग ज़मीन में धंस चुका था और दूसरा एक सूखे पेड़ के सहारे खड़ा था, जिसकी टुंडी डालियों पर बैठा कौआ कांव-कांव कर रहा था। कुछ राहगीर दुआ-सलाम के लिए रुके लेकिन मेरा ध्यान न पा कर आगे बढ़ गए। मुझे उस लकड़ी के पहिए और तांगे के ढांचे ने खींच कर तीस साल पहले पहुंचा दिया।

ले भई जवान। शाह मोहम्मद ने छांटे की लकड़ी तांगे के पहिए से टकराते हुए बात शुरू की। उन दिनों मैं मुंबई में था और जवानी मुझ पर फूटी पड़ती थी और ख़ून में जोश था। बस वह कार जापान से नई-नई बन कर हिंदुस्तान पहुंची थी कि मैंने ख़रीद ली। इस बात के बीच में उसने फिर छांटा घूमते हुए पहिए के साथ लगा दिया जिसकी रगड़ से गर्रर्र-गर्रर्र की आवाज़ पैदा हुई और घोड़ा और भी तेज़ हो गया और लगा मुंबई की सड़कों पर दौड़ने। मियां जवानी अंधा ख़ून होती है। टीले, गड्ढे नहीं देखती, रगों में शराब की तरह दौड़ती है, और मेरी कोई जवानी थी। गुलाबी रंग था, फिर गाड़ी का हाथ आ जाना क़यामत हो गया, सवार होकर सड़क पर आता तो लोग किनारे लग जाते। कहते भाई ओट लेलो, ओट, शाह मोहम्मद मौत पर सवार चला आता है। उन दिनों कार पर सवारी बिठाना शर्म की बात थी, इसलिए अकेला ही घूमता था। मुंबई की भीड़ तो आपको पता ही है, लेकिन मैंने कहा शाह मोहम्मद बात तब है, जब तू गाड़ी को भरी सड़कों पर हवा की तरह चलाए। फिर थोड़े ही दिनों में सर्कस वालों को पछाड़ने लगा।

तो क्या चाचा आप गाड़ी लेकर सर्कस में काम करने लगे थे? मैंने हैरानीआश्चर्य से पूछा।

ओ मेरे भतीजे! शाह मोहम्मद ने घोड़े को चाबुक मार कर और तेज़ कर दिया। सर्कस वाली बात तो मैं उदाहरण के तौर पर कह रहा हूं। मेरा उन मदारियों से क्या

लेना-देना। वो बेचारे तो पेट भरने के लिए यह यह धंधा करते थे, रोज़ी-रोटी की फ़िक्र उन्हें मौत के रस्सों पर चलाती है। इधर तुझे पता नहीं, पर अल्लाह बख़्शे तेरा दादा मेरे बाप को जानता था। हम पुरखों से नवाब थे। लाखों ही रुपए इन हाथों से खेल-तमाशों में झोंक दिए। ख़ैर छोड़ो इन बातों को, बात जापानी कार की हो रही थी। मुंबई की सड़क पर दौड़ाते-दौड़ाते पूरा एस्पर्ट (माहिर) हो गया और हद यह हुई कि चलते हुए बड़े ट्रालरों के नीचे से निकल जाता। ऐसे चलते ट्रालर के नीचे से छपाक से निकल जाता जैसे भूत उड़ जाए। मुंबई में मेरी मिसाल दी जाती थी।

अब मेरे कान खड़े हुए। मैंने बड़ी हैरानी से पूछा, वह कैसे चाचा शाह मोहम्मद?

हाहाहाहाहा, शाह मोहम्मद ने मूंछों पर हाथ फेर कर घोड़े को बराबर थपकी दी और बोला, जवान ये बात तेरी समझ में नहीं आ सकती। बस तू चुप करके सुनता जा। एक दिन अजीब क़िस्सा हुआ। मैं कार में जा रहा था, कुदरत ख़ुदा की देखो, वह अकेला दिन था जब मेरी रफ़्तार हल्की थी। क्या देखता हूं कि सड़क के किनारे एक आदमी निढ़ाल और बुरे हाल में ज़ख़्मी भागा जा रहा है। ऐसा लगता था कि अभी गिरा, अभी गिरा। उसके पीछे पुलिस हूटर मारती चढ़ी आ रही थी। मैंने सोचा बेचारा मारा जाएगा, कुछ दया कर दें, उसी समय मैंने कार उसके पास ले जाकर खड़ी की और कहा कि भई जल्दी बैठ जा। लो भई इधर वह कार में बैठा और उधर मैंने रेस दबा दी। घोड़े को एक और चाबुक। अब पीछे पुलिस और उसके हूटर और आगे मैं। वह बंदा बहुत घबराया कि अब पकड़े जाएंगे। अब उस भड़भूसिए को कौन बताए कि वह किसके साथ बैठा है। फिर वह मेरी तरफ़ देखकर मुस्कुराया, मैं तो जानता था, बेचारी मुंबई की पुलिस की क्या औक़ात है, सौ साल ट्रेनिंग ले फिर भी मेरी हवा को न पहुंचे। टके-टके के सिपाही, रोज़ी-रोटी की मुसीबतों में फंसे, मुक़ाबला करने के लिए थोड़े ही भर्ती होते हैं। बेचारों ने रोटी-रोज़ी का फंदा लगाया होता है, हमारा क्या मुक़ाबला करेंगे। अब मुंबई की सड़कें थीं। हमारी कार थी और

पुलिस की दस गाड़ियां। मैंने चलते हुए पूछा भाई क्या लफ़ड़ा करके भागे हो, कि इतने गुंडे पीछे लगा लिए। धीरज के साथ बोला, सेठ भीम दास खत्री की तिजोरी लूटी है, खत्री के चाक़ू भी लग गया है, अब बुरा फंस गया हूं, पकड़ा गया तो सीधा फांसी घाट उड़ान होगी। मेरे तो होश की ऐसी-तैसी फिर गई। ओ तेरे मुर्दों की ख़ैर। भीम दास खत्री करोड़ों का मालिक, पूरी मुंबई में उसी के उधार-सूदी का सिक्का चलता था। उसकी तिजोरी लूटने का मतलब था रातोरात सेठ बन जाना। मैंने पूछा, मगर तुम तो ख़ाली हाथ हो। बोला, अभी चंद्राखेम के पुल के नीचे फेंक आया हूं। बस एक बार इन लफ़ंगों से पीछा छुड़ा लूं तो तुम्हें मालामाल कर दूंगा। ग़ुस्सा तो बहुत आया कि यह कौन होता है हम नवाबों को मालामाल करने वाला। मगर उसकी नासमझी देख कर ग़ुस्सा पी गया, लेकिन रेस पर पांव का दबाव और बढ़ गया। जिसके कारण कार अब चल नहीं बल्कि उड़ रही थी।

इतने में बकरियों का एक रेवड़ सड़क से गुज़रने लगा और शाह मोहम्मद को घोड़े की लगाम खींचनी पड़ी। उसके साथ उसकी दास्तान भी रुक गई। वह बदमज़गी से बोला, यार ये आयाली लोग भी खुदा जानता है ज़लज़ले की घड़ी पैदा होते हैं। जहां से गुज़रते हैं हर चीज़ का नास फेर देते हैं। सड़कें तो इन के बाप की होती हैं, जो अपने नाम लिखवा लेते हैं। देख, किस सुकून से कापा कांधे पर रखे अकड़ता जा रहा है, जैसे नादिर शाह का साला हो। आयाली को आवाज़ देते हुए, ओ भाई जल्दी कर, घोड़ा बिदकता है, भेड़ों को जल्दी हांक ले, उफ खुदावंदा कैसा शैतानी आंत का रेवड़ है? आयाली ने गोया शाह मोहम्मद की आवाज़ सुनी ही नहीं, उसी बुर्दबारी से सड़क के दरमियान चलता रहा। शांह मोहम्मद पर यह दौरानिया सदियों पर भारी हो गया मगर इंतज़ार के सिवा क्या कर सकता था? किस्सा सुनने की बेचैनी मुझे भी थी लेकिन मेरी तबीयत में ज़रा इत्मीनान था। खुदा-खुदा करके तांगे के गुज़रने का रास्ता बना तो शाह मोहम्मद ने शुक्र का कलमा पढ़ा और दोबारा घोड़े को चाबुक दिखाया। घोड़े ने चाल

पकड़ी तो मैंने कहा, चाचा फिर आगे क्या हुआ?

यार इस आयाली ने बात का मज़ा ही हवा कर दिया। खैर, तो भाई मैं कह रहा था, मुझे उस दमड़ीगीर की बात पर बहुत ग़ुस्सा आया लेकिन यह समझ कर पी गया कि नासमझ है, जाने दो। गाड़ी, पता नहीं कितने मील की स्पीड पर थी, मीटर की सुई पर तो मैंने नज़र न की, अलबत्ता पहिए कभी ज़मीन पर लगते थे, कभी नहीं। ऐन उसी लम्हे हमारे सामने बहत्तर इंच के पहियों वाले दो ट्रक आ गए। एक दाएं से, एक बाएं से। अब क्या था, पीछे पुलिस, आगे दो ट्रक और सड़क तंग। मैंने कहा, ले भई शाह मोहम्मद, यही वक़्त है इज़्ज़त बचाने का, अब पराई मुसीबत सिर पर ली है तो उसे भुगत और खेल जा जान पर। लो जी, मैं ने फौरन ही फ़ैसला किया। उसे कहा, काका मज़बूत हो जा और फुर्ती से कार को एक ट्रक के नीचे से गुज़ार कर सड़क की दूसरी तरफ़ हो गया।

ट्रक के नीचे से, चलती ट्रक के नीचे से! उफ़ मेरे अल्लाह! मुझ पर जैसे हैरानी का दौरा पड़ गया। अगर कुचले जाते तो फिर?

हाहाहाहाहा, बेटा इसी का नाम तो होशियारी और कारीगरी है। शाह मोहम्मद ने सीना गर्व से फुलाते हुए कहा। इन कामों में पलक झपकने का हिसाब रखना पड़ता है। क्षण भर की ग़लती नहीं हुई कि बंदे का स्वर्गवास हो जाता है। चल आगे सुन, देखा तो आगे सड़क ही नहीं थी। लंबी और गहरी खाई थी। बीलिया। यहां भी मेरी हाज़िर दिमाग़ी काम आई। मैंने एक सेकेंड के हज़ारवें हिस्से में कार का हैंडल दूसरी ओर घुमा दिया। बस यह समझ लो उस वक़्त मेरी फुर्ती सुलैमान पैग़ंबर के वज़ीर से भी ज़्यादा तेज़ थी जो आंख झपकने से पहले ही यमन से बिलक़ीस का तख़्त उठा लाया था। मेरी इस तेज़ी से यह हुआ कि कार दाईं ओर के दो पहियों पर आ गई। अब वह खाई से तो बच गई लेकिन स्कूटर की तरह दो पहियों पर ही दौड़ती गई। ठहाका लगाते हुए, भाई वहां तो अच्छा-ख़ासा तमाशा बन गया। मुंबई की भीड़ भाग कर सड़के के किनारे जमा हो गई। चाबुक हवा में लहरा कर घोड़े को तेज़ दौड़ाया। मैंने सोचा, हमारी तो जान

पर बनी है और उन्हें देखने को खेल मिल गया। अब गाड़ी की रफ़्तार इतनी थी कि बेचारे मीटर की सुई के बस से बाहर हो गई। अगर उसी समय चार पहियों पर करता तो पलट जाती, मैंने सोचा इसे इसी तरह जाने दो। वह भड़वा एक बार बोला, भाई इसे सीधी करलो नहीं तो मर जाएंगे। मैंने फ़ौरन डांट दिया, नालायक़ चुप रह, जिस काम का पता नहीं, बीच में नहीं बोलते। कार को तीन मील तक उसी तरह दो पहियों पर रखा और भूत की तरह निकल गया। जवान क्या दिन थे और एक दिन ये है कि अयाली रास्ते नहीं देते। शाह मोहम्मद की बात जारी थी-कि गांव आ गया। वह मेरी ओर देखे बिना बोला। ले बई जवान बाक़ी क़िस्सा कल पर। मैं छलांग मार कर तांगे से नीचे उतर गया।

यह मेरा स्थानीय शहर था। मैं इस्लामिया हाई स्कूल में छठी घंटी बजते ही भागता हुआ गेट से बाहर निकल आता। यहां से पचास डेग पर वेनिस चौक था, वहां से होकर तांगे वाले अड्डे पर आ जाता और शाह मोहम्मद के तांगे की अगली सीट पर जम कर बैठ जाता। कई बार तो सवारियां कम होने के कारण मुझे काफ़ी देर तक अड्डे पर बैठना पड़ता। तांगों वाला अड्डा चार कनाल पर फैला हुआ था और सारा का सारा छतदार था। छत लकड़ी के शहतीरों और आंकड़ों पर सरकंडों की लकड़ी बिछा कर तैयार की गई थी। सिर से ज़रा ही ऊंची थी। यानी तांगे पर बैठा आदमी आसानी से हाथ उठाकर उसे छू सकता था। गरमियों में खंभे के साथ सूती बोरियां लटकाकर उनपर पानी छिड़क दिया जाता कि हवा ठंडी होकर घोड़ों को लगे और लू पैदा न हो। ऐसी हालत में यह एक बहुत ही शांत सराय मालूम होती थी जिसमें कभी घोड़ों के हिनहिनाने और कभी चिड़ियों के सरसराने की फुड़-फुड़ाने की सरसराहट आ जाती थी। जब वे घोंसले से निकल कर दूसरी शहतीर पर बैठतीं। वहां तीन चार होटल भी थे। होटल मालिकों ने वीसीआर लगा रखे थे, जिन पर इंडियन, उर्दू और पाकिस्तानी पंजाबी फ़िल्में चलतीं। कोचवान फ़ुर्सत में यहीं पर तेज़ पत्ती की चाय पीते और एक रुपए टिकट के बदले फ़िल्में देखते। वैसे तो सफ़ाई का ध्यान रखा जाता लेकिन लीद की हल्की सी गंध उसमें

ऐसी बसी थी कि साधारण इंसानों के नाक में लग जाती लेकिन कोचवानों, होटल वालों और पड़ोस के रहने वालों के लिए यह गंध सुकून देती थी। वह चाय या खाना खाने के साथ इस गंध को भी महसूस करते। इस प्रकार उन्हें दूसरी जगह चाय पीने में मज़ा नहीं आता। होटल आधे-अंधेरे में डूबे हुए, बेहद तंग और नीची छतों वाले थे। फ़र्श अड्डे से दो फ़ुट नीचे जा चुकी थी। उनकी दीवारों और छतों पर धुएं का पलस्तर इस तरह चढ़ा था कि वहां किसी किस्म की रोशनी कर दी जाए वह बुझी-बुझी महसूस होती थी। मिट्टी के तेल से जलने वाले चूल्हों का धुआं हर दिन उस कालिख और अंधेरी में इजाफा कर रहा था। दीवारों पर हेमा मालिनी, नूर जहां, दिलीप कुमार और पता नहीं किन क्रिन अदाकारों के फ़ोटो लगे थे, जिनके ऊपर ज़रा ऊंचाई पर क़ुरान की सूरतें, सूफ़ी संत अब्दुल क़ादिर जीलानी और दूसरे सूफ़ियों के पोस्टर भी लटके थे। इन सबको धुएं ने बिना किसी भेद-भाव के काला कर दिया था। होटल का मालिक उन्हें लगा कर भूल गया था और उसने यह भी नहीं सोचा कि कम से कम मुसलमान पोस्टरों से कालिख हटा दे। सारे कोचवान पड़ोस के गांव-कस्बों से सवारियां लाकर छोड़ देते और तांगा भरने तक यहीं रहते। अड्डे पर बीस-पचीस तांगे हर समय खड़े रहते और घोड़े थान से बंधे खाने में मगन रहते। कुछ साईं की तरह के घोड़े सिर नीचा किए ध्यान में मगन रहते यहां तक कि कोचवान उन्हें दोबारा तांगे में जोत देते। थान के साथ 20 फ़ुट लंबा और तीन फ़ुट चौड़ा पानी का एक हौज़ भी था। जिस तरह कोचवान एक दूसरे से परिचित थे उसी तरह घोड़ों की भी एक दूसरे से पहचान थी। जब एक घोड़ा सवारियां लेकर निकलता तो साथ वाला कनौतियां उठाकर हलके से हिनहिनाता, जैसे विदा कर रहा हो।

शाह मोहम्मद हमारे गांव का था। मेरा उससे परिचय तब हुआ जब छठी कक्षा के लिए मेरा स्थानीय शहर के स्कूल में दाख़िला करवाया गया और उसी तांगे पर मेरा आना-जाना ठहर गया। स्कूल जाते और वहां से शाह मोहम्मद के साथ आते कई महीने बीत चुके थे। इसी दौरान उसने अपने जीवन की कई

ऐसी घटनाएं सुनाईं जो हैरान कर देने वाली थीं। हर घटना किसी बड़े शहर में उसके साथ घटी थी। वह कब उन शहरों में फिरता रहा, इस बात को सब लोग नहीं जानते थे। पिछले 15 साल से तो वह इसी अड्डे पर तांगा चला रहा था। हां बातें इतने जादू से सुनाता कि बात पर भरोसा करना ही पड़ता था। शाह मोहम्मद बंबू के साथ लगी उस तख़्ती पर बैठता तो हर तांगे में उसी मकसद से लगाई जाती है। सीट पर उसे कभी-कभार ही बैठना नसीब होता लेकिन उस वक़्त मुझे तेज़ ग़ुस्सा आता जब सवारियां ज़्यादा होने के कारण वो मुझे बच्चा समझकर हौदे में बिठा देता लेकिन जब थोड़ी ही देर में वह कहानी शुरू करता तो मुझे अपमान का एहसास नहीं रहता। शहर में ये मेरा पहला साल था, जो दूसरे साल तक उसी खूबसूरती के साथ चलता रहा। इस दौरान मैंने स्कूल में बहुत कम नागा किया। ऐसा नहीं कि पढ़ाई का बहुत शौक़ था बल्कि शाह मोहम्मद की जुबानी कहानी सुनने का ऐसा चस्का पड़ा कि मैं अगली सुबह का बेचैनी से इंतज़ार करता और घर वाले समझते कि मैं पढ़ाकू हो चुका हूं। यह किस्से किताबी नहीं थे बल्कि ऐसी आप-बीती थी जो विभिन्न शहरों और देशों की सैर के दौरान उस पर बीती थी। घटना का विवरण ऐसे करता कि मेरी आंखों के सामने वह मंज़र आ जाता। इस तरह मैं बचपन में ही शहर भर से परिचित हो गया और शाह मोहम्मद से जलता जो ऐसे-ऐसे करतब करके आज यहां तांगा चला रहा था मगर तीसरे साल मेरे पर निकल आए और मैंने ज़िद करके एक साइकिल ख़रीद ली। फिर मैट्रिक तक उसी साइकिल पर रहा, जिसका सबसे बड़ा फायदा यह था कि शहर की गलियां नापता। ख़ासकर वसंत के दिनों में साइकिल पर सवार होकर सड़क के किनारे पेड़ों के साए में फिरना मुझे स्वर्ग की सैर के बराबर लगता। कंपनी बाग़, पहलवानों का बाग़, स्टेडियम, और नहर से लेकर हीरा मंडी की सैर तक, सबका क्रेडिट मेरी साइकल को ही जाता है। इसलिए अब मेरा कभी-कभार ही तांगे के अड्डे को जाना होता। एक बार घरवालों ने कहा कि खाट के लिए बान (रस्सी) लेते आना, सो बान ख़रीदने के लिए मुझे

उसी तरफ़ आना पड़ा। एक बार अपने दादा के हुक़्क़े की चिलम भी यहीं से ख़रीदी थी। अगले साल मैट्रिक पास करते ही मैंने गांव को छोड़ दिया और शहर में ही दोस्तों के साथ रहने लगा। इस तरह तांगे के साथ वह रिश्ता भी ख़त्म हो गया जो गांव आते-जाते साइकिल की डोर तांगे से बांध लेता था। इस तरह अगले दो बरसों में एक या दो बार ही शाह मोहम्मद से आमना-सामना हुआ। नए दोस्तों की संगत में ये साल इतनी तेज़ी से निकल गए कि पता ही नहीं चला, यहां तक कि मैंने एफ़ए (इंटर) कर लिया और ग्रेजुएशन के लिए लाहौर चला आया। अब दो महीने बाद घर जाता लेकिन इस सफ़र में शाह मोहम्मद के तांगे का कोई दख़ल नहीं था क्योंकि गांव संपर्क रोड से कोई तीन मील की दूरी पर था और उस सड़क पर बहुत सी बसें चलने लगीं थीं जो पहले दो-तीन ही चलती थीं। यहां भी गांव के कुछ तांगे खड़े रहते थे, जो बस से उतरने वाली सवारियों के गांव ले जाते थे। मैं भी उन्हीं तांगों से गांव जाने लगा। शाह मोहम्मद इस दौरान मेरी आंखों से दूर रहा और दो साल और बीत गए। अगली बार गांव गया तो बसंत का मौसम था। पेड़ों की शाख़ों पर हरी-हरी कोंपलें लहलहा रही थीं। इस बार दिल में यह चाहत जागी कि क्यों न आज शाह मोहम्मद के साथ सफ़र किया जाए। मैं अपने शहर से गांव जाने के लिए सीधा तांगों के अड्डे की ओर चला गया लेकिन अड्डे पर पहुंचते ही मुझे एक धक्का सा लगा, वहां चार-छह तांगों के अलावा सारे रिक्शे थे और शोर इतना कि कानों पड़ी आवाज़ भी सुनाई नहीं देती थी। फटे साइलेंसरों और गड़गड़ाते इंजनों के कारण अड्डे की छत उड़ी जाती थी। इस बेहंगम जीव के सामने घोड़े सहमे हुए थे। हर चीज़ बदल रही थी। यह देख कर दिल बैठ सा गया। कुछ देर बदहवास खड़ा रहा, फिर हिम्मत जुटा के आगे बढ़ा, मुझे विश्वास था कि अभी शाह मोहम्मद यहां होगा। मैं अड्डे का सर्वेक्षण करने लगा कि कुछ ही पल में शाह मोहम्मद के तांगे पर नज़र पड़ी जिसकी एक-एक पतरी मुझे याद थी। उसकी हालत काफ़ी ख़राब हो चुकी थी। फिर भी पहचानने में दिक्कत नहीं

हुई, लेकिन घोड़ा वह नहीं था। तांगे को देखकर एक अजीब सी ख़ुशी हुई। मैं सीधे उस होटल की ओर बढ़ा जहां मेरे विचार से उसे होना चाहिए था। मेरे घुसते ही शाह मोहम्मद की नज़र मुझ पर पड़ गई और वह एकदम उठकर मुझसे लिपट गया। ज़ोर-शोर से गले मिलने लगा जैसे बरसों का बिछड़ा साथी हो।

भतीजे दूर ही निकल गए हो, क्या समझ लिया था, शाह मोहम्मद मर गया। मान लिया शहरी बाबू बन गए हो पर बंदा हाल-चाल ही पूछने को आ जाए, आदमी को अपने ज़िंदा होने का एहसास रहता है। हम भी बड़े-बड़े शहरों में रहे हैं पर तू तो पुत्तर मुंह दिखाने से भी गया। कई बार सुना कि तू गांव आया और बिना मिले ही चला गया। मैं सोचता था कि भतीजा ऐसा तो नहीं फिर न जाने क्या बात है।

शाह मोहम्मद बोल रहा था और मैं शर्म से पानी पानी हो रहा था। मैंने जान छुड़ाने के लिए कहा, चाचा बाक़ी बातें बाद में कर लेना और जो चाहे कह लेना पहले बाहर निकल के घोड़े का साज़ कस ताकि गांव चलें। गिले-शिकवे तांगे में करेंगे।

चाय तो पी ले, शाह मोहम्मद ने चाय वाले को ललकारा, भाई एक कड़क दूध-पत्ती बना दे, आज बहुत ज़माने के बाद भतीजा अड्डे पर आया है।

नहीं, चाय तुझे पता है, मैं नहीं पीता, मैंने मना करते हुए कहा।

ओ बैठ जा पुत्तर, शाह मोहम्मद ने उस मलगजी रोशनी में मुझे ज़बरदस्ती बेंच पर बिठाते हुए होटल वाले को दोबारा ललकारा।

होटल की हालत देखकर मुझे डर हुआ, कहीं इसे भी गिरा कर बराबर न कर दिया जाए, और सब छोटी होटलों को गिरा कर प्लाज़ा खड़ा कर दिया जाए, जिसमें चाय की जगह कोल्डड्रिंक्स और पिज़्ज़ा बिकने लगे और इस कच्ची-पक्की धुएं वाली दीवारों पर धार्मिक और फ़िल्मी पोस्टरों की जगह पैना फ़्लेक्स ले लें। यह विचार आते ही मेरा सिर चकराने लगा। जल्द ही चाय की प्याली देखकर उसमें से चुस्की ली और सारे विचारों को एकदम से झटक दिया।

अड्डे से निकलते ही शाह मोहम्मद ने दोबारा शिकायतें शुरू कर दीं जिन्हें मैं कुछ

देर सुनता रहा आख़िर बोला, चाचा दुनिया के धंधों में वक़्त की ख़बर ही नहीं होती। बहुत बार आपकी ओर आने का इरादा किया लेकिन समय नहीं मिला। आज सोचा, चाहे कुछ हो जाए चाचा शाह मोहम्मद के साथ ही जाऊंगा। ख़ैर, तांगे की बताएं, कैसा चल रहा है। मैं तो अड्डे की हालत देख कर परेशान सा हो गया हूं।

बेटे क्या पूछते हो अड्डे का, शाह का स्वर अचानक दुखी हो गया। ख़ुदा ग़ारत करे इन फटफटियों को। अड्डा तो एक तरफ़, इन्होंने सारे शहर का नास कर दिया है। अल्लाह जाने किस शैतान ने पहले पहल स्कूटर के पीछे लोहे का पीपा बांधकर इस चुड़ैल को बनाया था। अब जिधर देखो यह शैतानी डिब्बा दरदराता फिरता है। इसके कारण क़सम लेलो, मेरे कान अब बिलकुल बहरे हो गए हैं, कुछ सुनाई नहीं देता। तेल और धुएं की गंध एक ओर, तिली और कलेजे पर भी कालिख की परत जम गई है। इनके कारण पूरे शहर पर वो जो काली देवी के बारे में सुनते थे, उसका साया फिर गया है। सफ़ाई और सुकून तो ग़ारत हुआ सो हुआ, जान का ख़तरा अलग से है।

जान का इसमें क्या ख़तरा है, मैंने शाह मोहम्मद को और भी हिला दिया।

लो भाई, तुम जैसे अनजाने हो, शाह मोहम्मद अबकी मज़ा लेते हुए बात शुरू की। रोज़ इनके एक्सीडेंट होते हैं। अक्सर ऐसा होता है कि बंदा अच्छा-भला घर से निकला, मिला अस्पताल में। वजह पूछो तो स्कूटर रिक्शे का नाम लेकर चुप हो जाता है। अभी जाके देखो बड़े अस्पताल में आधे इसी काल के मारे पड़े हैं। सरकार के पास पट्टियों की कमी हो गईं और हड्डी जोड़ डॉक्टरों की चांदी हो गई।

इतने एक्सीडेंट कैसे होते हैं, मैंने शाह मोहम्मद की बात को हंसी में उड़ाना चाहा।

शाह मोहम्मद अब पूरे मज़ाक़ उड़ाने के भाव से बोला, वजह इसकी यह है कि जिसको ढंग से साइकिल चलाने नहीं आती, उसी ने यह बीमारी ख़रीदी और लगा सवारियों की क़िस्मत जलाने। किसी की टायर खुल गई किसी की

ज़ंजीर टूटी और आ पड़ा सड़क के बीच बिखर के। भई कई बार तो अल्लाह माफ़ करे, देख कर मज़ा ही आ जाता है। इस तरह लुढ़कते हैं जैसे उठी हुई अर्थी गिर पड़े। कई बार तो इन एक्सीडेंट के कारण मेरा घोड़ा बिदक गया। अब तो कमबख़्त स्कूल से भागे हुए बारह तेरह साल के छोकरों ने भी, जिनके अभी मुंह चटाने के दिन हैं, फटफटिए लिए फिरते हैं। एक दिन वो थे जब हम लाहौर में होते थे और हमारे पास होंडा स्कूटर था, जिसे जहाज़ से शर्त लगा कर चलाते थे तो दस-दस कारों से ऊपर निकाल कर ले जाते थे। ऐसे जैसे हवाई मिसाइल उड़ता जा रहा हो।

शाह मोहम्मद ने पुरानी आदत के तौर पर कहानी का पहलू निकाल ही लिया।

वो कैसे? मैंने जिज्ञासा दिखाई।

तांगा अब सड़क से निकल कर खुली सड़क पर दौड़ रहा था। शाह मोहम्मद ने घोड़े को एक छांटा दिखाया और बात शुरू कर दी। एक दिन मैं स्कूटर पर ही था। स्कूटर भी नया निकोर, ज़ीरो मीटर था। बस हाथ के इशारे से उड़ता था। मैं तेज़ी से जा रहा था कि सामने से 10-12 लड़के स्कूटर दौड़ाते आए और अगले पहिए हवा में उठाते हुए ज़ना-ज़न करके पास से निकल गए। मुझे लगा कि लड़के मुझे छेड़ के निक़ले हैं। बस उसी पर मेरा भी मीटर घूम गया, और मैंने कहा, ले भई शाह मोहम्मद तू भी दिखा दे इन को अपने जलवे। मैंने उसी वक़्त स्कूटर मोड़ा और पल भर में उनको पा लिया और ललकारा, लो भई अगर तुम अपने बाप की संतान हो तो मेरे बराबर आओ। फिर उसी वक़्त रेस लग गई और स्कूटर हवा से खेलने लगे। हंसते हुए, हरामी वह भी पूरे दिनों के थे। मुझे इधर-उधर से कट मारने लगे। कोई आगे से कोई पीछे से। वे तो चाहते थे अपने अपमान का बदला लें। इधर मैं भी उनसे बचता हुआ तेज़ी से कटें मारता जाता था। बस यह समझो हम उस वक़्त यमराज के चाचा बने हुए थे। राहगीर की क्या हैसियत, हमारे आगे बैल आ जाता तो वह भी मारा जाता। इस शैतानी दौड़ की वजह से एक ही बार में पूरे

फिरोज़पुर रोड की ट्रैफ़िक किनारे लग गई और लोग डरे-सहमे फ़ुटपाथों पर चढ़ गए, कुछ तो दीवारों से लग गए। मुझे उनकी हालत पर हंसी आ रही थी, मैं कभी अगला पहिया हवा में उठा देता और कभी पिछला पहिया उठा कर दौड़ता, जैसे मदारी का कोई खेल हो। इसी भागमभाग में अचानक मुस्लिम टाउन की नहर आ गई। अब ख़ुदा की कुदरत, उसका पुल बन रहा था जिसके कारण वहां कई मशीनें और मज़दूर सड़क रोके खड़े थे। मज़दूर तो हमें देख कर भाग निकले, पर मशीनें किधर जातीं? उन्हें देखकर सब लड़कों ने अपने स्कूटर रोक लिए लेकिन मैंने दिल में कहा, शाह मोहम्मद तेरा यहां रुकना तेरा अपमान है। बस फिर मैंने एक बारगी स्कूटर को दाहिने हाथ की ओर फेर कर जो रेस दबाई, स्कूटर नहर के ऊपर से उड़ता हुआ निकल गया। उड़ते हुए हाथ हिला कर मैं उन्हें इशारा करता गया कि बेटा अब आओ अगर तुम में हिम्मत है। बस मैं निकल गया और वे बेचारे अपना मुंह छिपाकर वहीं रह गए, और अब एक यह रिक्शे वाले हैं जो गधी रेहड़ी चलाने के लायक़ भी नहीं है लेकिन मेरे घोड़े को बदिकाने से बाज़ नहीं आते। बस मियां, कयामत के दिन क़रीब आ गए।

अगर उनके उतने हादसे होते हैं तो सवारियां उनके साथ बैठती क्यों हैं? मैंने पूछा।

मियां नए ज़माने को बुद्धि होती तो यह स्कूटर के पीछे डिब्बा बांधती? शाह मोहम्मद ने कहा, भाई अगर जापान वाले आकर देखें कि इन लफ़ंगों ने उनके स्कूटरों का क्या हाल कर दिया है तो ख़ुदा की क़सम उनको ज़रूर अदालत में घसीटेंगे और उमर क़ैद के साथ जुर्माना भी कराएंगे। अब बताओ, यह कोई न्याय है? जो चीज़ एक बंदे के लिए बनाई गई थी उस पर बीस चढ़ा दो। बस इस देश की हवा ही उल्टी है और लोग बस घास खाते हैं जिसकी वजह से उनके दिमाग़ में गोबर जमा हो गया है।

ये तो चाचा बड़ी ख़तरनाक बात है। क्या तुम सब कोचवानों ने विरोध नहीं

किया इन रिक्शा वालों के ख़िलाफ़? मैंने चिंता जताई, ऐसा न हो कल को ये सारे अड्डे पर ही क़ाबिज़ हो जाएं। उन्हें चाहिए था कि अपनी फट-फटियों के लिए किसी दूसरी जगह अड्डा बनाते।

लो, जवान कैसी बातें करते हो? अव्वल तो कई कोचवानों ने घोड़े बेचकर यही ख़रीद लिए। अब वह अपना ही विरोध कैसे करें, दूसरे, जो रही सुहागन उसी का पांव भारी। सवारियां अब तांगों की ओर मुंह फेरकर भी नहीं देखतीं। जिसके कारण हमारा ज़ोर टूटता जा रहा है और हालत यह हो गई कि हफ़्ता पहले कमेटी वालों ने कोचवानों को उल्टा दो महीने का नोटिस भेज दिया है कि तांगे अड्डे में अधिक स्थान घेरते हैं और लीद की गंध भी आती है। अड्डा रिक्शों को अलॉट कर दिया गया है इसलिए अपना ठिकाना ढूंढ़ लो। घोड़ों के पानी का हौज़ छह महीने हुए पाट दिया था। अब यहां तांगेवाले तो छह आठ ही रह गए। हम इस नोटिस को लेकर डिप्टी कमिश्नर साहब के पास गए थे लेकिन उन्होंने साफ़ हाथ धो कर जवाब दिया, कहा, मैं कमिटी के काम में हस्तक्षेप नहीं करता। अब कोई पूछे तू दख़्ल नहीं देगा तो तेरी अम्मा दख़्ल देगी, जिसने तुझे जन कर हमारी क़िस्मत में लिख दिया।

फिर? मैंने पूछा।

फिर हम अल्लाह को सौंप कर आ गए और अल्लाह को सौंपे हुए काम का जो हाल होता है, वह तुम्हें पता ही है।

तो अब क्या होगा? मैंने अफ़सोस जताते हुए पूछा।

होना क्या है, मैंने तो सोचा है, अब मैं दो महीने के बाद तांगा शहर लाने के बजाए, बत्ती मोड़, पर ही चलाऊंगा। वहां अभी तांगों का राज है।

लेकिन वहां भी तो दो स्कूटर रिक्शे आ गए हैं, मैंने कहा।

आ तो गए हैं, लेकिन देखी जाएगी, शाह मोहम्मद ने मानो एक समाधान निकाल लिया था।

उसके बाद फिर मैं लाहौर आ गया और तीन चार महीनों के बाद गांव जाने लगा। इस दौरान हर बार शाह मोहम्मद से मेरी मुलाक़ात हो जाती, वह अपना तांगा शहर से उठाकर बत्ती मोड़ अड्डे पर ले आया था। इस अड्डे पर कमाई कम थी लेकिन शाह मुहम्मद को फिर भी सवारियां मिल जातीं और दो साल तक हालात अमन-चैन से रहे। लेकिन कब तक? धीरे-धीरे यहां भी स्कूटर रिक्शों का चलन आम हो गया और शाह मोहम्मद का तांगा बेकार रहने लगा। मैं जब भी गांव जाता उसी का तांगा आरक्षित करा लेता लेकिन मेरे अकेले से क्या कमाई होती। दो साल इस तरह निकल गए। फिर जो एक दिन में, बत्ती मोड़ पहुंचा तो देखा, शाह मोहम्मद भी एक रिक्शे पर बैठा सवारियों का इंतज़ार कर रहा था। मैं देख कर दंग रह गया और कुछ सुकून भी हुआ कि चलो अच्छा हुआ उसे सवारियां तो मिल ही जाया करेंगी। सीधा उसी के रिक्शे की ओर बढ़ा। उसने भी मुझे देख स्कूटर रिक्शा स्टार्ट कर दिया। एक दो रिक्शे वालों ने मुझे टोका भी, भाई जान हमारे साथ आ जाएं, उसे रिक्शा चलाना नहीं आता। लेकिन मैं उन्हें अनदेखा करके शाह मोहम्मद के रिक्शे पर बैठ गया और रिक्शा चल पड़ा। शाह मोहम्मद का दिल बातें करने को बहुत करता था मगर रिक्शे का शोर इतना था कि हमें न चाहते हुए भी चुपचाप ही सफ़र करना पड़ा। इस यात्रा में मैंने भी यह अंदाज़ा लगा लिया कि रिक्शे वाले ठीक ही कहते थे। शाह मोहम्मद के हाथों से रिक्शा एक तरफ़ निकल निकल जाता और कई बार सड़क से गहरी खड्ड में गिरते गिरते बचा। पूरे रास्ते दुआएं पढ़ता रहा और दिल में आगे के लिए उसके साथ बैठने से तौबा कर ली।

इसके बाद मैंने सुना कि उसका रिक्शा दो महीने के दौरान ही पूरा हो गया। इतने हादसे हुए कि पहिए, गरारियां, चेन, हैंडल यानी कि सब का सत्यानाश हो गया। इस अवधि में कई सवारियां भी बिदक गईं, उन्होंने जल्द ही शाह मोहम्मद के रिक्शे पर बैठने से तौबा कर ली। वैसे भी यह स्कूटर रिक्शा किसी

काम का नहीं रह गया था और ना ही अब उसकी उम्र स्कूटर रिक्शा चलाने की थी। अगली बार गांव आया तो शाह मोहम्मद गांव में घुसते ही जो पहला होटल पड़ता है, वहां बैठा चाय पी रहा था। मैं कुछ देर के लिए उसके पास बैठ गया। मुझे लगा कि वह बहुत बूढ़ा हो गया है। उम्र तो कुछ साठ से थोड़ी ऊपर थी लेकिन इतना कमज़ोर पहले कभी नहीं लगता था। रंग पीला और आंखें अंदर को धंसी हुई, चाय का कप उठाते हुए हाथ भी कांप रहे थे। विश्वास नहीं आ रहा था कि यह वही शाह मोहम्मद है जो कुछ समय पहले हट्टा-कट्टा और जीवन से भरपूर था। ऐसी गिरी हुई सेहत देखकर मैंने पूछा, चाचा शाह मोहम्मद आपकी सेहत को क्या हो गया?

शाह मोहम्मद चाय के कप से नज़रें हटाते हुए बोला, मुझे पता था तू यही पूछेगा पर कुछ बातों का जवाब न भी दिया जाए, तो यार बेली समझ लेते हैं।

फिर भी कुछ तो पता चले, टोह लेते हुए फिर से पूछ लिया।

भतीजे छोड़ इन बातों को, शाह मुहम्मद एक ठंडी आह लेकर बोला, हमारे रोग तेरी समझ में नहीं आ सकते। सेहत तो उसी दिन ख़राब हो गई थी जिस दिन मैं घोड़ा बेच कर लोहे का दुष्ट फट-फटिया ख़रीदा था। वह तो ख़ैर हुई तांगे का कोई ख़रीदने वाला नहीं था। अगर यह निशानी भी बिक जाती तो शाह मोहम्मद इतनी देर न चलता। ख़ैर तू अपनी सुना तेरा नौकरी धंधा तो ठीक चल रहा है?

जब रिक्शा ले ही लिया था तो बेचा क्यों? अच्छी भली रोज़ी-रोटी चल रही थी, मैंने दोबारा पूछा।

कहने लगा, बेटे क्या बोलूं, तुझे तो पता है सारी उम्र ठाठ से रहे। तांगे पर बैठा था तो उसका साढ़े पांच फुट का पहिया ज़मीन से इतना ऊंचा होता कि पैदल चलने वाल लोग छोटे-छोटे लगते। तांगे के बंबू पर बैठते ही क़द बढ़ जाता। तांगा नवाबों की सवारी और इज़्ज़त की निशानी है। लोगों के आग्रह पर मैंने स्कूटर रिक्शा ख़रीद तो लिया लेकिन जब डेढ़ फुट के पहियों वाली फटफटिया पर बैठता तो ऐसे लगता ज़मीन के साथ घिसटता जा रहा हूं। शर्म के मारे ज़मीन में

ही गड़ जाता और सोचता, शाह मोहम्मद ऐसी रोज़ी से तो मौत ही अच्छी है। अंत में उसे औने-पौने बेचकर इस अपमान पर लानत भेजी।

मुझे शाह मोहम्मद की बात पर हंसी आई लेकिन संयम से काम लेकर उसे दबा गया। सच तो यह था कि अब उसकी उम्र रिक्शा चलाने की रही नहीं थी और न जीवन भर उसने उन चीज़ों को छुआ था मगर शाह मुहम्मद का यह बहाना मुझे अच्छा लगा। धीरे से कुछ पैसे निकालकर शाह मोहम्मद के ना-ना करते उसकी जेब में डाल दिए और घर चला आया। यह मेरी उससे अंतिम मुलाक़ात थी। उसके बाद कुछ समय के लिए देश से बाहर चला गया और जब आया, वह दुनिया से जा चुका था।

गांव में दाखिल होने के बाद मेरे पांव खुद ब खुद उसके घर की ओर उठ गए और जल्द ही वहां जा खड़ा हुआ। आज उसे मरे हुए पंद्रह साल हो चुके हैं। मैं उसके ज़मीन से बराबर हुए कच्चे घर के सामने सूखे बबूल के तने से लगे इस तांगे को देख रहा हूं। जिसके बंबू आधे रह गए हैं, पहियों को दीमक खा चुकी है और वह टूट-फूट कर ज़मीन में धंस गए हैं। सीटें और लकड़ी की तख़्तियां कोई निकाल ले गया है। वह तांगा अब एक ऐसा फटे हाल ढांचा है जिसका न कोई कोचवान मौजूद है और न उसे खींचने वाला घोड़ा।

मैंने आंखें बंद कर लीं, स्कूल से निकलकर सीधा अड्डे की तरफ़ भागा और शाह मोहम्मद के तांगे पर चढ़ कर बैठ गया। थोड़ी देर बाद शाह मोहम्मद ने घोड़े को चाबुक लगाई, तांगे को गांव जाने वाली सड़क पर चढ़ाया और एक नई कहानी शुरू कर दी।

मोमिनवाला का सफ़र

घोड़े की दुलकी चाल से तांगे में एक ताल पैदा हो गया और धल्कू-धल्कू करता हुआ आगे बढ़ रहा था। नहर के दोनों किनारे खड़े शीशम और पीपल के ऊंचे-ऊंचे पेड़ों ने सूरज का रास्ता इस तरह रोका कि धूप की एक किरण भी सड़क पर दिखाई नहीं देती थी। कुछ पेड़ों की डालियां झुक कर नहर के चलते पानी को छू रही थीं और बारिश के कारण हवा में एक जादुई ठंडक थी। हालांकि मोमिन वाला दो ही किलोमीटर की दूरी पर था, लेकिन नज़ीरां के उलट मेरा और अख़्तर का मन यही कर रहा था कि तांगा शाम तक यों ही धल्कू-धल्कू चलता रहे और झूले झूलते रहें। पेड़ों की कुछ डालियां और पत्ते जब हमारे चेहरों से टकराते तो ठंडक हमारी छाती के अंदर तक उतर जाती। हमें न तो नज़ीरां के मकसद से कोई सरोकार था और ना ही उन बगुलों की कोई चिंता थी जिन्हें हम टोकरे में बंद करके तांगे पर लाद कर मोमिन वाला ले जा रहे थे। लेकिन ठहरिए, मैं इस कहानी की पृष्ठभूमि आपको ज़रा बता दूं।

हमारा गांव अंग्रेज़ों की योजना के तहत एक आदर्श गांव था, जिसमें डाकख़ाना, स्कूल, अस्पताल, यूनियन काउंसिल और इसी किस्म की सारी शहरी सहूलियतें मौजूद थीं। ख़ास हमारे घर के सामने यूनियन काउंसिल का दफ़्तर था, जिसमें ऊंच-ऊंचे सैंकड़ों पेड़ झुंड के झुंड थे। खुद जाने कब दुनिया भर के बगुलों ने उन्हें अपना ठिकाना बना लिया। शुरू-शुरू में तो बगुलों का आना बहुत अच्छा लगा, जैसे पेड़ों पर बर्फ़ के सफ़ेद गाले जगह-जगह बिखरे पड़े हों। जब बरसन और धान को पानी लगता तो ये बगुलों की टोलियां खेतों में ऐसे उतरतीं जैसे परियों के अखाड़े हों, और रात के समय डालियों पर ज़रा सा हिलने से अजीब तरह की खड़खड़ाहट होती, जो एक किनारे से दूसरे किनारे तक संगीत बजाती चली जाती। लेकिन धीरे-धीरे हमें मालूम हुआ कि उनका साथ उतना अच्छा नहीं जितना हमने सोच रखा था। बल्कि वे मुसीबत ही मुसीबत थे। जिधर देखो बीटें ही बीटें और

बरसात में इतनी बदबू उठती कि सांस लेना मुश्किल हो जाता। एक ओर तो यह मुसीबत और दूसरी ओर उनके बाल व पर इस क़दर बिखरते कि आस-पड़ोस के खाने-पीने की चीज़ों पर भी शक होने लगता। लहाजा गांव वालों और काउंसिल अध्यक्ष के आपसी सलाह-मशविरे से पेड़ों की डालियां काटने का फैसला लिया गया। ताकि बगुले अपना ठिकाना बदल लें। लेकिन इसमें एक बुराई यह थी कि बगुलों के सैंकड़ों बच्चे बारह महीने पैदा होता रहते, जो उड़ न सकते थे और उनकी जान को ख़तरा था। परंतु कब तक कोई उनके बारे में सोचता। वैसे भी अबकी बार मानसून की बारिश ने ऐसा उधम मचाया कि कच्ची दीवारें और मकान एक कर दिए, और बगुलों की दुर्गंध इतनी फैली कि जीना दूभर हो गया। बीमारी फूट पड़ने की आशंका होने लगी। इसलिए पेड़ों की छोटी-बड़ी डालियां काट दीं जिसके कारण सारे बगुले उड़ गए। घोंसले बिखरे तो बगुलों के बच्चे गिर पड़े। बहुत से तो गिरते ही मर गए। जिधर देखिए सैंकड़ों पंछी बिखरे पड़े हैं। छोटी-छोटी लाशें दूर तक कुचली नज़र आतीं। क्या सड़कें और क्या यूनियन काउंसिल का सेहन, एक मरघट का नक़्शा दिखाई देता था। सच्ची बात तो यह है कि जो इंसान भी उधर से गुज़रता उन्हें देख कर रो पड़ता, कि इससे पहले गांव वालों ने ऐसा नज़ारा नहीं देखा था। जिन्हें पर आ चुके थे वो इधर-उधर भाग रहे थे, जैसे अपनी जानें बचाने के लिए कोई ठिकाना ढूंढ़ते हों।

नज़ीरां को ख़बर हुई तो भागती हुई आई, एक बड़ा टोकरा हाथ में था। मैं और मेरा चचेरा भाई निकर पहने नंग-धड़ंग खेल रहे थे। हमें आदेश हुआ कि जल्दी-जल्दी बगुलों के बच्चे पकड़-पकड़ कर टोकरे में डालो। हमें तो खेलने को एक काम मिल गया। भाग-भाग कर बगुले पकड़ने लगे, हमारी बला से उसका मक़सद क्या है।

असल में हमारा गांव आस-पास के दस पंद्रह गांवों का केंद्र था जिसकी यूनियन काउंसिल के लिए एक अध्यक्ष वोट के ज़रिए चुना जाता। इस बार मोमिन वाला का लालदीन चुना गया। मोमिन वाला हमारे गांव से कोई ढाई किलोमीटर दूर, नहर

के किनारे मौजूद था। नज़ीरां, जिसे सारे गांव वालों ने ऐसे ही मुफ़्त की मेंबरी दी थी, गांव में कोई न कोई काम या हंगामा खड़ा किए रखती। हर पंचायत में कुर्सी लगा कर सबसे आगे बैठती। कहीं शादी-ब्याह हो, मौत हो गई हो, या लड़ाई-झगड़ा, यह बराबर शरीक होती, और मेले-ठेलों से लेकर नाजायज़ बच्चे की पैदाइश तक में शामिल रहती। झूठ बोलने में ऐसी माहिर कि किसी का नाम लीजिए और ये उसकी सात पीढ़ी तक अपनी रिश्तेदारी गिनवा देगी। कहीं कोई दावत होती, यह बिना बुलाए पहुंच जाती और इतना खाती कि घर वाले हाय-हाय कह उठते।

लालदीन चूंकि नज़ीरां की विरोधी पार्टी का था, इसलिए जब दफ़्तर में आकर विराजमान होता तो उसकी छाती पर सांप लोट जाता। जो वास्तव में सदस्य थे उन्हें तो तकलीफ़ होती मगर नज़ीरां मुद्दई सुस्त गवाह चुस्त वाली कहावत पर खरी उतरती थी। बढ़-चढ़ कर अपने को पंचों में शामिल रखती। अब जो पेड़ों की डालियां काटी गईं तो झगड़े का एक बहाना हाथ आ गया।

''हाय इस काफ़िर के बच्चे ने खुदा के बनाए जीवों पर क्या क़हर ढाया। देखो तो कितना ज़ुल्म हुआ। अब तो गांव पर कहर गिर कर रहेगा। मैं कहती हूं, या अल्लाह जिस तरह उसने तेरी नन्ही-नन्ही जानों को मारा, तू भी उसे ऐसे ही दर-बदर (बेघर) कर के मार।''

ग़रज़ लालदीन को मोटी-मोटी गालियां दिए जाती और हमारे साथ बगुलों के बच्चे पकड़-पकड़ कर टोकरी में डालती जाती। जब टोकरा भर गया तो तांगे वाले को बुला भेज़ा। उस वक़्त हम कोई दस बरस के रहे होंगे। कहने लगी, ''चलो लड़को! बगुले लालू के घर छोड़ आएं। हरामी जब उन्हें पालेगा तो मज़ा आएगा।'' टोकरे पर बड़ा-सा कपड़ा बांध कर तांगे की पिछली सीट पर रख लिया। अगली सीट पर नज़ीरां पसर गई और हमें हौदे में बिठा लिया।

तांगा जैसे ही नहर के पुल पर पहुंचा तो नज़ीरां की आवाज़ तेज़ हो गई, जो पहले ही काफ़ी ऊंची थी। यहां तक कि लालदीन के घर के सामने तांगा रुक गया। हम दोनों ने तो एक ही झटके में छलांग मार दी जबकि नज़ीरां को उतरने में काफ़ी देर

लगी कि उसका शरीर एक मोटी-ताज़ी भैंस जितना तो होगा ही। फ्रि बड़े आराम से टोकरा खोल कर नीचे रखा गया और लालदीन के दरवाज़े पर दस्तक दे दी।

कुछ ही देर में लालदीन धोती पहने बाहर आया और नज़ीरां को देखकर हैरान रह गया। फिर बड़े तपाक से आगे बढ़कर बोला, ''ऐ नज़ीरां, तुझे ख़ुदा उठाए, आज तू मेरे घर कैसे पहुंची?''

नज़ीरां सीधा हाथ हवा में लहराते हुए एकदम भड़क कर बोली, ''लालदीन, मैंने सोचा कि आज तेरे साथ दो हाथ कर ही आऊं। पेड़ों की डालियां काटते समय तुझे मौत न आई? हाय अल्लाह ये ज़ुल्म तो मेरी जान को खा गया। हज़ारों जानें मर गईं। क्या दूध जैसे मासूमों को मार दिया! ख़ुदा तेरा सत्यानास करे। देख अब मैं तेरे साथ क्या करती हूं। ख़ुदा क़सम तुझे गांव में घुसने दूं तो शहाबुद्दीन की बेटी नहीं। तू तो बगुले मार कर आराम से बैठा है, उधर हमारे गांव पर ख़ुदा का क़हर पड़ गया।''

लालदीन मामले की गंभीरता को भांप कर जल्दी से घर में घुस गया। उसके जाने के बाद एक लड़का अंदर से रंगे पाए वाली चारपाई उठा लाया। चारपाई ड्योढ़ी में बिछा कर हमें बैठने को कहा। ड्योढ़ी के सामने से साफ़ पानी की एक नदी गुज़रती थी जिसके दोनों किनारों पर नीम के बड़े-बड़े पेड़ों की छांव में दूर तक भैंसें बंधी थीं। शायद उनमें से कुछ भैंसें लालदीन की भी हों। अभी हमें बैठे पांच ही मिनट हुए थे कि लालदीन सफ़ेद कुर्ते और जामुनी रंग का लाचा बांधे हुक़्क़ा लिए दोबारा बाहर आ गया।

उसने हुक़्क़ा नज़ीरां के आगे रख दिया मगर नज़ीरां का पारा सौ डिग्री से ऊपर था। लगातार गालियां देती रही और हुक़्क़े को हाथ भी नहीं लगाया। लालदीन धैर्य से गालियां सुनता रहा। ग़ुस्सा करने के बजाए मुस्कुराता रहा। जब नज़ीरां गालियां और ताने देते-देते थक गई और ख़ामोश हुई तो लालदीन आहिस्ते से बोला।

''नज़ीरां, ये तो मैं जानता हूं कि हमारी पूरी काउंसिल में तेरे जैसा कोई

बुद्धिमान नहीं, जितना काम गांव वालों के लिए तूने किया उसकी कोई दूसरी मिसाल नहीं। मैं जितनी तेरी इज़्ज़त करता हूं वह मेरा दिल ही जानता है। अब तू जो चाहे समझ। लेकिन पेड़ों की डालियां काटने में मुझसे अधिक तेरे अपने गांव वालों का हाथ है। फिर भी तू जो सज़ा देना चाहे क़बूल है।''

लालदीन ने बात कुछ ऐसी मुलायमियत से की कि नज़ीरां ख़ुद ही नर्म पड़ गई। लेकिन हुक़्क़ा गुड़गुड़ाते हुए लगातार बड़बड़ाती भी रही और लालदीन को कोसती भी रही। लालदीन बराबर हंस के टालता रहा कि इतने में वही लड़का मीठी लस्सी का एक बड़ा मग ले आया। पहले तो नज़ीरां ने लस्सी पीने से इन्कार कर दिया लेकिन लालदीन के लगातार आग्रह पर वहीं बैठे-बैठे तीन गिलास पी गई, कि एक तो गर्मी का दिन और दोपहर का समय, लस्सी कुछ ज़्यादा ही मज़ा दे गई थी। नज़ीरां के बाद कोचवान और फिर हम लस्सी पर ऐसे टूटे कि और दो जग पी गए।

लस्सी पीने के बाद दोनों ओर ख़ामोशी छाई रही लेकिन फिर नज़ीरां ने चुप्पी तोड़ी और लालदीन की ओर मुंह करके बोली जबकि सुर पहले के मुक़ाबले धीमा था:

''देख मियां लालदीन, बगुलों के पूरे दो सौ बच्चे मैं अपने घर छोड़ आई हूं। हालांकि गुनाह सारे का सारा तेरा ही है, लेकिन फिर भी हमारे गांव की बात है, आख़िर मैं भी तो गांव की मेंबर हूं, सो जो मेरा फ़र्ज़ बनता था मैंने किया। थोड़े से बगुले तेरे पास ले आई हूं ताकि हम उनको पालें।'' यह कहकर उसने टोकरे से कपड़ा खोल दिया। कपड़ा खोलने के साथ ही बगुले फुदक-फुदक कर बाहर निकलने लगे। जिन्हें हम फिर भाग-भाग कर पकड़ लाए, मगर आधे के करीब टोकरे में ही दम घुटने से मर गए थे।

लालदीन ने सारे ज़िंदा बगुले घर भिजवा दिए और फिर बड़ी मुरव्वत से नज़ीरां के साथ बातें करने लगा। नज़ीरां ने दो-तीन बार उठने की कोशिश की लेकिन उसने आग्रह करके बिठा लिया और कहा कि रोटी खाके जाना। थोड़ी देर बाद मैं और मेरा चचेरा भाई नदी में कूद पड़े और पानी में नहाने लगे जो नीम की छांव

और ठंडी हवा के कारण और भी ठंडा हो गया था। लालदीन और नज़ीरां न जाने इस बीच क्या क्या बातें करते रहे कि उन दिनों, राजनीति, मेंबरी, अदालत जैसे लफ़्ज़ हमारी समझ में न आने वाले थे। इसलिए वे बातें करते रहे और हम नहाते रहे जबकि कोचवान भैंस के आगे पड़ी घास उठा-उठा कर अपने घोड़े को खिलाता रहा। आधा घंटा ऐसे ही बीता कि चाय बन कर आ गई। फिर हम सब मज़े से चाय पीने लगे। चाय के बीच में भी नज़ीरां और लालदीन बातें करते रहे मगर अब हमने देखा कि नज़ीरां लालदीन से हंस-हंस कर बातें कर रही थी, जैसे कभी कोई मतभेद नहीं रहा हो। चाय पीने के बाद कुछ ही देर बैठे होंगे कि अचानक लालदीन ने कहा:

"नज़ीरां, तूने तो मेरा घर अंदर से देखा ही नहीं। चल देख तो सही मेरी बीवी ने क्या सुंदर फूल काढ़े हैं। वह भी तुमसे मिलना चाहती है।" इतना कह कर वह उठ खड़ा हुआ और उसके साथ नज़ीरां भी।

जब नज़ीरां और लालदीन वापस आए तो एक बज चुका था। मैंने सोचा कि काश नज़ीरां लालदीन के घर में नहाने के बजाए हमारे साथ इसी ठंडे पानी में नहा लेती तो उसे कितना मज़ा आता। और लालदीन को देखो कि घर के सामने इतने ठंडे पानी की नदी बह रही है और यह मूर्ख नलके के गरम पानी से नहाके निकला है।

अब हम सोच रहे थे कि जाने कब वापसी होगी। बल्कि कोचवान ने उठने का इरादा किया तो लालदीन ने उसे फिर बिठा दिया कि रोटी खाके जाना, थोड़ी देर में ही तैयार हो जाएगी, जबकि नज़ीरां तो अब उठने का नाम ही न लेती थी। कुछ ही देर में दो एक चारपाइयां और बिछ गईं। जिसपर गांव के दीगर पंद्रह-बीस लोग आ बैठे। अब भला नज़ीरां की ज़ुबान कब रुकती। छोकरियों के चरित्र से लेकर राजनीति और फिर रोम, मिस्र के विषय लपेट दिए। बीच-बीच में ऐसे चुटकुले छोड़े कि कई मर्द तो शर्म से लाल हो गए। ग़रज़ तीन बजे तक वह महफ़िल सजी कि मोमिन वाला के लोगों ने कहां देखी होगी। तीन

बजे वही लड़का बाहर आया और कहने लगा कि खाना तैयार है।

अब नज़ीरां के साथ कोचवान और हमें भी लालदीन का घर देखने का मौका हासिल हुआ, जिसे देखकर कम से कम मुझे बहुत मायूसी हुई, कि इससे तो अच्छा हमारा अपना घर था, ना जाने नज़ीरां एक घंटे क्या देखती रही। फिर मुझे याद आया कि उसे नहाने में भी तो देर लगी होगी। बरामदे में दो चारपाइयों के बीच मेज़ पर खाना लगा था। खाने में हलवा, भुना हुआ गोश्त और तंदूर की रोटियां थीं। हम चारों सुबह के भूखे तो थे ही, सारा चट कर गए। हमारे खाने के दौरान लालदीन लगातार हुक़्क़ा पीता रहा, जबकि नज़ीरां हड़प-हड़प खाती गई और हमें कहती जाती, ''खाओ-खाओ, आज तो लालदीन हाथ लगा है। ये भी क्या याद करेगा कि नज़ीरां से पाला पड़ा है।'' गोश्त हालांकि उतने मज़े का नहीं था लेकिन हमने बर्तन ख़ाली कर दिया। फिर हलवा भी खा गए।

खाने के बाद दोबारा चाय बन गई, जिसे पीने में हमें और भी अधिक मज़ा आया। उसके बाद नज़ीरां ने हुक़्क़े के दो-चार कश लिए और उठ खड़ी हुई। अब चार बज चुके थे और हम चलने के लिए बेचैन थे। बाहर निकल कर तांगे पर बैठ गए। मगर चलने से पहले लालदीन ने कोचवान को पचास रुपए निकाल कर दिए कि ये किराया मेरी तरफ़ से रख लो। नज़ीरां की आंखों में शुक्रिया देने जैसी एक चमक नज़र आई।

तांगा चलने लगा तो एक बार फिर नज़ीरां ने लालदीन का शुक्रिया अदा किया और कहा, ''लालदीन अब शायद ख़ुदा तेरा गुनाह माफ़ कर दे कि तूने हमारी बहुत सेवा की। हालांकि तेरी बीवी को गोश्त पकाना नहीं आता क्योंकि उसका स्वाद कुछ अच्छा नहीं था।''

लालदीन घर में दाखिल होते हुए रुका और शरारत भरे लहजे में बोला, ''नज़ीरां बगुलों के मांस का मज़ा तो ऐसा ही होता है।''

यह सुनकर नज़ीरां लालदीन को दीदे फाड़ कर देखने लगी जैसे उसे सांप सूंघ गया हो, जबकि हमें उल्टी होने लगी और कोचवान ने जल्दी से तांगा भगा दिया।

शाह मदार की पाज़ेबें

शाबाश मोंगिया, शाबाश, मार एक चोंच और, फड़का दे उसी जगह दुम-कटिया को। वाह, अरे वाह, हत तेरे की, मारा एक और। हा आ आ, वाह भई वाह।

जैसे जैसे मुर्ग़ों की लड़ाई में तेज़ी आती गंयी, बाबे चिराग़दीन की आवाज़ ऊंची होने लगी। सैंकड़ों आदमी होंगे। एक जमघटा सा लगा था। हर चोंच मारने पर दाद के दोंगरे बरसते। अरे वाह, शाबाश, काट दे कलग़ी, फाड़ दे पोटा की आवाज़ें कान बहरा किए दे रही थीं।

उधर शरीफ़े लठ-बाज़ जब अपने मुर्ग़े को पिटते देखा तो तमाशाइयों के साथ अपने मुर्ग़े को भी कोसने लगा। ओ हराम के पट्ठे, घर फूंक दिया तेरे बादामों के लिए। बीवी मैके भेज दी, और तूने मुंह काला करवा दिया। हत तेरे हरामख़ोर की। अल्लाह क़सम आज ज़बह करके न खाया तो शरीफ़ा लठ-बाज़ नहीं।

लेकिन मुर्ग़ा न उठा। जब चोंच पर चोंच खाने लगा तो बाबा चिराग़दीन ने आगे बढ़ कर अपना मोंगिया पकड़ लिया, जिसकी अपनी कलग़ी भी ख़ून में नहा रही थी। अच्छे ने शरीफ़े को दिलासा दिया और उसका मुर्ग़ा उठा कर उसके हाथों में थमा दिया, जिसे ले कर वह चुपके से निकल गया।

इधर पूरी की पूरी भीड़ चिराग़दीन के घर में जमा हो गई और लगी दूर दूर की हांकने।

मैं न कहता था, मूंगिये की रगों में जलाली (प्रतापी) ख़ून है। ख़ुदा की क़सम दो मिनट और न पकड़ते तो पित्ता फाड़ देता।

भई चोंच में फार तो ज़ुलफ़िक़्क़ार (एक तलवार) के जैसी है। दुश्मन को तो गोया काफ़िर समझ लेता है। ख़ुदा सलामत रखे, बीसियों लड़ाइयां लड़ीं और बराबर इज़्ज़त रखी।

मियां, मूंगियां कोई ऐसा वैसा मुर्ग़ा थोड़े ही है। लकड़दादा ने जब वाजिद अली शाह का दरबार छोड़ा तो वहां से एक मुर्ग़ा ही साथ लिया था। मूंगियां

उसी की नसल से तो चला आता है। बाबे चिराग़दीन ने आराम से कलग़ी पर हाथ फेरते हुए कहा भीड़ से कहा।

फिर सब लोग ईर्ष्या से उसे देखने लगे। आधी रात तक वहां मुर्ग़-बाज़ी, बटेर-बाज़ी और कबूतर-बाज़ी पर ही बात होती रही और गुड़ के मीठे चावलों की दावत भी।

गांव में यह अकेला घर ऐसा था जिसे आप पूरे गांव का घर कह सकते हैं। दो कनाल का खुला अहाता, जिसके किनारे दीवार नहीं थी बल्कि कांटेदार लकड़ियों की बाड़ लगा दी गई थी ताकि मिल्कियत का पता चलता रहे। अंदर तीन-चार कमरे होंगे, जिनकी दीवारें मिट्टी की और छतें घास-फूस की थीं। जाड़ा आता तो भैंसें भी उन्हीं कमरों में बंधतीं थी। मैंने चिराग़दीन को कभी काम करते नहीं देखा। जब भी अहाते में दाख़िल हुआ, पहले सीधी नज़र उसी पर रुकती, बड़ी नस्ल का एक असील मुर्ग़ा उसकी गोद में होता।

चिराग़दीन के ऊपर-नीचे छह बेटे थे, जो बाप के नक़्शे-क़दम पर पूरे चले। उन्होंनें घर को चिड़िया घर बना रखा था। सैंकड़ों कबूतर ग़टर-ग़ूं, ग़ुटर-ग़ूं करते फिरते। हर झोंपड़े के ऊपर चार-चार कबूतर उतारने की छतरियां। जिधर देखो कनालियां पड़ी हैं जिनके अंदर कबूतरों का दाना पानी सूखता रहता। इधर-उधर बीसों काबुकें लटकी रही हैं, और एक से बढ़ कर एक बटेरें। शीशम के पेड़ घना साया किए रखते। घर के बग़ल से नाला गुज़रता जहां से दोपहर बाद ख़ूब छिड़काव किया जाता। पेड़ों के साए में जब ठंडी हवा के झोंके आते तो भीगी मिट्टी की ख़ुशबू दिमाग़ में उतरती चली जाती। छांव इतनी गहरी थी जैसे बादल उमड़े हुए हों।

दिन भर जो चाहता चला आता। हुक़्क़ा पीता, गपें हांकता और उठ जाता। इजाज़त कैसी। जब देखो बीस-बीस लोग बैठे हैं। कबूतर-बाज़ी और कनकव्वे पर बहस छिड़ी है। घर काहे को डेरा कह लीजिए।

छह के छह भाई सुबह पांच बजे उठते, नौ बजे तक रेत ढोने वाली ट्रैक्टर ट्रॉली पर मज़दूरी करते, जा नदी से शहर रेत ले जाया करतीं। नौ बजे से दिन के

बारह बजे तक भैंसों के लिए चारा तैयार कर लेते। यह उनका रोज़ का काम था। दिन का बाक़ी समय खेल धंधों और कबूतर-बाज़ी में निकलता।

मैं चूंकि उनका पड़ोसी था। दीवार से दीवार मिली हुई थी इसलिए अक्सर उधर ही रहता। बराह टेहनी, अड्डी खुड्डी, शतरंज, कौन सा खेल है जो उनसे न सीखा। हां ताश से उन्हें नफ़रत थी, ना जाने क्यों। यह जीवन भर मुझे भी ना आई।

दिन भर में बीसियों बार आपस में लड़ते।

देख मैंने कह दिया ना, मेरे कलसरे (कबूतर का नाम) को हाथ न लगा, वरना सिर फोड़ दूंगा।

हां, देखा मैंने तुझे। आया कहीं का नादिर शाह का जना, कलसरे का तू क्या लगता है।

मैं कहता हूं तू मुझसे अभी क़त्ल हो जाएगा। (अपनी मां की ओर देखते हुए) मां, जैदे को समझा ले, वरना समझ लेना तूने एक जना ही नहीं।

माई चिराग़न भी गालियां देने लगी, और एक से बढ़ कर एक तेज़। इधर ये कुल्हाड़ियां और दरांतियां उठाकर आमने-सामने आ गए। बस फिर क्या पूरा घर दो गुटों में बंट जाता। बाबा चिराग़दीन कभी एक की गुद्दी पर मारता, कभी दूसरे को धौल जमाता और अंत में थक कर बैठ जाता। मगर ये छूट छूट पड़ते। गालियों का शोर इतना ऊंचा होता कि पल भर में सारा गांव उनके घर चला आता। कोई एक को पकड़ता कोई दूसरे को। बड़ी मुश्किल से झगड़ा छूटता। मगर इस सारे दंगे में मजाल है कि किसी को एक छड़ी भी लग जाए। कहां अभी तो जान के प्यासे और अभी फिर कनकव्वे (पतंग-बाज़ी) पर बहस हो रही है।

शुरू-शुरू में तो लोग घबरा जाते थे मगर धीरे-धीरे उनकी लड़ाई से मज़ा लेने लगे। सच पूछिए तो वह इंतज़ार में रहते कि कब तमाशा लगता है।

लो भाई, मुझ पर भी अफ़सोस है। मैंने तो उनके नाम अभी बताए ही नहीं। वारिस, जो सबसे बड़ा था, कोई भी काम करने की क़सम खा रखी थी। उसके नीचे सादिक़ उर्फ़ साधा और नीचे आइए तो गागड़। उसका असली नाम मुझे

भी याद नहीं। चौथे नंबर पर जैमल, उसका भी असली नाम ख़ुदा को मालूम। पांचवां अरशद उर्फ़ अच्छा और छठा जैदा यानी जावेद। पहले तीनों शादी शुदा, और मैंने अपनी इन गुनहगार आंखों से तीनों को अपनी पत्नियों के हाथों पिटते देखा। दो-चार बार नहीं बल्कि यह रोज़ की बात थी। गागड़ का शरीर तो देखने में हाथी जैसा था लेकिन जब बीवी झाड़ू पकड़ती तो वह दूसरे भाइयों की पीछे छुपने के लिए दौड़ता।

गर्मी और जाड़े में आज तक यह लोग फ़र्क़ नहीं कर सके। जून-जुलाई की धूप हो या कड़ाके का जाड़ा, कपड़े में बदलाव या पांव में जूते कभी न रखे। वस्त्र क्या था, एक धोती और कुर्ता। उसके आगे अल्लाह ही अल्लाह। इस मामले में बाप बेटे का चलन एक ही जैसा था।

हर कोई चौधरी से लेकर नमाज़ी परहेज़गार सब उनका बराबर का दोस्त था। कई बार मैंने देखा कि अगर कोई दो लोग लड़ पड़ते तो इनमें से आधे एक तरफ़ हो जाते और आधे दूसरी तरफ़ और ख़ुद भी दूसरों की ओर से लड़ने लगते। ये तरकीब ऐसी कामयाब रहती कि लड़ाई तुरंत ख़त्म हो जाती। हमारे गांव में शायद ही कोई घर ऐसा होगा जो उनके घर से बढ़ कर निर्धन हो, मगर ये लोग सारे गांव अपने से ग़रीब जानते हैं। जाड़े का मौसम एक वरदान था। देसी सरसों का साग, जो मध्य पंजाब के देहातों में बहुत होता है और बिना किसी क़ीमत के आसानी से मिल जाने वाली सब्ज़ी है, लगभग चार महीने बिला नाग़ा पकती। जब देखो चूल्हे पर हंडिया चढ़ी है। उसके साथ रोटी का कष्ट कम ही उठाता, बस, सुबह, दोपहर, शाम साग खाए जाते हैं और गन्ने चूसते हैं कि इस इलाक़े में यह भी मुफ़्त ही मिल जाते हैं। गर्मी का मौसम उनके लिए अगरचे थोड़ा मुश्किल गुज़रता, लेकिन किसी न किसी ज़मीनदार से एक कनाल ज़मीन लेकर सब्ज़ियां उगा लीं और सारी गर्मी गुज़ार दी।

कोई मांगने वाला आता तो बड़ी शालीनता से एक दूसरे से कहते, दे यार इसे, बेचारा ग़रीब है, और उठा कर कुछ दे देते, ऐसे कि हातिम के सिर पर जूते। सोने

के लिए खुले बरामदे और तारों की छांव में खटिया लगा दी जातीं, फिर आधी रात तक ऐसे ऐसे गीत के बोल उठाते कि मज़ा ही तो आ जाता।

पानी चुक के जांदिये नारे नी, लक लवे बुला रे

तीनों सद्दा यार ग़ुलामा तै खड़ी हो के लग सुन जा रे

यानी दोहे, टप्पे और हीर वारिस शाह के ऐसे सुर में पढ़ते कि वाह कहनी ही पड़ती। इधर एक भाई ने कुछ पढ़ा उधर दूसरे ने उसमें गिरह लगाई, दूर नुक्कड़ पर लेटे हुए तीसरे ने अगला मिसरा उठा दिया और दोहा पूरा हो गया। बाप समेत सातों एक के बाद एक दोहे और टप्पे ऊंची आवाज़ में बोलते और लोग अपने अपने घरों में बैठे सुनते।

चोर उचक्के उनके कारण गांव में आने से डरते थे। ज़रा कोई आदमी बाज़ार से गुज़रा नहीं कि उन्होंने चोर-चोर का शोर मचाया। लीजिए, अब तो गांव के मुर्दे भी जाग उठे और चोर को भागते ही बनी।

कबूतर बाज़ चाहे साधू हो मगर एक ऐब (ख़राबी) उनमें ज़रूर होती है। और ये एक ऐब हज़ारों ऐबों की जड़ है कि जगह जगह दीवारें फलांगते फिरना। इसमें अच्छे को कमाल हासिल था। चार मील दूर उड़ता कबूतर भी उसकी नज़र से न बचता। एक बार बस नज़र आने की देर है फिर यह जा वो जा। आख़िर पकड़ा जाता, चाहे दुश्मन की दीवार पर क्यों न बैठा हो। इस मामले में बहुत बार किरकिरी भी हुई। सरदार नबी अहमद सय्याल की बीवी आंगन में चार पाई खड़ी करके उसकी ओट के एक तरफ़ नहा रही थी कि अच्छा एक कबूतर का पीछा करते हुए दीवार फलांग कर सीधा उसके सिर पर आ खड़ा हुआ। वह बेचारी कपड़े ढूंढ़ते रह गई और यह चारपाई के पाए पर बैठे कबूतर को दबोच कर उन्हीं पैरों से वापस दौड़ा आया, जैसे कोई बात ही ना हुई हो। शाम को ख़ूब हंगामा हुआ। दोनों ओर से लाठियां निकल आईं। लेकिन हाजी लतीफ़ ने बीच में पड़ कर मामला दबा दिया और माफ़ी-वाफ़ी के बाद बात ख़तम हुई। इसी प्रकार बहुत बार पंचायतें बैठीं मगर आदत से मजबूर कि एक

बार कबूतर पकड़ना ज़रूर है। जिस दिन आकाश साफ़ और नीला होता जो कि देहात में आम-तौर पर होता है, उस दिन तो दो-चार कबूतर ज़रूर पकड़े जाते।

वैसे कौन सा ऐसा क़स्बा या गांव है जो कबूतरबाज़ी से अछूता हो, मगर जैसा शौक उसका हमारे इलाक़े में था अवध में कहां होगा। ख़ासकर तो चिराग़दीन का घर तो इसके लिए सबसे मुनासिब था। हमारा गांव जिसके आस-पास 30-35 गांव और थे, उनमें कोई 500 के क़रीब कबूतर-बाज़ होंगे जो हमारे स्कूल में हर साल 15 जून को जुट जाते। स्कूल का बड़ा मैदान पांच एकड़ का था और इस काम के लिए वह जगह सही थी। सुबह आठ बजे शर्तें लग जातीं और कबूतरों की पालियां (झुंड) उड़ान भरतीं।

कालसरे, चट्टे, चुनिये, ग़लूवे, जॉनसेरे, दुम-चीड़े, डब्बे, अत्ते और न जाने किन किन नस्लों के रंग-बिरंगे हज़ारों कबूतर नीले आकाश में सुंदर छटा बिखेर देते। आसमान एक दुल्हन की तरह निखर जाता। पता नहीं उस दिन गर्मी की तेज़ी कहाँ चली जाती। नंगे पांव भागते फिरते। कबूतर बाज़ तो एक तरफ़ कि वह तो अपने कबूतरों का पीछा करने के लिए दौड़ते ही रहते थे। ख़ुद हम लड़के बाले जिस कबूतर में दिलचस्पी लेते, उसके पीछे कोसों मीलों की दूरी बिना थके पूरी करते। इसके साथ कबूतर बाज़ों के चुटकुले-

देख, ख़ान मोहम्मद, तेरा डब्बा बीटें कर रहा है। ज़मीन पर अभी गिरा कि अभी गिरा, अच्छे ने कहा।

जा लिंडोरे, अपना काम कर, पांच मन बादाम खिलाये हैं। धरती पर आने वाला नहीं है। आसमान पर जाएगा आसमान पर। तू अपने जॉनसरे की ख़बर ले। उसकी दुम ख़ुदा की तरफ़ हो गई, ख़ान मोहम्मद आंख टेढ़ी करके बोला, अभी आधे घंटे में फ़ैसला हो जाएगा।

दूसरी तरफ़ से शफ़ी चबूतरे वाला बोला, ख़ान मोहम्मद ये डब्बा तो मुर्ग़ी की नसल से निकला, तेरा बादाम तो आज हलाल करने से रहा। हां चाक़ू मैं ले आया हूं, ये ले, बस गिरते ही उस पर फेर देना।

हां देखा है मैंने तेरे ग़लवे को, कबूतर काहे को बतख़ पाल रखी है बतख़, देख तो सही ऐसे उड़ रहा है जैसी टीबी का रोगी हो।

इधर शैदा मिसरी ने हांक लगाई (उसकी जेब में हर समय मिसरी होती थी), अब्बा की क़सम कबूतर नहीं हमारा कलसरा तो शिकरा है शिकरा (बाज़), देखो तो हर चक्कर में 15 फ़ुट ऊपर निकल जाता है। नीचे उड़ना तो उसके लिए तो अपमान है।

हां, अल्लाह मियां से कुछ मामलात तय करने जा रहा है, जमील ने एक तरफ़ से फब्ती कसी। देखना एक नहीं बजेगा और ये ज़मीन चाट लेगा।

इधर तो यह नोक-झोंक चल रही है और उधर हमीदा मीरासी ढोल पीटे जाता है। कुछ लौंडों का उधर घेरा लगा है। सारे दिन की हल-चल किसी त्योहार का दृश्य पेश करती थी (हाय वो दिन कहां गए)। यानी कि आधा दिन इन्हीं चुटकुलों में बीत जाता और प्रसंशा के डोंगरे बजते रहते, लेकिन एक बजे के बाद कबूतरों के साथ-साथ कबूतर-बाज़ों का भी रंग उड़ना शुरू हो जाता। जिसका कबूतर बैठ जाता वह कबूतर-बाज़ भी बैठ जाता। फिर तो एक के बाद एक, कोई यहां गिरा कोई वहां गिरा वाली परिस्थिति पैदा हो जाती। नारों और पटाख़ों की आवाज़ें कान फाड़े देतीं, ऐसा प्रतीत होता जैसे हमारे गांव में जंग का हंगामा हो। ऐसी स्थिति में अच्छे और जैमल का नीले परों वाला कबूतर आसमान को शिकरे के जोश के साथ चीड़ता हुआ दिखाई देता। आख़िर कोई छह बजे उसे मान मना कर उतारते। शाम को मीठे चावलों की देगें पकतीं और बाज़ी में जीते हुए पैसे उधर निकल जाते। ये वैसे के वैसे, कि माल जिधर से आया उसी रास्ते निकल गया। पिछले कई वर्षों से यही हाल था।

चौधरी लतीफ़ अपने बेटों के साथ लंदन गया तो उसने अपनी छह एकड़ ज़मीन अच्छे के हवाले कर दी और यह हुक्म दिया कि जो हिस्सा आए उसे हर साल मेरे खाते में जमा करा देना। गांव चूंकि खेती में बहुत आगे था, दो नहरें गांव को काटती हुई गुज़रतीं और उनसे निकलने वाले बीसियों नाले ज़मीन को

पानी देते, इसीलिए गांव घने पेड़ों से हरा भरा हो गया था। जिधर देखिए बरगद, पीपल, जामुन और आम के पेड़ों का तांता लगा हुआ था। ज़मीन का अरशद के हाथ लगना था कि यहां चक्कर ही कुछ और हो गया। छह भाइयों ने वह मेहनत की और पसीना बहाया कि पहले साल ही फ़सल दुगुना हो गई। फिर क्या था बादामों के तोड़े और सच्चे मोतियों से प्याले भर गए।

मकान का और अपना नक़्शा क्या बदलना था, अलबत्ता कबूतरों, बटेरों और मुर्ग़ों के दिन फिर गए। उससे अगली फ़सल पर नई काबुकें, और छतरियां बन गईं। एक बड़ा टेप रेकॉर्डर ख़रीदा गया। अब सारा दिन उसपर आलम लोहार, मेहदी हसन और नूर जहां के गीत सुने जाते। और दो साल गुज़रे तो एक वीसीआर ले लिया गया, जिसपर सुलतान राही की फ़िल्में चलतीं। हर शाम एक जश्न का समां रहता। कोई दो सौ आदमी इकट्ठा हो जाते। हाजी की फ़िल्म लगती (सुलतान राही को हाजी कहते थे) और उसके हर ऐक्शन पर अच्छा उठ उठ के गिरता। दूसरे दिन फ़िल्म की कहानी हर उस व्यक्ति को सुनाता जिसने रात फ़िल्म न देखी होती और ऐसे ऐक्शन बना बना के सुनाता कि मज़ा आ जाता। कई बार मेरे दिल में आया कि मैं फ़िल्म न देखता और अच्छे से कहानी सुन लेता। कबूतर-बाज़ी के मुक़ाबले और भी ज़ोर-शोर से होने लगे।

ज़मीन काश्त करते चार साल बीत गए। चौधरी साल भर बाद आता तो ये उसका हिस्सा उसकी झोली में डाल देता। चौधरी ख़ुद ही एक नेक इंसान था। वह भी सब वहीं ग़रीबों में बांट देता। लंदन में उसके बीवी-बच्चे एक ज़माने से रह रहे थे। वहां अपना घर था, सिवाए एक तंगी के उधर कोई कठिनाई नहीं थी कि घर का काम करने वाला कोई ढंग का नौकर नहीं मिलता था। एक तो वह महंगे होते और दूसरे उनमें ख़राबी भी ये थी कि वे काम अधूरा करते।

पिछले साल चौधरी गांव आया तो अजब ख़बर लाया। उसने एलान किया कि वह अरशद के लिए लंदन से वीज़ा लाया है। ख़बर क्या था स्वर्ग का पत्र था। पूरा घर नाचने लगा। प्रसन्न होकर कई कबूतर उड़ा दिए (शाम को जब जोश

ठंडा हुआ तो दोबारा पकड़ लिए) और एक भैंस बेचकर सारे गांव को भोज दिया। नई पोशाक ख़रीदी गई, जिसे अरशद शंट-पैंट कहता। गांव में कौन ऐसा घर होगा जहां वह न गया हो। बुरा-भला माफ़ करवाया, और एक एक कबूतर और बटेर पर हाथ फेरा, सौ-सौ बार चूमा, ऐसे कि ख़ुद हमारे भी आंसू निकल आए। 12 फ़रवरी को लंदन के लिए निकला तो पूरे घर पर ऐसे नज़र दौड़ाई कि जैसे मरने वाला हो। आधा गांव विदा करने आया और दहाड़ें मार मार कर रोए। ख़ुद मैं उसे शहर तक छोड़ने गया।

मियां, सबसे पहले तो मैं अपने शाह मदार (मुर्ग़े का नाम) के लिए पांच तोले की पाज़ेबें बनाऊंगा, बाक़ी काम बाद में, बाबे चिराग़ ने हुक़्क़ा गुड़गुड़ाते हुए कहा।

आरिफ़ जो भैंस का दूध दूह रहा था, बोला, लो और सुनो, ये सिर्फ़ पांच तोले को रोता है, यहां तो अब मुर्ग़े के मुर्ग़े सोने के आएंगे।

उंह, मुर्ग़े सोने के आएंगे। जैदा फुंकारा। रेत ढोते ढोते सीने में रेत की फ़ैक्ट्री लग गई और ये मुर्ग़े ख़रीदेंगे। मैं तो अब 15 दिन से ज़्यादा काम नहीं करूंगा। पहले अपनी तीन-चार ट्रैक्टर ट्रालियां ख़रीदेंगे, उसके बाद बाक़ी सब कुछ देखा जाएगा।

जमील जो एक ओर कुल्हाड़ी से लकड़ियां चीर रहा था, कहने लगा, ट्रैक्टर चलाएगा तेरा बाप, तुझे तो गधी हांकने तो आती नहीं। सबसे पहले जॉनसरे के लिए माला ख़रीदी जाएगी।

बकवास बंद कर ओए ऊंट के थोबड़े वाले, गधी हांके तेरा बाप, यहां तो ये साहब चांद गाड़ी तक चला लेते हैं। जैदा दोबारा बोला।

साहब मेरा तो एक ही फ़ैसला है, आरिफ़ कहने लगा, पहले तो ख़रीदेंगे कोई दो हज़ार एकड़ ज़मीन, फिर उसमें तरबूज़ लगाएंगे, और जी भरके खाएंगे। उसके बाद लाहौर का चिड़िया घर ख़रीदेंगे, जहां अपनी मरज़ी के जानवर रखेंगे।

पुत्तर, मुझे तो बस एक हीरे का कोका और सोनें का कंठा बनवा देना। इस आख़िरी उम्र में ही सही, कुछ शौक़ तो पूरा कर लूं, माई चिराग़न आटा गूंधते हुए लजाते हुए बोली।

माई, तू फ़िक्र न कर, सादिक़ ने बाप के हाथ से हुक़्क़े की टोंटी पकड़ते हुए कहा, तेरा ताबूत भी सोने का बनवाएंगे। बल्कि मिस्त्र से ख़रीद लेंगे। सुना उनके यहां बहुत उमदा ताबूत पड़े हुए हैं।

ताबूत ख़रीद अपनी सास के लिए अपने ससुरे के लिए, ताबूत ख़रीद अपनी उस चुड़ैल बीवी के लिए, और चिमटा पकड़ कर मारने को दौड़ी। उधर वह हंसते हुए बाहर भाग गया।

अत: बड़े बड़े मंसूबे बने जिनके लिए ब्रितानी सरकार का पूरा बजट भी कम पड़ जाता। हर तीसरे दिन ख़त लिखा जाता, उसमें रोज़ाना की डायरी, कबूतरों का हाल, बटेरों और मुर्ग़ों के बारे में जानकारी दी जाती। उधर से भी बिना देरी बारबर जवाब आता जिसमें बार-बार अपने कबूतरों का एक-एक करके हाल पूछा जाता। और जब मई के पहले सप्ताह पचास हज़ार रुपए आए तो पूरा घर बावला सा हो गया। पैसे ख़र्च करने की जगह न सूझती थी। योजनाएं बनने लगीं और विभिन्न प्रकार के विषय पर बहस रही, गांव के एक दो चौधरियों से भी सलाह ली। आख़िर ये फ़ैसला हुआ कि अभी तो शुरुआत है। सिर्फ़ 50 हज़ार ही तो नहीं, इसके बाद भी अब तो पैसे आते रहेंगे, इसलिए इन पैसों से सारे कबूतर-बाज़ों की दावत की जाए और अबकी जून में जो कबूतर-बाज़ी का मुक़ाबला हो उसमें एक शानदार जश्न भी मनाया जाए, जिसमें किसी अच्छो गाने वाले को सुना जाए। फिर क्या 15 जून तो सिर पर आ गया, जश्न के इश्तेहार प्रकाशित किए गए। आस-पास के सारे गांव में ख़बर दी गई, और सारी रिपोर्ट अच्छे को पहुंचा दी गई कि इस बार ऐसा शानदार मुक़ाबला होगा कि इन कानों ने न सुना होगा न आंखों ने देखा होगा। फिर दूसरी ओर से भी ख़त पर ख़त आने लगे, कि ऐसे करो और वैसे करो, जैसे जैसे दिन पास आते गए, फुर्ती

बढ़ती गई। बाबे चिराग़दीन के घर की रौनक़ दोगुनी हो गई। एक उठता तो चार आ बैठते और ऐसे ऐसे क़िस्से कहते कि पेशेवर क़िस्से कहने वालों के कान काटते।

सुबह छह बजे ही कबूतर-बाज़ स्कूल के मैदान में जमा होने लगे (स्कूल में उन दिनों छुट्टी थी)। हमीदा मीरासी ढोल लेकर आ गया और उसने ज़ोर-ज़ोर से ढोल पर थाप लगानी शुरू कर दी। घनी छांव वाले पेड़ों के नीचे पानी का छिड़काव कर दिया गया और चारपाइयां बिछा दी गईं। देगों का सामान लाया जाने लगा। साढ़े सात बजे तक सारे जीव जमा हो गए। बाबा चिराग़दीन सामने चारपाई पर बैठ गया। शाह मदार मुर्ग़ा गोद में था। आज गांव के चौधरी भी सुबह से ही आ बैठे, हर तरफ़ इतनी गहमागहमी और शोर था जैसे शाह कबीर का मेला लगा हो।

बाबे चिराग़दीन ने सोचा ऐ काश कोई कैमरा लगा होता तो ये सारा दृश्य अच्छा लंदन में बैठा देखता और कितना ख़ुश होता। बहरहाल, अगले साल छुट्टी पर आएगा तो एक जश्न और करेंगे, बल्कि अब तो हर साल ऐसा ही जश्न कराएंगे।

पूरे आठ बजे रिगले से एक पटाख़ा छोड़ा गया और उसके साथ ही ढोल पर थाप पड़ने लगी। फिर नारों की गूंज उठी। ऐसा शोर हुआ कि कान फटने लगे। इसके साथ ही सारे कबूतरों ने आसमान की ओर उड़ान भरी। इस पर ढोल की थाप और नारे और ऊंचे होते गए। पटाख़े और हवाइयां छूटने लगीं। ऐसा की हर तरफ़ शोर ही शोर। कान जैसे कुछ सुनते ही न हों।

फिर अचानक इस शोर को रिक्शे की फटफट ने और बढ़ा दिया, जिससे निकलते हुए अच्छे ने या अली मदद का नारा लगाया, और भाग कर अपने जॉनसरे को उड़ते हुए देखने लगा। अच्छे का नारा सुन कर बाबे चिराग़दीन का दिल बैठ सा गया, उसने हसरत से अपने शाह मदार के पांव की तरफ़ देखा जो पाज़ेबों से ख़ाली था।

वाल्टर का दोस्त

कॉलेज में मेरा पहला दिन था और पचास लड़कों में कोई दोस्त न था। गांव के स्कूलों में मैट्रिक करने वाले लड़कों में जो एक प्रकार की एहसासे-कमतरी पाई जाती है वह मुझमें भी थी। शायद यही वजह थी कि मैं अंतिम कतार में जाकर बैठ गया। उस दिन जितने उस्तादों ने लेक्चर दिए, एक की बात भी मेरे पल्ले न पड़ी। दूसरा और तीसरा दिन भी ऐसे ही बीत गया। गांव के पिछले पंद्रह-सोलह साल के जीवन में कभी-कभार ही शहर में आया था। इसलिए परायापन एक कुदरती बात थी। कुछ लड़के मेरी ओर कनखियों से देखते तो मैं थोड़ा शरमा जाता और शहरी लड़कों के आत्मविश्वास पर ईर्ष्या करता, जो मुझमें तो किसी तरह नहीं थी। चौथे दिन जैसे ही क्लास में घुसा, सामने की डेस्क पर बैठे हुए लड़के ने मुझे अपने साथ बैठने की दावत दी। मैंने महसूस किया कि पहले दिन से ही वह मेरी ओर ग़ौर से देख रहा था। शायद मैं उसके बुलावे की अनदेखी कर जाता लेकिन मुझे उसमें एक कशिश सी महसूस हुई, काली आंखों, चमकते बालों और गोल-मटोल, ललाई लिए सफ़ेद चेहरे ने मुझे अपनी ओर खींच लिया। किताबें रखकर उससे हाथ मिलाया तो मुझे बहुत ही नरमाहट और ताज़गी का एहसास हुआ। बैठने के कुछ पल बाद उसने धीरे से कहा, "मेरे दोस्त बनोगे?" मैंने जल्दी से "हां" में सिर हिला दिया।

फिर अगले कुछ दिनों में हमारी दोस्ती की मिसालें दी जाने लगीं। धीरे-धीरे उसने अपने सारे दोस्तों और क्लास में साथ पढ़नेवालों को नज़रअंदाज़ कर दिया। हमारे पांचों पीरियड एक साथ ही थे। उमर के पिता कश्मीरी थे जिनका शहर में क़ालीनों का एक बड़ा कारख़ाना था। उन्होंने उमर को एक मोटर साइकिल ले दी थी। वह हर दिन सुबह मुझे बस स्टॉप से साथ ले लेता और कॉलेज से छुट्टी के बाद वहीं बस पर बिठाकर अपने घर जाता। कई बार ऐसा भी हुआ कि बातें करते-करते गांव तक छोड़ गया। फिर अक्सर दोपहर का खाना उसी के घर खाने लगे। कई दूसरे लड़कों ने हमारे साथ दोस्त बनने की कोशिश भी की मगर हम

उनके साथ एक हद से आगे नहीं बढ़े। कैंटीन, लाइब्रेरी, कंपनी बाग़ और शहर में बैठने की जितनी जगहें थीं, हम दोनों ने खोज डालीं। घंटों स्टैटिस्टिक्स और दूसरे विषयों पर मिलकर काम करते, यहां तक कि कॉलेज के बाद ट्यूशन भी एक ही टीचर के पास रखे। यहां तक कि एक साल हमारा रिश्ता इतना बन गया कि गांव से शहर की दूरी हालांकि आठ किलोमीटर थी लेकिन गर्मियों की छुट्टियों में भी एक दूसरे से मिलने रोज़ आते-जाते रहे। इसके अलावा उमर ने मेरी दिलचस्पी में एक और तरह से दख़ल दी कि मैं थोड़े ही समय में जींस पहनने लगा। क़द-काठी, रंग और नैन-नक़्श में शायद ही कोई लड़का कॉलेज में होगा जो मेरे मुक़ाबले में आता हो। इसलिए कि गांव का साफ़-सुथरा माहौल और दूध-मक्खन बचपन से ही मेरे खाने का हिस्सा थे। लिहाजा मेरे भीतर भी एक किस्म की खूबसूरती का गर्व पैदा हो गया और चाल-ढाल में जान-बूझ कर नख़रे दिखाने लगा। यहां तक कि कॉलेज के एक साल ने मुझे पूरी तरह बदल कर रख दिया और उमर की संगत में एक किस्म की अहसासे-बरतरी (दूसरों से बेहतर होने का अहसास) भी पैदा हो गया कि आम लड़कों से हम दोनों शक्लो-सूरत, बुद्धि और रुपए-पैसे में बेहतर थे क्योंकि उन दिनों मेरे अब्बा भी कुवैत में थे।

अगले साल हम दोनों फ़र्स्ट डिवीज़न में पास होकर सेकंड ईयर के पीरियड लेने लगे और फ़र्स्ट ईयर में नए लड़के आ गए। नए आने वालों में एक अंग्रेज़ लड़का भी था, जो कॉलेज में हर किसी के लिए आकर्षण का केंद्र बन गया। सुनहरे बाल, नीली आंखें, पतला और लंबा क़द सबको अपनी तरफ़ खींचने लगा। लेकिन वह कुछ ज़्यादा ही घमंडी था किसी को भाव नहीं देता था। बदतमीज़ी की हद तक आत्मविश्वास और किसी से कोई मतलब नहीं वाले भाव से भरा हुआ था। शिक्षकों के साथ भी ऐसे हाथ मिलाता जैसे उनपर एहसान कर रहा हो। उसके कॉलेज आने के बाद हमारे गर्व को कुछ ठेस ज़रूर पहुंची थी लेकिन दो ही महीने बाद एक अच्छी घटना घटी। वाल्टर ने कॉलेज के समय के बाद उसी टीचर से स्टैटिस्टिक्स की ट्यूशन रख ली जिससे हम पढ़ रहे थे। चूंकि

समय भी एक ही था इसलिए कुछ ही दिनों में वह हमारा दोस्त बन गया। फिर जल्दी ही मिज़ाज भी मिल गया। कॉलेज में भी वह हमारे ही साथ उठने-बैठने लगा। इस प्रकार हमारी दोस्ती त्रिकोणीय हो गई। वाल्टर उर्दू और अंग्रेज़ी बड़ी सफ़ाई से बोलता था। शहर के साथ उसके पिता की दो हज़ार एकड़ ज़मीन थी। विभाजन के समय वाल्टर के दादा-परदादा ये ज़मीन पाकिस्तान सरकार से ख़रीद कर पूरी तरह से यहीं बस गए और ब्रिटेन वापस नहीं गए। लेकिन यहां के काले ईसाइयों से उनका कोई पारिवारिक संबंध भी नहीं था। शादी-ब्याह ब्रिटेन में ही होते। वे जब चाहते लंदन चले जाते और फिर वापस आ जाते। वाल्टर ब्रिटेन में रहना पसंद नहीं करता था। मेरे पूछने पर एक दिन उसने बताया कि यहां के लोग उसका बहुत सम्मान करते हैं। मुझमें उनसे ऊंचे होने का एक किस्म का अहसास रहता है। बड़े से बड़ा आदमी झुक कर आदर से पेश आता है। एक बार मैं डैडी के साथ एक बड़े सरकारी अफ़सर के घर दावत पर गया था तो उसने अपनी बेटी को मेरे स्वागत के लिए दरवाज़े पर भेजा जिसने अपने हाथ से मुझे ड्रिंक भी दी। जब में मस्ती में आकर बिस्तर पर गिरा तो उसने मेरे जूतों के तस्मे भी खोले।

''लेकिन जो रोमांस का आनंद इंग्लैंड में है वो यहां तो नहीं। एक से एक लड़की खुले तौर पर वहां मिलती है,'' मैंने मज़ा लेते हुए कहा।

''ब्रदर यू डोन्ट नो अबाउट दैट,'' वाल्टर गर्व से बोला। ''कहो तो बड़े-बड़े रईस ख़ानों की लड़कियां खिंची चली आएं और फिर जो नज़ाकत और जवानी व जोश इनमें है वह लंदन की घमंडी हसीनाओं में कहां? वैसे भी मुझे हिंदुस्तानी सफ़ेद रंग पसंद है। आई लाइक देम। आई वांट टू लिव लाइक अ प्रिंस एंड पाकिस्तान इज़ ए सुटेबल प्लेस फॉर दिस। जबकि ब्रितानी मुझे ऊंची जगह नहीं देते। वहां तो गधों ने नौकर और मालिक का भेद भी ख़त्म कर दिया है। किसी को डांटो तो हरामी क़ानून की धमकियां देने लगता है। डियर अली, यहां जो हुक्म चलाने में मज़ा है वह लंदन में कहां?''

''लेकिन वहां शिक्षा तो अच्छी है,'' मैंने एक और तर्क दिया।

'मुझे अच्छी शिक्षा की ज़रूरत नहीं। वैसे अच्छी शिक्षा तो लाहौर में भी है,'' वह बोलने लगा। ''लेकिन मुझे यही शहर पसंद है। बहती हुई नहरों, लहलहाते खेत, हरे-भरे बगान और नौकरों की फ़ौज में ही मेरा दिल लगता है। मुझे नवाबी कल्चर पसंद है। कॉलेज तो सिर्फ़ दिल बहलाने आता हूं। असल में मुझे नवाब बनना पसंद है। आई एम अ नवाब। वाल्टर इज़ नवाब।'' वाल्टर एकदम तरंग में आ गया और हम उसकी इस मस्ती का

आनंद लेने लगे। इस सबके बावजूद हमने देखा कि वह हमेशा गर्मियों में लंदन चला जाता। मई से अगस्त तक के दिन वहीं गुज़ारता। ये सब कुछ तो था मगर हैरत की बात ये थी कि वाल्टर ने अंग्रेज़ होते हुए भी कोई कुत्ता नहीं पाला था हालांकि उसके पिता के पास कई ऊंची नस्ल के कुत्ते थे।

वाल्टर कभी-कभार चर्च भी चला जाता। दो-तीन बार मुझे और उमर को भी साथ ले गया। अब कॉलेज में मेरा और उमर का रुतबा और भी बढ़ गया था। कॉलेज के बाहर बहुत बार लोगों में हमारा रोब इतना बढ़ जाता कि दूर से ही सलाम करते और कुछ तो आगे बढ़कर हाथ मिलाते हुए झुक जाते। बल्कि अब तो कहीं मैं और उमर अकेले भी होते तो कई आदमी हमें ईर्ष्या से देखते हुए सलाम कर देते। वैसे भी हमारे और वाल्टर के रंग में उन्नीस-बीस का ही फ़र्क़ था। कॉलेज में वाल्टर का एक दोस्त यूसुफ़ मसीह भी था जो इतना काला था कि अफ़्रीक़ी भी उससे ईर्ष्या करें। वाल्टर उसे साथ लिए फिरता। वह शहर के चर्च स्कूल में उसी के साथ पढ़ता था और शहर के पास के ही गांव का एक ग़रीब ईसाई था। शायद वाल्टर उसकी धन से भी मदद करता हो। वाल्टर की किताबें हमेशा वही उठाता था, ज़रूरत की कोई चीज़ मंगवानी हो तो वही लाकर देता।

वाल्टर का घर फ़्रूट फ़ॉर्म के बीच नहर के किनारे बहुत बड़ी ज़मीन पर बना था और बड़े-बड़े घने पेड़ों से घिरा हुआ था। बरगद, पीपल और आम के पेड़ों के नीचे से कई छोटी-छोटी नहरें बहती थीं जो दूर दूर तक फैले हुए बाग़ों को पानी देती थीं। घर के सेहन में रंग-बिरंगे फूलों के बड़े-बड़े तख़्त बिछे हुए थे

जिनपर छोटे-छोटे पंक्षी और तितलियां मंडलाती रहतीं। कोठी मुग़ल और अंग्रेज़ी वास्तुकला का मेल थी।

उसने कभी हमारे साथ ईसाईयत पर बात नहीं की और न ही हमने उसे मुसलमान करने की कोशिश की, क्योंकि एक तो इधर-उधर की गप्पों से फ़ुर्सत ही नहीं थी, दूसरे यह कि हम दोनों में भी मुसलमानों वाली कोई बात नहीं थी। बल्कि हमारा पूरा गेट-अप प्ले-बॉय वाला था। लेकिन जब यूसुफ़ मसीह हज़रत ईसा की बात करता तो हम बड़े आदर-भाव में चले जाते। वह हमेशा हमें हज़रत ईसा की इंसानों से मुहब्बत और बराबरी की कहानियां सुनाता जिन्हें वाल्टर ध्यान से नहीं सुनता लेकिन हज़रत ईसा का नाम आने पर अपने सीने पर हाथ के इशारे से सलीब के ज़रूर बनाता। शुरू-शुरू में हम वाल्टर से गप्पें तो लगाते रहे लेकिन कभी इकट्ठे चाय पीने का मौका नहीं मिला।

एक दिन हम लाइब्रेरी की ओर जा रहे थे। मई का महीना था और बहुत गर्मी थी। मैंने कॉलेज के कूलर से पानी पीने की इच्छा जताई लेकिन वाल्टर ने मुझे इशारे से रोका और अपनी गाड़ी की चाबी यूसुफ़ मसीह को थमाते हुए बोला कि वह जल्दी से कार में पड़े कूलर से मिनिरल वाटर की बोतल निकाल लाए। यूसुफ़ ने बिना देरी किए बोतल लाकर वाल्टर के हवाले की। वाल्टर ने डेस्पोज़ेबल गिलास बोतल से अलग किया और उसमें पानी डालने लगा। उसके ऐसा करने के दौरान मैंने दिल में सोचा कि वाल्टर कहीं पहले पानी पी कर गिलास जूठा न कर दे। अगर ऐसा हुआ तो बड़ी मुसीबत में फंस जाएंगे। यानी उसके बाद जूठे गिलास से पानी न पीया तो वाल्टर दोस्ती में बुरा मान जाएगा और अगर पीएं तो हम आख़िर को मुसलमान हैं, और वह चाहे जितना भी सुंदर हो, मगर है तो ईसाई। अभी मैं यह सोच ही रहा था कि उसने पानी का गिलास मुझे थमा दिया जिससे फ़ौरन मेरी चिंता दूर हो गई और मैंने वह गिलास उमर की ओर कर दिया। दूसरा गिलास फिर उसने मुझे दे दिया जो मैं पी गया। तीसरी बार उसने गिलास भर कर ख़ुद पी लिया। इस दौरान पानी की बोतल ख़त्म हो चुकी थी, इसलिए

यूसुफ़ को पानी वाटर कूलर से ही पीना पड़ा। ख़ैर, उस दिन हमने धन्यवाद दिया कि हमारा धर्म भी बच गया और हमारी दोस्ती भी बनी रही।

चलिए ये तो दोस्ती के शुरू के दिनों की बातें थीं। बाद में धीरे-धीरे जब हम मिलकर कैंटीन जाने लगे और ख़ूब घुल-मिल गए तो हमें अपने धर्म की कोई अधिक चिंता नहीं रही। फिर तो जान-बूझ कर एक दूसरे का जूठा खाने पीने लगे। बहुत से कॉलेज के लड़के हमें ताना भी देते कि ईसाई के साथ मिलकर खाते-पीते हैं लेकिन हमने उनकी ओर कोई ध्यान नहीं दिया। हम जानते थे कि वे जलते हैं। अगर कभी उन्हें मौक़ा मिले और वाल्टर उन्हें मुंह लगाए तो कभी पीछे नहीं हटें।

कॉलेज में छात्रों के बहुत से राजनीतिक संगठन थे लेकिन हमारा किसी से कोई वास्ता नहीं था। शुरू में अक्सर बहुत से संगठन के लड़कों ने हम पर दबाव डालने की कोशिश की मगर वाल्टर की ताक़त के आगे हथियार डाल दिए जो उसे अपनी आर्थिक व सफ़ेद नस्ल के कारण मिली हुई थी। इसके बावजूद एक संगठन के कई मुल्ला किस्म के लड़के किसी भी तरह सरेंडर करने के लिए तैयार नहीं थे। वे हर दिन परेशान करने लगे। कभी हड़ताल करते कि कॉलेज से ग़ैर-मुस्लिमों को निकाला जाए, कभी उमर और मुझ पर ज़ोर डालते कि वाल्टर की दोस्ती छोड़ दें। जब हम किसी प्रकार उनके कहने में नहीं आए तो उन्होंने कैंटीन में हमारा दाखिला मना कर दिया कि हम कैंटीन के बर्तन नापाक कर देते हैं। एक दिन जब हम चाय पीने के साथ साथ गप्पें हांक रहे थे कि उसी धार्मिक संगठन के अध्यक्ष ने पचास लड़कों के साथ कैंटीन का घेराव कर लिया, हमारी टांगें तोड़ देने की धमकी दी और धक्के देकर कैंटीन से बाहर निकाल दिया। इसके अलावा हमारे साध धक्का-मुक्की भी की और सबसे बड़ा अत्याचार तो उन्होंने ये किया कि यूसुफ़ बेचारे के कांधों पर ''गंदे कुत्ते'' का स्टीकर चिपका दिया। उस दिन हमें अपने अपमान का शिद्दत के साथ एहसास हुआ। वाल्टर तो आग-बगूला हो गया। बड़ी कड़वाहट के साथ न जाने अंग्रेज़ी में क्या-क्या बोलता

रहा। मैं उस मुल्ला लड़के से उलझने लगा तो उमर ने मुझे पीछे खींच लिया।

मगर वाल्टर किसी तरह नॉर्मल नहीं हो पा रहा था। कहने लगा कि "अगर कैंटीन में चाय पीएंगे तो अभी, उस हरामज़ादे मुल्ला ने समझा क्या है।"

फ़ौरन हम तीनों को बिठाकर डीसी ऑफिस के लिए चल पड़ा। बिना इजाज़त लिए अंदर घुसता चला गया। उसके पीछे मैं और मेरे पीछे उमर कमरे में घुसे। डीसी साहब देखते ही उठ खड़े हुए। फिर बहुत नरमी के साथ हम तीनों को बैठने के लिए कहा। वाल्टर पांच मिनट तक लगातार डीसी साहब से बोलता रहा। कहने लगा, "फ़ैसला अभी और इसी वक़्त होगा।" फिर कमरे में चारों ओर देखकर कहने लगा:

"व्हेअर इज़ यूसुफ़? वह हमारे साथ था।"

डीसी साहब ने घंटी बजाकर पीए को बुलाया और उससे कहा कि बाहर कोई यूसुफ़ लड़का है? पीए ने बहुत आदर के साथ कहा, "सर, बाहर एक ईसाई लड़का यूसुफ़ मसीह है। उसे हमने बाहर रोक कर वेटिंग रूम में बिठा दिया है।"

"ओके उसे बिठाओ और पुलिस सुपरिंटेंडेंट से मेरी बात कराओ।"

दो घंटे बाद कॉलेज के इस्लामी संगठन के अध्यक्ष समेत छह लड़के हमारे सामने डीसी साहब के कमरे में मुजरिमों की तरह खड़े हुए थे। इंस्पेक्टर ने उन्हें आगे धकेलते हुए गर्व से कहा, "सर, उन्हें ड्राइंग रूम की सैर करवाके आपके पास लाए हैं।" और लीडर के बालों को खींचते हुए बोला, "सर, ये नवाब का बेटा मुझे बड़ी धमकियां दे रहा था।"

सारे लड़कों की अकड़ टूट चुकी थी लेकिन मैंने देखा कि लीडर की आंखों में अभी तक मुजरिमाना बेबाकी मौजूद थी। दो-तीन मिनट बाद एसपी साहब भी वहाँ आ गए और डीसी ऑफ़िस में अदालत लग गई। अब यूसुफ़ को भी अंदर बुला लिया गया जो पिछले ढाई घंटों से वेटिंग रूम में बैठा था। उसका निचला होंठ फटा हुआ था जिसकी मरहम-पट्टी के बारे में शायद अभी तक किसी को ख़्याल नहीं आया था। एक पानी की बड़ी बोतल और गिलास भी

मेज़ पर रख लिया और उसके बाद एसपी साहब ने यूसुफ़ मसीह से कहा कि अपने हाथ से इस गिलास में पानी डालो और दो घूंट ख़ुद पीकर इस मौलाना के बच्चे को दो। साथ ही उनसे कहा, ''अगर किसी ने ज़रा भी ना-नुकर की तो फिर ड्राइंग रूम में ले जाया जाएगा।''

यूसुफ़ मसीह बारी-बारी अपने मुंह से पानी जूठा करके एक-एक लड़के को देता रहा और वे पीते रहे। लीडर को दो बार पानी जूठा करके पिलाया। उसके बाद पुलिस उन सबको लेकर चल दी। इस सारी प्रक्रिया में वाल्टर, मैं और उमर विजेता वाली हंसी के साथ आनंदित होते रहे। कार्रवाई ख़त्म होने के बाद वाल्टर ने यूसुफ़ को एक थपकी दी। जवाब में यूसुफ़ भी मुस्कुरा दिया। दूसरी ओर पहले डीसी साहब और फिर एसपी साहब ने वाल्टर के पिता मिस्टर जॉन गैप वाल्टर को सारी कहानी हंस-हंस कर सुनाई।

उस दिन के बाद वाल्टर हमें अपनी कार में सैर पर भी ले जाने लगा। कभी नदी पर और कभी मेले में। कभी-कभी तो हमारे चारों ओर भीड़ सी लग जाती और लड़के-बाले हमें किसी दूसरी दुनिया की आत्मा समझते जिसके कारण एक अनजाने घमंड का बोझ हमारे सिर चढ़ गया। यूसुफ़ मसीह भी हमारे साथ होता, ख़ास तौर से जब हम शिकार को निकलते।

वाल्टर के घर जाना अब हमारी दैनिक रूटीन बन चुकी थी, जहां नौकरों की रेल-पेल थी। वह वाल्टर की वजह से हमारा भी आदर करते। कभी-कभी उनपर हुक्म चला कर हम भी मज़ा लेते। अक्सर पोपलार और बरगद के घने साए में बैठकर शतरंज खेलते। ऐसे में यूसुफ़ हमारे पास बैठा सिर्फ़ देखता रहता। मुझे याद नहीं कि कभी वाल्टर ने उसे खेलने के लिए कहा हो। शायद यूसुफ़ को शतरंज खेलना ही नहीं आता था।

जून आया तो कॉलेज में तीन महीने की छुट्टियां हो गईं। वाल्टर ने हमें बताया कि वो ये तीन महीने लंदन में बिताएगा। यह सुनकर मैं और उमर कुछ उदास हो गए। छुट्टियों में अभी आठ दिन बाक़ी थे कि वाल्टर ने मुझे और उमर

को अपने घर खाने पर बुलाया। हम पहुंचे तो वाल्टर हमें ड्राइंग रूम में ले गया जहां यूसुफ़ मसीह आज पहले से मौजूद था। मैंने सोचा शायद आज यूसुफ़ भी खाना हमारे साथ खाएगा। यह सोच कर हमें कुछ संकोच सा हुआ। दूसरी ओर यूसुफ़ बहुत ख़ुश-ख़ुश नज़र आ रहा था। शायद उसे अपने भाग्य पर ईर्ष्या हो रही हो कि वह इतने ख़ूबसूरत दोस्तों के साथ रहता है जो उसे अपने ही जैसा समझते हैं और कोई भेद-भाव नहीं करते। हमने वाल्टर को कभी कोई हराम चीज़ खाते-पीते नहीं देखा, अलावा बियर के। जब हम कहीं सैर को निकलते तो वह हमारे लिए कोक और अपने और यूसुफ़ के लिए बियर की बोतलें रख लेता। यूसुफ़ बियर बहुत ख़ुश होकर पीता था और कभी-कभी हमारे धर्म में भी इसकी अनुमति का फ़तवा दे देता। मगर वाल्टर ने हमसे कभी भी आग्रह नहीं किया। आज सबसे पहले हमारी कोक से आवभगत की गई। और हमेशा की तरह वाल्टर ने अपने और यूसुफ़ के लिए बियर की बोलत ही ला कर रखी। बेहद आरामदेह एयरकंडीशंड कमरे में हम दो घंटे तक बैठे गप्पें हांकते रहे। उसके बाद नौकर ने आकर सूचना दी कि खाना तैयार है। वाल्टर हमें खाने के कमरे में ले गया। खाना दो मेज़ों पर अलग-अलग लगा हुआ था।

एक मेज़ के किनारे तीन कुर्सियां थीं जबकि दूसरी मेज़ के साथ सिर्फ़ एक कुर्सी थी। मगर खाना दोनों मेज़ों पर एक जैसा ही थी। वाल्टर ने बड़े प्यार से यूसुफ़ मसीह को एक कुर्सी वाली मेज़ पर बिठा दिया और ख़ुद मेरे और उमर के साथ खाने में शामिल हो गया।

वापसी पर उमर मुझसे कहने लगा, ''देखो यार अली, अंग्रेज़ हर मामले में बराबरी का कितना ख़्याल रखते हैं। हमारे और यूसुफ़ के खाने में उसने कोई फ़र्क़ नहीं रखा।''

मैंने उमर की हामी में सिर हिला दिया लेकिन दिल में कहा, ''हालांकि हमारी मेज़ के साथ एक कुर्सी की गुंजाइश तो थी ही।''

जोधपुर की हद

"मर्दों पर तो ऊंच-नीच आती है, लेकिन ऐसा क़हर कभी नहीं पड़ा। इसलिए, जीने के क़ाबिल भी नहीं रहे।"

"अब्बा अब तो जो हो गया सो हो गया। दाग़ तो धुल नहीं सकता, चाहे लाख सफ़ाई देते फिरें। अब तो कुछ ऐसा करो कि किसी तरह लोगों के मुंह बंद हो जाएं," इलियासे ने मुंह ऊपर उठाए बिना जवाब दिया।

"बेग़ैरत, खुद मर गया और ये सौग़ात छोड़ गया हमारे लिए, ताकि सारी ज़िंदगी सिर उठाकर न चल सकें," हाजी दोबारा बोला। फिर शरीफ़ की ओर मुंह करके जो अभी तक चुप बैठा था, "शरीफ़े, अब तू ही कोई हल बता, मेरी समझ में तो कुछ नहीं आता।"

कुछ देर ठहर कर शरीफ़ बोला, "हाजी मैंने बड़ा विचार किया है। मुझसे पूछो तो अब इसका एक ही हल है।" फिर मुंह आगे करके आहिस्ता से हाजी शरीफ़ ने लुतफ़ुल्ला और इलियासे को अपना प्रस्ताव पेश किया, जिसे सुनकर इलियासे फ़ौरन सहमत हो गया मगर उसकी बात सुन लुत्फ़ुल्ला सोच में पड़ गया। लेकिन अंत में उसने भी अपनी सहमति दे दी।

जब ग़फ़ूर की मां का तलाक़ हुआ था तो वह तीन साल का था, इसलिए जोधपुर गांव आते समय मां उसे अपने साथ ले आई। यहां ग़फ़ूरे का नाना उसके नख़रे उठाने लगा। जब भी मस्जिद में नमाज़ पढ़ने जाता, वापसी पर मिठाई या फल ज़रूर ले कर आता। खिलौनों और कपड़ों के ढेर लग गए। मां अलग प्यार देती। ग़रज़ बचपन लाड़ प्यार और सुख सुविधाओं में गुज़रने लगा। पांच बरस का हुआ तो गांव के स्कूल में दाख़िल करवा दिया गया। मगर भाग्य से ग़फ़ूरे को बुद्धि ऐसी मिली थी जो ज्ञान का बोझ उठाने के बिल्कुल क़ाबिल नहीं था। एक साल स्कूल जाते हो गया मगर मजाल है कि एक शब्द भी दिमाग़ नें घुसा हो। एक दिन शिक्षक ने ग़फ़ूरे के आगे हाथ जोड़ लिया कि बंधु हममें इतनी सकत नहीं कि आपके दिमाग़ का साथ दे सकें जो शिक्षा के लिए बना ही नहीं। लेकिन ग़फ़ूरे की मां उसे

हर हालत में पढ़ाने पर अड़ी थी और शायद अड़ी रहती कि अचानक ग़फ़ूरे के नाना की मृत्यु हो गई। चालीसवां हुए अभी पांच ही दिन हुए थे कि लुत्फ़ुल्ला ने ग़फ़ूरे और उसकी मां के एक अलग जगह रहने के लिए तय कर दी। अब घर के छोटे-मोटे काम यही करने लगा। सीधा काम मुश्किल से ही उससे हो पाता था। आज्ञा के पालन की आदत ऐसी थी कि घर का नौकर भी कोई काम कहता तो भागा फिरता। स्पष्ट है कि मंद बुद्धि थी इसलिए हर काम में कुछ न कुछ गड़बड़ ज़रूर हो जाती। अत: डांट-फटकार भी सुननी पड़ती। ग़फ़ूरे की मां अंदर ही अंदर कुढ़ती रहती मगर बेचारी कुछ कर नहीं सकती थी क्योंकि बाप के मरने के बाद भाई के दरवाज़े पर इसी प्रकार गुज़ारा होता है। दो-तीन महीने इस प्रकार बीत गए फिर स्कूल छोड़ दिया कि वह उसके बस का नहीं था। अब हर कोई ग़फ़ूरे को ही काम कहने लगा। ग़फ़ूरे, भाग के जाओ, सब्ज़ी ला दो, ग़फ़ूरे दौड़ो, चक्की से आटा पिसा लाओ, कोई कहता ग़फ़ूरे भोंदू, ज़रा मेरे सिर से जूएं निकालना, और कोई उससे टांगें दबवाता। मां उसे सब कुछ करते देखती मगर बेबस रहती। कभी कभी उसने उसे काम करने से रोका भी, मगर वह शायद ऐसे काम करने में ख़ुश था कि स्कूल से जान बची हुई है। धीरे-धीरे बात छोटे-छोटे कामों से बढ़ कर बड़े-बड़े कामों तक पहुंच गई। लुत्फ़ुल्ला ने ज़मीनदारी की देख-भाल और मवेशियों का बोझ भी उसके सिर पर डाल दिया, जैसे मुफ़्त का नौकर लुत्फ़ुल्ला के हाथ आ गया। वैसे लुत्फ़ुल्ला का एक बेटा इलियासे भी था, मगर वह अपना काम भी ग़फ़ूरे से ही करवाता और रोब अलग से डालता। कभी कभी बड़ी बेदर्दी से मारता भी। 15 साल का हुआ कि मां चल बसी जिसकी वजह से पंद्रह-बीस दिन तो लोग स्नेह से पेश आए फिर उसके बाद खुलकर खेलने लगे। अब ग़फ़ूरे भोंदू के दो ही काम रह गए थे कि हर किसी के हुक्म का पालन करना और रोटी खाकर भैंसों के बाड़े में ही सो जाना। नौकर चाकर भी अपना काम उसी से लेने लगे। इस क़दर आज्ञाकारी होने की आदत ने उसे डरपोक भी बना दिया था। अपना विचार और सोच तो शुरू दिन से ही न थी, यहां तक कि रोटी भी तब खाता जब कोई उसे कहता। कई बार तो भूखे ही सो गया।

भैंसों का दूध दूह कर घर पहुंचाता मजाल है एक क़तरा भी कभी पिया हो। यही कारण था कि ग़फ़ूरे का नाम ग़फ़ूरे भोंदू पड़ गया। अपने ममेरे भाई से तो ऐसे डरता जैसे वह यमदूत हो। हालांकि दोनों एक ही उम्र के थे लेकिन वह उसका हर आदेश बिना चूं किए मानता था। ऐसी ही हालत में वह पच्चीस साल का हो गया।

करीमां घर से बाहर निकलती तो गांव में एक तूफ़ान सा आ जाता। कमबख़्त का नाक नक़्शा ऐसा निकला था कि कयामत कर दी। सफ़ेद कलियों के गजरे बालों में टांके रखती, कलाइयां चूड़ियों से भरी रहतीं और नाक की नथुनी तो जैसे चांद के जितनी हो। थी तो अभी कुंवारी लेकिन तौर तरीक़े सारे सुहागिनों के। अभी दस साल की होगी कि बाप आसमानी बिजली गिरने से जल मरा था और इस प्रकार भतीजी का लालन पालन भी लुत्फ़ुल्ला के ज़िम्मे आ पड़ा। बाप चूंकि 50 एकड़ छोड़ कर मरा था इसलिए नख़रे भी सिर चढ़ कर बोलते। लुत्फ़ुल्ला और इलियास तो एक तरफ़ कभी मां की भी नहीं सुनी। कभी किसी सहेली के यहां चली जाती और कभी अपनी ज़मीनों पर साग लेने। ये काम तो बस बहाने थे उसे तो अपनी खूबसूरती का प्रचार करना था। इलियासे ने कई बार पकड़ कर पीटा बल्कि एक दिन तो मार-मार कर अधमरा कर दिया और सिर भी फोड़ दिया मगर उधर वही ढाक के तीन पात। साफ़ कहती, मैं किसी से दबने वाली नहीं, जो जी में आएगा करूंगी।

आख़िर एक दिन लुत्फ़ुल्ला ने हाजी शरीफ़ से सलाह करके करीमां को ग़फ़ूरे भोंदू से गांठ दिया। बेचारी बहुत चीख़ी चिल्लाई कि मैं किसी तरह भोंदू से निकाह नहीं करूंगी। करीमां की मां ने अलग शोर मचाया कि ये ज़ुल्म क्यों करते हो, मेरी बेटी को बेवक़ूफ़ बुद्धू से क्यों बांध रहे हो। लेकिन अंत में फ़ैसला वही हुआ जो लुत्फ़ुल्ला और हाजी शरीफ़ ने कर दिया। और बिल्कुल उसी दिन इलियास का निकाह हाजी शरीफ़ की बेटी समीना से पढ़ दिया गया। इस प्रकार हाजी शरीफ़ और लुत्फ़ुल्ला और करीब हो गए, साढू तो पहले से ही थे।

वैसे तो करीमां का अपने बाप की जायदाद पर हक़ था लेकिन था वह

केवल क़ाग़ज़ात की हद तक। उन पर असल क़ब्ज़ा इलियास और लुत्फ़ुल्ला ही का था। ग़फ़ूरा भोंदू कहने को तो अब उनका जमाई था, मगर वास्तव में वह अब भी नौकर की हैसियत रखता था। करीमां पहले तो ग़फ़ूरे के निकाह में आने के बाद बहुत सिर उठाया और ग़फ़ूरे को गाली गलौच भी करती यहां तक कि डोइ और चिमटे से पिटाई भी करती, मगर फिर धीरे-धीरे सामान्य हो गई और उसे एहसास दिलाने की कोशिश की कि वह नौकर नहीं बल्कि इस घर का मालिक है। मगर वह रहा भोंदू का भोंदू। इतना बड़ा होने को आया मगर फिर भी इलियास से बिना प्रतिरोध के मार खाता।

करीमां लाख चिल्लाती कि अपना काम करो लेकिन वह उनके घर का नौकर। निकाह हुए दो साल हो गए मगर भोंदू ने अभी तक भैंसों का बाड़ा न छोड़ा। हाथ-पांव हर वक़्त गोबर में लिथड़े रहते। करीमां हफ़्ते दस दिनों में ज़बरदस्ती नहला देती। जितनी वह साफ़ सुथरी और बनने संवरने वाली थी उतना ही ये बुरे वस्त्र वाला और गंदा था। करीमां जब भी इलियासे को देखती कि वह ग़फ़ूरे पर हुक्म चला रहा है तो वह जल कर राख हो जाती और सोचती ख़ुदा जाने कमबख़्तों ने कौन सी घुट्टी पिलाई है कि इतना बड़ा हो गया और बैलों की तरह हुक्म का पालन करता है। इसी तरह तीन साल बीत गए। इलियासे के यहां दो बच्चे हो गए। समीना छाती तान कर करीमां के पास से गुज़रती और बात-बात चोट कर जाती। इधर यह ख़ाली गोद अंदर ही अंदर कुढ़ती रहती और ग़फ़ूरे को कोसती मगर वह बर्फ़ की तरह ठंडा, जैसे कोई रोबोट काम के लिए बनाया गया हो। करीमां के पास आने से भी डरता कि कोई करंट न लग जाए। बेचारी गांव की औरतों के ताने अलग से सुनती।

फिर एक रात वही हुआ जिसे आख़िर होना था। करीमां शाके के साथ भाग गई, जो उसी घर का नौकर था, और चौधरियों की नाक कट गई। गांव में बातें होने लगीं। हाजी लुत्फ़ुल्ला जो अभी दो महीना पहले ही हज करके आया था, मस्जिद में जाने से डरने लगा। इलियासे के पांव के नीचे तो मानों अंगारे आ

गए। वह कभी ग़फ़ूरे को पीटता और कभी करीमां की मां को कोसता कि उसने कैसी डायन पैदा की जो घर की इज़्ज़त खा गई।

अब ग़फ़ूरे ने चुप्पी साध ली। वह काम तो उसी तरह करता रहा लेकिन व्यवहार में एक बेचैनी और रूखापन आ गया। अब वह बाड़े में रहने के बजाय घर चला आता और देर तक चूल्हे की ठंडी राख कुरेदता। अगर कोई बुलाता तो बिल्कुल जवाब ने देता, उठकर अंदर चला जाता और करीमां के कपड़ों में मुंह छुपा कर रोने लगता और बार-बार करीमां के सामान और चीज़ों को टटोलता और फिर घर से निकल जाता। इसी स्थिति में काफ़ी दिन गुज़र गए। हालत बावले जैसी हो गई। बिना कारण मवेशियों को मारना शुरू कर देता और धीरे-धीरे न जाने क्या बड़बड़ाता।

एक ओर ग़फ़ूरे की यह हालत थी और दूसरी ओर इलियासे ने अपने सारे साधन शाके और करीमां को तलाश करने में लगा दिए। उन्हें एक ही दुख था कि एक तेली उनकी इज़्ज़त कैसे ले गया। आख़िर तीन महीने की भाग दौड़ के बाद दोनों का पता लग गया। हवेली लक्खा के एक गांव देवा सिंह में जो ज़िला क़सूर से डेढ़ सौ मील दूर था, एक चौधरी के यहां शरण ले रखी थी। छापा मारा तो शाका तेली तो भाग गया मगर करीमां पकड़ी गई। वह उसे घर ले आए। मां ने कोसा, इलियासे ने मार मार कर बांहें तोड़ दीं। हाजी लुत्फ़ुल्ला और हाजी शरीफ़ ने अलग सिर पर लाठी मारी। रात को कमरे में बंद करके ताला लगा दिया जिसकी चाभी इलियासे ने अपने पास रख ली और करीमां के बारे में अंतिम फ़ैसला करने लगे कि अब उसका क्या किया जाए। पूरे गांव में सन्नाटा पसरा था, किसी की मजाल नहीं कि कोई बात करे। इलियासे का रौब और दबदबा न केवल घर पर था बल्कि गांव का हर इंसान उससे डरता था। हर किसी को पता था कि क्या होने वाला है।

अब जबकि फ़ैसला करने बैठे तो हाजी शरीफ़, हाजी लुत्फ़ुल्ला और इलियासे के अलावा वहां कोई नहीं था। न किसी को इजाज़त थी कि उन्हें कोई

राय दे। करीमां की मां ने दो तीन बार अंदर आने की कोशिश की मगर इलियासे की नज़रों से डर कर पीछे हट गई।

रात एक बजे इलियासे ने ग़फ़ूरे भोंदू के बुलाया और करीमां को कमरे से बाहर ला कर चल दिए। हाजी शरीफ़ भी साथ था। करीमां की मां दोहत्तड़ पीटने लगी कि मेरी बेटी को न मारो, तुम्हें ख़ुदा का वास्ता है, और उसे इलियासे के हाथ से छीनने लगी। उसी छीना झपटी में उसने इलियासे के हाथ पर काट भी लिया। इलियासे ने दो तीन थप्पड़ अपनी ताई करीमां की मां के भी जड़ दिए। बेचारी मुंह के बल ज़मीन पर गिर पड़ी। जब करीमां की मां ने शोर करना शुरू किया तो इलियासे ने उसे उसी कमरे में बंद कर दिया जहां करीमां को बंद किया था और करीमां को लेकर बाहर वीराने में आ गए। एक कुल्हाड़ी और एक रस्सी साथ थी। इलियासे ने करीमां के मुंह में कपड़ा ठूंस कर और हाथ-पांव बांध कर एक ओर लेटा दिया और ग़फ़ूरे को साथ लेकर गड्ढा खोदने लगा। हाजी शरीफ़ बैठा देखता रहा। जब गड्ढा छह फ़ुट गहरा खुद गया तो इलियासे ने पकड़ कर करीमां को अंदर डाला और ग़फ़ूरे को हुक्म दिया कि कुदाल से ऊपर मिट्टी फेंके। हाजी शरीफ़ भी हाथों से मिट्टी फेंकने लगा। करीमां के मुंह में कपड़ा ठुंसा हुआ था लेकिन वह बार बार कभी इलियासे और कभी हाजी शरीफ़ की ओर रहम की भीख मांगने की नज़रों से देखती रही जिसका उनपर कोई असर नहीं हो रहा था। बल्कि हाजी शरीफ़ और तेज़ी के साथ मिट्टी फेंकने लगा। ग़फ़ूरा भी धीरे-धीरे मिट्टी डालने लगा लेकिन इलियासे ने ग़फ़ूरे के हाथ से कुदाल पकड़ कर जल्दी जल्दी मिट्टी डालनी शुरू कर दी। करीमां का चेहरा मिट्टी में छुपने लगा तो उसने आख़िरी बार रहम मांगने वाली नज़रों से ग़फ़ूरे भोंदू की तरफ़ देखा। उसी वक़्त ग़फ़ूरे का हाथ कुल्हाड़ी पर जा पड़ा और फिर एक दम इलियासे के सिर पर लोहे का पहाड़ गिर पड़ा, उसके बाद हाजी शरीफ़ दो क़दम भी न भाग सका, फिर भोंदू और करीमां ने मिलकर इलियासे और शरीफ़ को गड्ढे में दफ़न कर दिया और रात चार बजे से पहले जोधपुर गांव की सीमा पार कर गए।

अलादीन की चारपाई

अलादीन की चारपाई सुबह सड़क के किनारे जुड़वां पेड़ों की छांव में बिछ जाती और आठ दस मोढ़े लग जाते। यहां रोज़ाना बैठने वालों के अलावा राहगीर भी रुक जाते, घड़ी पहर हुक्क़ा गुड़गुड़ाते, लस्सी का गिलास पीते, फिर साफ़ा झाड़कर कंधे पर रखते और आगे चल देते। दोनों पेड़ों की शाखें एक दूसरे में ऐसे फंसी थीं कि घनी छांव का एक ही पेड़ लगता। उनकी शाखाएं लचीली और पत्तियों काली पर हरी थीं। शाखाएं पक्षियों से भरी रहतीं। किसी पक्षी की बीट अलादीन या दूसरे किसी की पगड़ी पर गिर जाती तो वह दो-चार गालियों के साथ ताली बजा कर उसे उड़ाने की कोशिश करता। खाल के आगे एक चौड़ी सड़क थी, जिस पर जून-जुलाई के दिनों में तेज़ और चमकीले बवंडर ऐसे उठते, जैसे धूप के भूत उठ कर आसमान को चढ़ रहे हैं। सर्दियों में सफ़ेद धूप हल्की-हल्की गर्मी पहुंचाती। सड़क के दूसरे किनारे बब्बर मोची का छप्पर था। छप्पर भी क्या था, कोठे की दीवार के साथ लकड़ी के मोटे डंडे गाड़ कर उन पर कपास की छड़ियां रख दी थीं और दीवारों की जगह टाट के बोरे लटका दिए। बोरियों पर रह-रह कर पानी का छिड़काव करता ताकि हवा ठंडी हो कर अंदर आए। बब्बर मोची मोटे चमड़े के देसी जूते बनाता। काम करते-करते थक जाता तो अलादीन के पास आ बैठता, कुछ देर हुक्क़ा पीता फिर उठकर काम में लग जाता। अक्सर नए जूते पर काम करने से पहले अलादीन से विचार-विमर्श करना और उसे चमड़ा दिखाना ज़रूरी समझता। जूता बनवाने वाले भी बब्बर मोची से जूता लेकर पहले अलादीन को दिखाते। वह जूते की इतनी तारीफ करता कि ख़रीदने वाला और बेचने वाला दोनों खुश हो जाते। गांव की कुछ महिलाएं भी फेरी वालों से कपड़े इत्यादि ख़रीदकर सीधी अलादीन की चारपाई की ओर जातीं और कहतीं, वे अलादीना, ये कपड़ा तो देख कैसा है। पूरे चार रुपए गज़ लिया है। अलादीन उसकी इतनी तारीफ़ करता कि सुनने वाले अतिशयोक्ति समझने लगते। कहता, धिये, तुमने तो कपड़े वाले को लूट

लिया। इतने सस्ते में इतना अच्छा कपड़ा ख़रीद लिया। इस तरह का कपड़ा तो मैंने जीवन में पहली बार देखा है। वह ख़ुशी-ख़ुशी चली जाती। एक बार अलादीन की पत्नी अम्मा फ़ातिमा ने कहा, यह तुम क्या हर अच्छी-बुरी चीज़ की तारीफ़ करते रहते हो। बुरी से बुरी चीज़ को भी सोने-चांदी से मिला देते हो।

जवाब में अलादीन ने कहा, ओ भली लोके। इसमें मेरा क्या जाता है। अब जो चीज़ जिसने ख़रीद ली वापस करने से तो रही। अब बुरी भी है तो मेरे बुरा कहने से सिवाए उसका दिल दुखने के तो कोई और फायदा न होगा। इससे तू ही बता मुझे क्या मिलेगा? रही अच्छी या बुरी की बात तो दोनों को ख़तम हो जाना है।

अलादीन की चारपाई के नीचे पानी की खाल (चमड़े का मशक) और पेड़ों की छांव से गर्मी के दिन बहुत आराम से कटते। वह उठ नहीं सकता था कि दस साल पहले होने वाले गठिया ने उसे चारपाई से लगा दिया था। उसके बावजूद इसके सब बेटे इतना आदर करते कि हल्की सी आवाज़ पर दौड़े चले आते। ज़रा सी धूप पड़ने पर चारपाई उठाकर छांव में कर देते। खाना समय से पल भर को इधर-ऊधर न होता। बान की खरी चारपाई पर कपास के धागे से बनी हुई चादर और तकिया इतने साफ़ और सफ़ेद थे कि उनपर धूप का भ्रम होता। उसी तकिए के सहारे बैठा अलादीन सफ़ेद लट्ठे के लिबास और सफ़ेद पगड़ी बांधे किसी नवाब से कम नहीं दिखता। कड़वा तंबाकू और ठंडी लस्सी पास बैठने और मिलने वालों के लिए ज़रूर तैयार रहती। सड़क पर दिन भर में एकाध गढ़ या फेरी लगाने वाला गुज़र जाता। बाक़ी अल्लाह-अल्लाह।

चारपाई के किनारे मोढ़ों पर बैठने वालों में शरीफ़ खोखर, मस्ता भट्टी, इस्माइल भट्ठी, शैदा बटेर, तुफ़ैल बाजवा, बाबू रजब अली, जमाल भट्टी और अन्य दो चार लोग ऐसे थे कि उन्हें मौत ही नाग़ा कराए तो कराए। सभी के पास सुनाने को पुराने देश की अनगिनत कहानियां थीं। उस देश को छोड़े 14 साल बीत जाने के बाद भी नए देस की उनके पास कोई बात नहीं थी।

*

जमाल भट्टी ने बैठते ही सामने वाले मोढ़े को खींचकर आगे किया और कंधे से पटका उतार कर उस पर रख दिया। फिर सिर से पगड़ी उतारकर जांघों पर रखी और हुक़्क़े की टोंटी अपनी ओर खींच कर बोला, भई अलादीन, देश के क़िस्से भी अजीब हैं। भला उजाड़े से पहले किसी को पता था ऐसे देस देस मारे फिरेंगे? फ़िरोज़पुर में चोरी-चकारी का चंगा भला कारोबार था और इज़्ज़त की रोटी खाते थे। तौबा करके कहता हूं, अपने इन हाथों से सैकड़ों रुपए गिने। ख़ुदा झूठे को उठने से पहले मौत दे दे, फ़िरोज़पुर की पांच तहसीलों में कौन तहसील ऐसी होगी जहां से ढोर-डंगर घेर न लाए हों। इस समय चोरी पुरुषों का गहना थी। बस अलादीन की सारी इज़्ज़त और मेहनत की कमाई उजाड़े ने खा ली, सब कुछ लुटा कर पल्लू झाड़ा और यहां चले आए। हाथ की डिंगूरी और कंधे का पटका बचा इस तबाही में।

बाबा अलादीन जो अपने तकिए से सहारा लिए बैठा था, थोड़ा और सीधा हुआ और हंसकर बोला, जमाले शुक्र कर तू सलामत चला आया। इस परलय में बच के निकल आना भी महात्मा होने की निशानी है। जान है तो जहान है, भाग्य में लिखा है तो फिर फ़िरोज़पुर चले जाएंगे। वैसे उजाड़े में जिस तरह टोका चला है, तेरी गर्दन तो उसकी पूरी हक़्दार थी।

अलादीन की बात पर सब हंसने लगे।

अलादीन बोला, जमाले उन ख़च्चरों की क्या कहानी थी? ज़रा हमें भी तो बता।

जमाल दीन इस बात पर खिसयाना सा हो कर हंस पड़ा, जैसे अलादीन ने उसकी कमज़ोर नस पकड़ ली हो। उसने बात बदलना चाहा लेकिन अब अन्य लोगों का आग्रह भी बढ़ने लगा कि पहले अलादीन की बात का जवाब दो। आख़िर मजबूर होकर जमाल दीन ने हल्का सा खंखार लेकर गला साफ़ किया और हुक़्क़े की टोंटी हयात अली को थमा कर बोला, एक बार हुआ यह कि बहुत समय तक हमें किसी गाय-भैंस खोलने का मौक़ा नहीं मिला। मैं और

अल्लाह रखा (ख़ुदा उसे स्वर्ग में जगह दे, उजाड़े में सिखों के कृपाण की भेंट चढ़ गया) हम दोनों माल की ताक में फिरते फिराते रोही जा निकले। वहां हमें ख़च्चर हाथ लग गए। अलादीन तुम्हें तो पता है रोही के ख़च्चरों का, कितने बड़े और मोटे ताज़े थे। रोही का छोलिया खा-खा के दुंबे की तरह उनकी चकलियां निकली हुई थीं। तब हमें उनकी कीमत का अंदाज़ा नहीं था। मैंने अल्लाह रखा से कहा, मियां रखे! इन गधों का हम क्या करेंगे? उसने कहा, भई जो चार छह रुपए हाथ आएं, ग़नीमत है। अब और कुछ नहीं मिलता तो भूखे मरने से अच्छा तो यही है कि उन्हीं को खोलकर ले जाएं। हम वह ख़च्चर ले आए।

अब हमारे लिए यह समस्या पैदा हुई कि इन खोतों (खच्चरों) को कहां ठिकाने लगाएं। बड़ा सोच-विचार किया। शर्म के मारे किसी को बताते भी नहीं थे कि लोग कहेंगे, अब जमाल खोते चोरी करने लगा, डूब के मर जाए। इसी उधेड़-बुन में कई दिन बीत गए। फिर अचानक मुझे एक तरीक़ा सूझा, मैंने सोचा, हम वह माल ईसा और दिलावर को दे देते हैं। माल के बदले में माल के बतौर। अलादीन ईसा और दिलावर को तो जानते हो? ये दोनों भी बड़े पहुंचे हुए चोर थे।

ऐसे वैसे चोर... जमाले, मैं थोड़ी देर के लिए तेरी बात काटता हूं और एक छोटी सी घटना ईसा और दिलावर की सुनाता हूं बाबे अलादीन ने अपनी पगड़ी को सिर से थोड़ा टेढ़ा करके खुजली की और फिर पगड़ी सही की, इन दोनों का एक बड़ा भाई शब्बर अली था, जो आजकल लायलपुर में है। वह चोरी-चकारी से हमेशा दूर रहता और अपनी मेहनत की खाता था। ईसा और दिलावर जब भी माल मार कर लाते, दो तीन देगें चावल की पका कर अल्लाह के नाम पर ग़रीबों को खिलाते। इस ख़र्च का तीसरा हिस्सा भाई होने के नाते शब्बर अली से भी वसूल करते। अब इनका माल तो लूट-मार का होता मगर शबर बेचारे को अपने ख़ून-पसीने की कमाई से योगदान करना पड़ता। दो-तीन साल तक तो वह हिस्सा भरता रहा, आख़िर कब तक साथ निभाता। एक दिन तंग आकर कहने लगा, भाइयो, ख़ुदा इसी तरह राज़ी होता है तो मैं नरक में ही अच्छा हूं। आगे तुम और तुम्हारे ख़ुदा से

मेरा कोई रिश्ता नहीं है। इस तरह उस बेचारे ने अपनी जान छुड़ाई।

अलादीन की बात पर सब हंस पड़े। इसके बाद जमाल भट्टी ने हुक्क़े का एक ताज़ा घूंट भर कर बात वहीं से जोड़ दी, तो मैं कह रहा था भाई इस्माईल, यह दोनों भाई सूबा पटियाला से माल चोरी कर के फ़िरोज़पुर में ला बेचते। हमें यह उम्मीद नहीं थी कि वह इतनी आसानी से हमारे खोतों के साथ अपनी गाय-भैंसों का सौदा करने के लिए तैयार हो जाएंगे। लेकिन हमने बड़ी सावधानी के साथ बराबर-बराबर का उनसे सौदा किया। यानी तीन ख़च्चरों के बदले तीन गायें। इस सफल सौदे के बाद हमने रोही के ख़च्चरों पर ही हाथ साफ़ करना शुरू कर दिया और मन ही मन बड़े खुश कि हम ईसा और दिलावर की आंखों में धूल झोंक रहे हैं। हम रोही से ख़च्चरों को चोरी करके उन्हें देते रहे और वे उनके बदले पटियाला की गायें-भैंसे हमें देने लगे।

यह काम तीन साल तक चलता रहा और इस तरह हम उन्हें मूर्ख बनाते रहे। एक बार हम ख़च्चर लेकर आ रहे थे कि बंगला फ़ाज़लका में हमें एक कुम्हार मिला। उसने कहा, यह दोनों ख़च्चर मुझे बेचोगे? हमने कहा, कहीं तो बेचने हैं, तुम ले लो। वह बोला, क़ीमत बताओ? हमने कहा, तुम ख़ुद ही बता दो? उसने कहा, दोनों के ढाई सौ ले लो। यह सुनते ही हमारे होश उड़ गए। इस समय अच्छी से अच्छी गाय की क़ीमत पचास रुपए से अधिक नहीं थी।

अब मुझे पता चला कि जिसे हम गधा समझते रहे वो तो गाय से तीन गुना क़ीमती था, और ईसा हमें बुद्धू बनाकर कितने समय तक हमारा कबाड़ा करता रहा।

जमाल की इस बात पर सब हंस-हंस कर दोहरे होने लगे। बाबे अलादीन ने हंसते हुए पूछा, तो क्या तुमने ईसा से हिसाब-किताब किया?

हिसाब क्या करना था मियां अलादीन? जमाल अफ़सोस के साथ बोला, उसके बाद तो कुछ रहा ही नहीं। उजाड़ा पड़ गया और वह दोनों स्वर्गीय तहसील मखसर में सिखड़ों के हाथों हलाल हो गए। लेकिन सच पूछें तो मुझे उनके मरने का बहुत दुख हुआ। ईश्वर जानता है, बड़े जिगर वाले आदमी थे।

एक बार झंडेपुर में लठबाज़ी के मुक़ाबले में उसने पूरे दस लठबाज़ों को हराया था। आह, बस रहे नाम अल्लाह का।

सूरज अब माथे के किनारों पर आ लगा था। पेड़ों ने अपनी शाख़ों को समेट कर बग़ल में दबा ली। इसी समय बाबे अलादीन का छोटा बेटा मुनीर बाहर निकला और अलादीन की चारपाई खींचकर पेड़ के तने के साथ लगा दी ताकि धूप न पड़े। इसके बाद ठंडी लस्सी एक बड़ा दोना भर लाया, जिसमें से सभी ने एक-एक तांबे का छन्ना भरकर पिया। इस तरह सब फिर से ताज़ा हो गए और नए सिरे से बातों के तोते उड़ने लगे।

बाबू रजब अली! पुराने लोगों की क्या बताऊं, अलादीन ने हुक्क़े का एक लंबा घूंट भर कर उसकी नली मस्ता की तरफ़ सरकाते हुए कहा, बस भोले-भाले लोग थे। लाभ-हानि उनकी ज़िद थी, अगर ज़िद पूरी हो जाए तो लाभ ही लाभ। अब मेरे बाप ख़ुशी मोहम्मद को ही देख लो। अल्लाह जन्नत नसीब कर, उनका दिमाग़ भी अपना ही था, मजाल है कि किसी की बात मान जाएं। उजाड़े (भारत-पाक बंटवारे) से आठ साल पहले की बात है। उस बार बारिश बहुत हुई और रोही में बारिश होने का मतलब पर्याप्त अनाज था। रोही में चने की फ़सल की बाढ़ आ गई। उस बार हमारी फ़सल तीन हज़ार मन हुई। फ़िरोज़पुर की मंडी काफ़ी दूर थी। तहसील मखसर दस कोस पर थी और उस समय दो बैलगाड़ियां हमारे पास थीं। उन पर इतना अनाज लादकर ले जाना बहुत मुश्किल था। हरि चंद खत्री मियां जी के पास आया और एक रुपया प्रति मन के हिसाब से पूरा अनाज घर से उठाने का सौदा कर लिया। मियां जी ने कहा कल बताऊंगा। उसके जाने के बाद मियां जी ने मंडी से रेट पता करने के लिए आदमी भेज दिया। पता चला कि मंडी का रेट एक रुपया चार आने है। फिर क्या था, मियां जी का लाटू घूम गया। उन्होंने कहा, अनाज मैं ख़ुद मंडी लेकर जाऊंगा। इस खत्री को चार आने किस बात का लाभ दूं? अब हज़ार तरह से उन्हें समझाया कि मियां जी अनाज खत्री को बेचकर सिर दर्दी से बचो। किस झंझट में पड़ने

वाले हो। मगर उनकी जूती सुने। बंगला फ़ाज़लका में उसका बेली (संगी) रफ़िया कुम्हार था, उसे बुला भेजा और तीन आने प्रति मन के हिसाब से मखसर की मंडी में अनाज पहुचाने का उससे समझौता कर लिया।

वह तीसरे दिन ही सौ गधा और पंद्रह आदमी लेकर आ गया। अनाज को गधों पर मखसर बाज़ार के लिए ढोना शुरू दिया। चल सो चल, पंद्रह लोगों की तीन समय की रोटी और सौ गधों का चारा भी हमारे ज़िम्मे था और साथ में दिन का पांच रुपए ख़र्च। हरा चारा उस समय तो था नहीं सो गधे भी चने खा रहे थे और बेहिसाब खाते रहे। पूरे डेढ़ महीने में पता नहीं, सौ गधों और पंद्रह बंदों ने ना जाने कितने चुने और कितनी रोटियां खाईं और हमें क्या बचा? बस हुआ यह कि मेरे पिता ख़ुशी मोहम्मद की ज़िद पूरी हो गई। डेढ़ महीने बाद रफ़िए कुम्हार को तीन आने प्रति मन की मज़दूरी और एक आना प्रति मन के हिसाब से पुरस्कार देकर विदा किया और बड़े गर्व से कहा, देख लो, इसे कहते हैं होशियारी। खत्री ख़्वामख़्वाह में चार आने बचा रहा था।

इतने में बाबे के मंझले बेटे ने बाहर आकर कहा, मियां जी रोटी तैयार है। इसका मतलब था, दोपहर के सूरज ने अस्त्र तक छुट्टी का घंटा बजा दिया। सब उठकर अपने घरों को चल पड़े। अलादीन का बेटा उसे उठाकर घर ले गया और चार बजे दोपहर तक महफ़िल स्थगित हो गई।

गांव में न किसी के पास रेडियो था और न ही अख़बार के आने का उपाय, लेकिन गांव शहर के पास था। इसलिए प्रतिदिन कोई न कोई ख़बर पहुंच जाती। जिसपर उस वक़्त तक बात चलती रहती जब तक कि दूसरी ख़बर नहीं आ जाती। जब पाकिस्तान बने अभी बारह-तेरह साल हुए थे। बिरला कपड़ा मिल के कारण लाल क्रांति की बातें शहर के गली मोहल्लों में फैली हुई थीं। बाबे अलादीन की महफ़िल में भी अक्सर इस बारे में समाचार पहुंचते, जो ज़्यादातर राव असग़र की ज़बानी बयान होती। अलादीन के पास राव असग़र के आने का समय ठीक चार बजे का होता। उसकी हर ख़बर को इसलिए विश्वसनीय माना जाता है कि एक

तो वह पूरी आठ किलास पढ़ा था, दूसरे उसके पास गांव में विलायती शिक्कर का डिपो था। इस संबंध में उसे अक्सर शहर जाना होता। जहां से वह ज़रूर कोई न कोई ख़बर ले आता और जल्दी से अलादीन की चारपाई का रुख़ करता है।

दूर से राव असग़र दाहिने हाथ अपनी धोती के पल्लू अड़स्ता हुआ आता दिखाई दिया। धोती क्या दो गज़ की लुंगी थी जो हमेशा घुटनों से ऊपर ही रहती। पैर में टायर के जूते जो दूर से ही खट-खट बज रहे थे। पास आकर कुर्ते की आस्तीन समेटी और एक मोढ़े पर टिक गया। हुक्क़े के तीन चार कश लिए, एक भरपूर नज़र इधर-उधर बैठे लोगों पर डाली, फिर अलादीन की तरफ़ मुंह करके बोला, मियां अलादीन! बस अब कुछ ही दिन रह गए ग़रीबों की तक़दीर बदलने के। रूस ने फ़ैसला कर लिया है कि पाकिस्तान में लाल झंडा अब लगा ही दिया जाए। रूस के राष्ट्रपति ने पत्र लिखा है कि जल्दी से ग़रीबों को दिन में तीन बार रोटी और घर दे दो, वरना हम चार महीनों के बाद ख़ुद आकर हकूमत करेंगे। कुछ दिन और तंगी काट लो। फिर तो हर चीज़ मुफ्त राशन में आएगी। बराबर दाल बंटा करेगी। मियां अलादीन इन डाकुओं और सरमाएदारों (पूंजीपतियों) से जान छुटेगी, जो यहीं बैठे-बैठे मुहाजिर (भारत से पाकिस्तान जानेवाले) बन के कई कई लाटें अपने नाम करा लीं और मिलों के मालिक बन गए। अल्लाह क़सम, सब कुछ यहां के शहर में रहने वालों ने और वहां से आने वाले मुहाजिरों ने लूट लिया। देहातियों के हाथ में डुगडुगी दे दी, कि लो, बजाते फिरो। अब रूस उनसे निपटेगा।

राव साहब यह हर रोज़ जो आप सरमायादार-सरमायादार (पूंजीपति) करते रहते हो आख़िर यह है क्या बला? मुश्ताक जुलाहे ने हैरानी से पूछा, मैंने भी बड़ी दुनिया फिरी है। फ़िरोज़पुर, जयपुर, लुधियाना, मंटगमरी, हर जगह गया हूं और घाट घाट का पानी पिया है लेकिन इस जानवर को नहीं देखा।

इससे पहले कि राव असग़र मुश्ताक़ के सवाल से चकरा जाता, उसी क्षण हबीब अरायीं बोल पड़ा, लो जी, इसको देखते। यह जुलाहे का जुलाहा ही रहा। अब जिसे सरमायादार का नहीं पता, उसे अपने सिर का पता है? सर का मतलब

सर, और माया का मतलब पैसा, और दार खोते को कहते हैं। मतलब है कि जिस गधे के सिर पर पैसों की पिंड हो, उसे सरमायादार कहते हैं। हबीब के इस ब्योरे पर सब उसे तारीफ़ से देखने लगे। राव असग़र ने भी हिमायत में सिर हिला दिया।

इस्माइल भट्टी ने, जिसके दो ही काम थे- पांच बार मस्जिद में जाकर नमाज़ पढ़ना और पाए का शोरबा पीना, राव असग़र की बात सुनकर पहले सिर से पगड़ी उतारकर जांघों पर रखी, फिर पारदर्शी टिंड पर अपनी उंगलियों से खुजली की और पगड़ी को सही करके चिंता से बोला, राव साहब! यह सारी बात तो तेरी ठीक है, पर सुना है, रूस वाले पक्के काफ़िर हैं, आ गए तो मस्जिदें बंद कर देंगे, नमाज़ पढ़ने वालों को कोड़े मारेंगे और हलाल मांस भी नहीं मिलेगा।

इस्माइल की बात सुनकर सब एक बार घबरा गए और चिंता से बाबे अलादीन को देखने लगे। राव असग़र ने सबको बिदकता देखा तो तुरंत हंसते हुए कहा, इस्माइल तुम्हें किसने कह दिया, वह काफ़िर हैं? तुम भी काठ के उल्लू रहे। बस शोरह पी लिया और लेट गए। ओ भाई, वो मुसलमान हैं मुसलमान, गोश्त खाते हैं, सिर पर टोपी रखते हैं और यह जो लाल झंडा है, अलम है अलम। इमाम हुसैन का झंडा पहले लाल होता था, पर तुम्हें क्या पता?

अब बाक़ी लोगों को भी हिम्मत हुई और वह भी इस्माइल की ओर देख कर हंसने लगे। अलादीन, जो विकलांगता के कारण चारपाई पर सीधा होकर नहीं बैठ सकता था, तकिए का सहारा ले कर पाईं की ओर सरका। इस्माइल सहित सारा मजमा अलादीन की बात सुनने के लिए कान लगा बैठा। साईं लुका, अलादीन हुक्क़े की टोंटी हाथ में लेते हुए बोला, मुझे यह बताओ, अगर वह मुसलमान नहीं होते तो उन्हें क्या ज़रूरत थी ग़रीबों को भोजन और घर देने की? जो हमारे नबी ने कहा है, वह पूरा-पूरा तौल कर वही कुछ कर रहे हैं। इसीलिए तो इमाम हुसैन के अलम (झंडे) का निशान लाल झंडा उनके पास है। दूसरी बात, अगर वह काफ़िर होते तो ईरान का राजा उनके साथ क्यों सुलह-सफ़ाई से रहता?

हयात दीन ने, जो सारी बातें ध्यान से सुन रहा था, हल्के से आशंका व्यक्त करते हुए कहा, पर मियां अलादीन! परसों शेख़ ग़ुलाम कह रहा था, वह शराब भी पीते हैं।

इससे पहले कि लोग फिर से रूस से नाराज़ होते राव असग़र हंस के बोला, हयाते अगर तू साल-साल बिना नहाए और दिन रात अफ़ीम खाकर मुसलमान रह सकता है, तो वह क्यों नहीं मुस्लिम रह सकते?

राव असग़र की इस फब्ती पर सबने ज़ोरदार ठहाके लगाए और हयात ख़ान खिसियाना सा हो के हुक्क़ा पीने लगा। उसके बाद राव असग़र उठकर चला गया। अभी वह थोड़ी दूर ही पहुंचा था कि शैदा बटेर एक बटेरे को मठलाते हुए आ बैठा। उसके कंधे पर एक तिकोना रूमाल था, ज़िसे वह रोज़ाना अपने हाथों से धोता और कंधे पर डाल लेता लेकिन दूसरे कपड़े हफ्ते भर बाद ही बदलता। पिता से आटा पीसने का काम विरासत में मिला था जिसकी हालत रोज़ ब रोज़ बिगड़ती जा रही थी। पत्थर के पाट घिस-घिस कर आधे रह गए थे और ऊंट के चारे की कमी की वजह से जगह-जगह कूबड़ निकल आई थी। इसकी वजह यह थी कि शैदे को बटेरों के सिवा किसी बात से कोई सरोकार नहीं था। बाबे अलादीन के पास आकर बैठने वाला हर व्यक्ति अपने आप में अजूबा था। लेकिन शैदे बटेर की बात ही कुछ और थी। उसे देख कर सब चहक उठते। शैदा बटेर अभी बैठा ही था कि चिराग़ आराईं आ गया। दोनों की खूब ठनती थी, इसलिए महफ़िल ख़ूब गर्म हो गई। अलादीन ने शैदे से उसकी बटेरों का हाल-अहवाल पूछा और अभी वह जवाब देने ही लगा था कि चिराग़ बोल पड़ा, अलादीन, बटेरों का हाल क्या हो। इन बेचारों की जान तो उसके हाथों की बदबू से ही क़ब्ज़ रहती है।

चिराग़ की फब्ती पर सब हंस पड़े लेकिन शैदे बटेर ने ऐसा मुंह तोड़ जवाब दिया कि चिराग़ की बोलती बंद हो गई। बोला, देख अलादीन इस थूम ख़ोर को समझा, जिसकी बीवी सिर्फ़ इसलिए तलाक़ ले गई कि रात को पादें मारमार कर उसको हैज़ा कर देता और बेचारी को सोने नहीं देता था। इसीलिए उसकी

बीमारी नहीं जाती थी। बेचारी सारा दिन बावली-बावली फिरती रहती। आख़िर उसने सोचा जान है तो पति बहुत मिलेंगे और छोड़ कर चली गई। मगर इस ढीठ को शर्म न आई। इसी बटेरे की सौगंध मैं होता तो नीला थोथा खाके मर जाता। मगर मैं भी किससे कह रहा हूं? ये बातें तो ग़ैरतमंदों के लिए हैं।

शैदे के जवाबी हमले पर सबकी ओर से ज़ोरदार ठहाका लगा और चिराग़ आराईं बेचारा बुझ गया। इन्हीं क़िस्सों, कहानियों में बाबू रजब अली की शायरी चल पड़ती जिस पर ख़ासकर मुश्ताक़ जुलाहा झूम-झूम कर वाह-वाह करता। शाम छह बजे के बाद लोग अपने कामकाज निपटा कर ख़ाली हो जाते थे। इसलिए पूरे दिन के सामान्य से आठ दस लोग और बढ़ जाते और यही समय बाबू रजब अली की शायरी का होता। बाबू रजब अली का दादा पहले पहल मुसलमान हुआ था इसलिए स्वर शुद्ध सिख था, जिसमें रजब अली कमशरी पढ़ते हुए लहरें लेता नज़र आता। यहां तक कि ईशा की अज़ान इस महफ़िल को बरख़ास्त करवा देती।

मियां जी को चारपाई पर पच्चीस साल हो गए थे। इस मुद्दत में उनके साथ वाले पंछी एक एक करके उड़ गए। मुझे अच्छी तरह याद है, वह मंगलवार 8 जुलाई का दिन था। गर्मी से ज़मीन का सीना तप कर ऐसा, जैसे आग पर तांबा चढ़ा हो और सूरज की किरणें आदमी तो एक तरफ़, पानी का कलेजा चीर रही थीं। मियां जी की चारपाई ख़ुद पेड़ों की छाया में रखकर और मोढ़े बिछा कर काम पर चला गया। उस दिन मुझे रेनाला जाना था और नज़ीर हमेशा की तरह आज भी घर पर नहीं था। अम्मा रफ़ीक़ के साथ उसके ससुराल गई थी। मुझे यक़ीन था, दोपहर तक लौट आऊंगा मगर देर हो गई। मियां जी की मुझे चिंता तो काफ़ी थी लेकिन फ़िक्र इसलिए अधिक नहीं थी कि आस पास बैठने वाले उनकी ख़बर रखेंगे। लेकिन मैं जो तीन बजे दोपहर वहां पहुंचा तो कलेजा दहल कर रह गया। क्या देखता हूं, मियां जी अकेले चारपाई पर बैठे हैं। कोई आदमी वहां मौजूद नहीं है और वह चारपाई पर बैठे धूप की कड़ाही में पक रहे हैं। जुलाई की इस कड़ी धूप में विकलांग और उठने से लाचार मियां जी अपने ही पसीने

में बार-बार भीग रहे थे और सूरज की आग उसे भाप बनाकर उड़ा रही थी।

बेटा क्या बताऊं, उस दिन तेरे दादा को यूं धूप के आगे लाचार देखकर मेरी क्या हालत हुई। दिल दहाड़ें मार-मार कर रोने लगा। जी चाहा सड़क पर टकरें मारूं और ऐसा पागलपन छाया कि सड़क पर खड़े होकर गांव वालों को गालियां देने लगा कि मियां जी धूप में जलते किसी को नज़र नहीं आए? हरामज़ादे गुज़रते रहे और किसी ने खाट उठाकर छांव में नहीं की। इसी ग़ुस्से और बावलेपन में कई गालियां मियां जी को भी दे गया कि उसने किसी राहगीर को क्यों नहीं कहा, खाट उठाकर छाया में कर दे। मियां जी सिर नीचा किए लगातार चुप बैठे मेरी गालियां सुनते रहे और कुछ मुंह से न बोले। इसी ग़ुस्से में उन्हें उठाया और घर की ओर लेकर भागा। शरीर इतना गर्म था, ऐसे लगा जैसे मैं आग के कोयले पकड़ लिए। जल्दी से ले जाकर नल के नीचे बिठाया और ठंडे पानी ऊपर फेंकने लगा। पानी फेंकता जाता और लोगों को गालियां देता जाता। नहलाने के बाद मैंने उन्हें घर में मौजूद शहतूत के पेड़ के नीचे बैठाया और बड़ी देर तक हाथ वाला पंखा झलता रहा और बड़बड़ाता भी रहा। इसके बाद मिट्टी की कोरी चाटी से पीतल के दो गिलास में लस्सी भर के पिलाई और खाना खिलाया। इस सारे समय में वे बिल्कुल भी नहीं बोले। इतने में पांच बज गए और अम्मा भी आ गईं। मैं इतना शर्मिंदा था कि अम्मा से आंखें नहीं मिला रहा था। अम्मा जो सारा दिन मियां जी की पल-पल ख़बर रखतीं, आज ही जब घर पर नहीं थी तो उनकी यह हालत हो गई। मैं चुपचाप घर से निकल गया। अम्मा को कुछ पता नहीं चला कि क्या हुआ। दूसरे दिन सुबह अज़ान के समय उठा कि मियां जी का हुक़्क़ा ताज़ा कर दूं। सुबह सवेरे हुक़्क़े तैयार करना बरसों से मेरा ही काम था। जब मैं हुक्क़े में चिलम रख कर उसे उनकी खाट के पास रखा तो उन्होंने मुझे कहा, बेटा यहां बैठो। अब मेरा कल वाला जोश ठंडा हो चुका था और पूरे होश में था। इसलिए डरने लगा कि पता नहीं मियां जी क्या कहें? डरते-डरते पायताने की ओर बैठ गया। वह धीरे से बोले, बेटा मुझे एक बात बताओ, तुम लोगों ने मेरी कितने साल सेवा की है?

मैं चुप रहा और कुछ जवाब न दिया। आंखें भी नीचे ही रखीं। कुछ क्षणों के बाद

वह ख़ुद ही बोले, देख बेटा, आज इस खाट पर मुझे पच्चीस साल हो गए। इस मुद्दत में तुमने और तुम्हारी मां और भाइयों ने मेरी सेवा का हक़ अदा कर दिया, जिसका इनाम ख़ुदा ही के पास है। लेकिन दुनिया कांच के पेड़ की तरह है। जिसकी न तो छाया है और न ही उसका फल हज़म होता है। अगर मैं किसी को कह देता कि मेरी चारपाई छांव में कर दे। वह चारपाई तो छांव में कर देता मगर सारे गांव में कहता फिरता, देखो भाई, ख़ून सफ़ेद हो गया है, अलादीन के पांच बेटे हैं मगर वह बिचारा धूप में लाचार पड़ा जल रहा था। कोई पूछने वाला नहीं था। मैंने उसकी चारपाई उठा कर छाया में रखी और ठंडा पानी पिलाया। बस ख़ुदा किसी को नाफरमान (आज्ञा न मानने वाली) औलाद न दे और विकलांग होने से पहले ही उठा ले।

बेटा मुझे बता, फिर तुम्हारी सारी उम्र की सेवा और मेरी इज़्ज़त बाज़ारों में किस भाव बिकती? और दुनिया के आगे मेरी क्या इज़्ज़त रहती? लेकिन कल मैं इसलिए चुप रहा कि ग़ुस्से में आदमी का दिमाग़ किसी बात को नहीं मानता।

मियां जी की इस बात में ऐसी करुणा और प्यार था कि मेरे आंसू निकल आए और मैं रोने लगा। उसी हालत में उन्होंने मेरा सिर अपनी गोद में रख लिया जिसमें पूरे ब्रह्मांड का प्यार भरा था।

उसके बाद मेरे पिता ने दादा की कब्र पर हाथ फेरते हुए मेरी ओर देखा और बोले, बेटा इस घटना के चौथे दिन ही तेरे दादा की चारपाई उठकर इस क़ब्रिस्तान में आ गई। याद रखना इस क़ब्र में तेरे दादा जी की चारपाई दफ़्न नहीं हुई, एक पूरी सभ्यता दफ़्न हो गई है। फिर मेरा हाथ पकड़ कर क़ब्र के पास से उठे और मेरा सहारा लेकर चलने लगे। चलते हुए उनके पैर कांप रहे थे।

उसी पल मैंने महसूस किया कि मेरे पिता के साथ भी एक सभ्यता जुड़ी है और अब वह भी काफ़ी बूढ़े हो गए हैं।

जीरे की रवानगी

क़स्बे और दरिया के बीच क़ब्रिस्तान था। अब यह वह नदी नहीं थी जिसका पाट कभी एक किलोमीटर था। अब तो यह एक नहर से कुछ ही बड़ी थी। इसके बारे में कई किवदंतियां मशहूर हैं। जैसे एक बार यानी आठ-नौ सौ साल पहले पीर जती शाह ब्यास नदी के किनारे बैठा मल्लाहों से विनती करता रहा कि वे उसे पार उतार दें और मल्लाह न माने और कहा कि तब पार उतारेंगे जब पैसे दोगे। लेकिन अल्लाहवालों के पास पैसे कहां से आए। आख़िर तीसरे दिन पीर जी को गुस्सा आ गया। धोती ऊपर चढ़ाई और नदी में यह कह कर पांव डाल दिया कि लो भई, न आज से नदी रहे और न तुम कश्तियां चलाओ। फिर जैसे-जैसे पीर जती शाह नदी में आग आगे बढ़ते गए पानी घुटनों घुटनों होता गया। पार उतरे तो नदी नहर जितनी रह गई। फिर तो मल्लाहों ने बाबा के आगे बहुत नाक रगड़ी, हज़ार मिन्नतें कीं लेकिन तीर तो धनुष से निकल चुका था। भाई तब से वह ब्यास नदी नहर सी बहती है, जिसका पाट 200 मीटर रह गया है। और गहराई सिर्फ़ सात आठ फ़ुट। मगर यह सात-आठ फ़ुट गहरी और 200 मीटर चौड़ी नहर भी चारों ओर के लोगों के लिए कम न थी। उदाहरण के तौर पर हमारे गांव को ही लीजिए हर ओर हरियाली ही हरियाली थी। जिधर को आंखें जातीं, सब्ज़ी, हरियाली और चराई दिखती। दोनों किनारों पर दूर तक हरे भरे खेत, ठंडी ज़मीन और हरे भरे बगीचे फैले थे। शीशम, नीम, शरीनह, पीपल और बरगद के पेड़ का तो कोई हिसाब ही नहीं था। ठंडी छांव और सरसराती हवा नींद का झोंका लिए होती। गांव खेती पर निर्भर था। किनारे-किनारे जामुन के पेड़ों की एक क़तार चली जाती थी। माल जाल अनगिनत थे। मछली का शिकार ऐसा कि नदी में जिसका दिल चाहा जाल डाला और मछली पकड़ लाया। कुछ लोगों ने उसमें से छोटी-छोटी नहरें निकालीं और दूर तक ज़मीनों को पानी पहुंचाने लगे। गांव की महिलाएं कपड़े भी वहीं आकर धोतीं और खुले पानी में ख़ुद भी नहातीं। शुक्रवार के शुक्रवार तो नदी के किनारों पर उनके झुंड

के झुंड होते और आसपास से बेसुध सब थपा-थप कपड़े धोती नज़र आतीं जिनकी तंग चोलियां भीग कर अद्भुत मंज़र पेश करतीं। लड़के वालों की तफ़रीह तो मानो नदी की वजह से ही थी। नेकर पहने हर समय धमाधम डुबकियां लगाते। नदी क्या थी कि नहरे शद्दाद थी कि बहे जाती और हरियाली फैलाए चली जाती थी।

मगर एक मुश्किल ज़रूर थी कि हर साल एक-दो आदमी उसमें डूब कर मर जाते। मेरे होश में तो कोई बरस ऐसा नहीं बीता जब कोई शख़्स डूब कर न मरा हो। नदी पर किसी ज़माने में एक पुल बना दिया गया था, लेकिन वह पुल सिर्फ़ एक पगडंडी था जिसके नीचे पानी ज़रा गहरा था। कोई न कोई बेध्यानी में ज़रूर गिर जाता और अल्लाह के पास पहुंच जाता। सावन भादों के दिनों में तो प्रायः पुल भी डूब जाता, फिर दो-ढाई महीने नाव चलती। हम लड़के वाले जिनका हर समय नदी से पाला रहता वह इस ऊंच-नीच से परिचित थे लेकिन साल में एक-दो अजनबी ज़रूर डूब मरते। इसलिए यह बात मशहूर हो गई कि ब्यास नदी साल में एक-दो लोगों की बलि ज़रूर लेती है। धीरे-धीरे सब का यह विश्वास बन गया। एक साल जब नहर ने पूरी दस बलि ली तो पूरे क्षेत्र में कुहराम मच गया। बात यह थी कि हमारे गांव में एक स्कूल था। उसमें पढ़ने वाले छात्रों की तादाद कोई 500 के लगभग थी, जिसमें गांव के अलावा आसपास के गांवों से भी लड़के पढ़ने आते थे। सावन भादों के दिन थे, बारिश इतनी हुई कि ब्यास का पाट 200 मीटर से बढ़ कर 300 मीटर हो गया और गहराई भी 10-12 फ़ुट तक चली गई। पार गांव के लड़के नाव से चले आ रहे थे कि अचानक नौका उलट गई और दस लड़के डूब कर मर गए। बात फैली तो सरकार ने एक बड़े पुल की मंज़ूरी देदी, जो साढ़े तीन सौ मीटर लंबा और 25 फ़ुट ऊंचा था। यह पुल दो साल में बन कर तैयार हो गया। उसके बाद दुर्घटनाओं में कमी हो गई। अब सावन-भादों में भी पानी कभी इतना न होता कि पुल के निचले स्तर को भी छू सकता। इस तरह समय शांति से बीतने लगा

और डूब कर मरने की घटना ख़त्म हो गई।

पूरे गांव में ढिंढोरा पीटा गया कि आज चाचा जीरा जानी चोर का क़िस्सा सुनाएगा। लोग सुनते गए और ख़ुशी-ख़ुशी शाम का इंतज़ार करने लगे। सालों पहले की बतगोई याद आ गई। जीरे ने राजा नर सुलतान की विपदा और जानी चोर के बीच के लड़ाई चौक के बीच में दिखाई थी। एक बात किसी की समझ में नहीं आई कि आख़िर जीरा जानी चोर की कहानी सुनाने पर कैसे तैयार हुआ। इससे पहल सैकड़ों बार उसकी तारीफ़ की गई, हौसले बढ़ाए गए, मिन्नतें की गईं लेकिन उसकी अपनी एक ही ना जो किसी भी तरह हां में बदलने को तैयार न थी। चायख़ानों से लेकर जुआख़ानों तक लोग हैरत में थे। तंबू के होटल में दोपहर से यही चर्चा थी, जब उसने दूध में करछा हिलाते हुए कहा भाई सैफ़दीन, मैं तो एक जानता हूं, जीरे में लाख ऐब (बुराई) सही लेकिन है वह खरा हीरा। अम्मा जान की क़सम मैंने तो कभी उससे चाय के पैसे नहीं लिए, चाहे मलाई वाली पिए, चाहे तेज़ पत्ती की और दूध-जलेबी भी ज़रूर कहके मुफ़्त खिलाता हूं। भाई सब जानते हैं मैंने उसकी हमेशा क़द्र की है।

बैठ जा तंबू, सैफ़दीन चाय की चुस्की लेते हुए बोला, मैं जानता हूं तेरी राजनीति को, तेरे जैसे कलाकार तो मुफ़्त में चूतड़ का बाल भी नहीं देते, तू बड़ा आया जीरे को मुफ़्त की जलेबियां और चाय पिलाने वाला। असल में तू जानता है जब तक जीरा तेरे होटल पर बैठा रहता है तमाशा लगा रहता है, चाय के बीसियों कप वैसे ही बिक जाते हैं अगर वह जानी के होटल पर बैठने लगे तो यहां तो कुत्ते लोटें। एक कप जीरे को पिला कर उस पर एहसान जताता है।

तंबू हलवाई बात बदल कर बोला, सैफ़दीन यह क्रांति कैसे आ गई कि जीरा किस्सा सुनाने के लिए मान गया?

बस जी मनमौजी है। न सुनाए तो सरदार कमाल अहमद और डिप्टी कलक्टर के डराने पर भी न सुनाए, अगर दिल में आए तो बिना कहे भीड़ लगा दे। सैफ़दीन ने अबकी बार धीरज से जवाब दिया।

न भाई, यह बात नहीं, पास से ग़ुलाम अली बोला।

फिर क्या बात है, सैफ़दीन ने रुखे स्वर में पूछा। क्या उसने तेरी अम्मां का कहना मान लिया, जिसके घाघरे का पल्लू गलियों में झाड़ू फेरते जाते हैं और कमर से बंधी चाभियों के गुच्छे झांझर बजाते जाते हैं?

मियां सैफ़ मेरी अम्मा के घाघरे का जीरे से क्या संबंध, बात चाहे मक्के की हो तुम्हें घूम फिर कर दिल्ली स्टाप करना है।

अच्छा-अच्छा अब अधिक चौड़ा न हो और सीधी तरह बता कि जीरा जानी चोर का क़िस्सा सुनाने के लिए कैसे तैयार हुआ?

साहब, यह सब पीर मोदे शाह का करिश्मा है। ग़ुलाम अली ने पहलू बदलते हुए कहा। कल हम सब पीर मोदे शाह के पास बैठे थे। वहां जीरे की क़िस्सागोई पर बात निकल पड़ी। मोदे शाह ने कहा कि भई उसे तो हम भी सुनेंगे। हमने कहा, सरकार जीरा क़िस्सा सुनाने पर राज़ी नहीं होगा, अपनी मर्ज़ी कर मालिक है। बाबा जी को उसी समय जलाल आ गया। आंखें लाल अंगारा हो गईं और थर-थर कांपने लगे। जीरे की क्या हैसियत हमें क़िस्सा न सुनाए, जला कर भस्म कर देंगे। कल शाम क़िस्सा-ख़्वानी का इंतज़ाम करो, हम देखेंगे कैसे नहीं आता। ख़ुदा गवाह है, मैं वहीं था। थोड़ी देर में जीरा भागा हुआ आया, बोला हज़रत मैं आपके सामने जानी चोर की कहानी सुनाना चाहता हूं। इतनी सी बात है।

अच्छा तो फिर यह कहो कि पीर मोदे शाह का कमाल है। तंबू हलवाई जलेबियां चीनी की चाशनी में डालते हुए बोला, मैं भी कहूं यह अनहोनी कैसे हो गई।

हूं, तो यह बात है। भई पीर मोदे शाह के चमत्कार में तो किसी को कोई शक नहीं। दिन को रात कहे तो फ़ौरन रात हो जाए। बस फिर यही बात है। सैफ़दीन की कड़वाहट फ़ौरन दूर हो गई।

लो बस भई, बात खुल गई। मैं भी कहता था कहीं कुछ राज़ तो है। अब कहानी साफ़ हुई, जमाल ख़ान तिनके से कान से मैल निकालते हुए बोला।

अफ़ज़ाल भी चर्चा में शामिल हो गया। लो भई अब किसको भूल है। तुम्हें याद नहीं, दीन मोहम्मद के घर संतान नहीं हो रही थी। उन्होंने मोदे शाह से विनती की, बाबाजी स्वस्थ और मोटी-ताज़ी संतान चाहिए। मोदे शाह ने कहा अगले बरस तुम्हारे यहां बेटा होगा। ख़ुदा का काम देखो उसी रात बच्चा ठहर गया। अब एक और तमाशा हुआ, दीन मोहम्मद की पत्नी कहने लगी यह तो मेरे पीर रंग शाह की देन है, उन्हीं की दुआ से हुआ है। मोदे शाह का कोई कमाल नहीं। दीन मोहम्मद ने लाख समझाया, अल्लाह की बंदी ऐसी बातें मुंह से न निकालो। यह सब मोदे शाह का कमाल है। वह न मानी। आख़िर यह बात दीन मोहम्मद ने मोदे शाह को बता दी। शाह साहब को तुरंत क्रोध आ गया। कहने लगे कि अगर बच्चा उसके पीर की दुआ से हुआ तो उसे कहो कि अब वह पैदा करके दिखाए। फ़िर ख़ुदा गवाह है तीन साल तक बच्चा पैदा नहीं हुआ। बेचारी पेट लिये फिरती थी। आख़िर पांव पर जा कर गिरी तब बेटा पैदा हुआ। भई अल्लाहवालों को नाराज़ करने से ऐसा ही होता है।

थोड़े में कहें तो इसी तरह की चर्चा रात इशा की नमाज़ तक होती रहीं। उधर शाम से ही यूनियन काउंसिल के बड़े हॉल में कोयले दहका कर अंगीठियां जला दी गईं। पीर मोदे शाह की चारपाई शाही सिंहासन की तरह लग गई, जिस पर सफ़ेद चादरें बिछी थीं और रेशमी तकिया सुनहरी लहरा रहा था। बड़े हॉल में सिर्फ़ 300 कुर्सियां आती थीं इसलिए कुर्सियां निकाल कर पुआल बिछा दी गई ताकि कम से कम 500 आदमियों की जगह बऩ जाए। हर आदमी इतने जोश में था जैसे सोने की खान हाथ लग गई हो। सब इंतज़ाम पूरा हो गया। हॉल में सन्नाटे का राज हो गया कि अचानक जीरे की आवाज़ गूंजी।

सारू माता ईश्री करत नमू कई बार
हाथ जोड़ के अरज करूं लियो हमारी सार
और फिर
आन खड़े मैदान विच सोरमे, हथ विच कमान तै बान फड़के

लैयां पकड़ कटारियां जो धुय्यां ने, पए गरजदे विच मैदान खड़के
हुनु वांग ललकारदे खड़े सारे, सूर बीर जो मेघने वांग गरखे
मारो मार मैदान दे विच हुई, जानी चोरटा गया सी फेर चढ़के
सारे हुई क़त्लाम किशोर चंदा, सूर बीर खड़ू गए कल अड़के

जीरे ने कुछे देर तो इसी तरह छंद में क़िस्से को धीरे-धीरे आगे बढ़ाया। लोग कान लगाए हुए थे और घटनाओं के पलटने के इंतज़ार में थे। लोग जानते थे कि क़िस्सा जीरे की ज़बान पर कैसे क़लाबाज़ियां खाता है कि युद्ध स्थल का मंज़र उठाकर भीड़ के बीच में रख देता है। सभी इसी मौक़े का इंतज़ार कर रहे थे कि अचानक ज़ीरे ने लहज़े के तेवर बदले और बुध सिंह की सेना को राजपूतों से भिड़ा कर जानी चोर की बात को उठा लिया।

बुध सिंह दी फ़ौज दा रतन सिंह सी जवान
पकड़ कटारी हाथ में वड़िया विच मैदान
पहला हाथ आन जानी तै उठा लिया—चोरटे ने अंग आपदा बचा लिया
पेंदे ललकारे अंदर मैदान दे — कट गए नै सिर सैंकड़ों जवान दे
फिर जानी चोरटा चलावे सट नूं — मार के कटारी खोल दा है फट नूं
हो गई है गर्द मोहरे आन भान दे — कट गए नै सिर सैंकड़ों जवान दे
भूंदियां फिरन ऊते कल जोगनां — अज राजपूतां नू पोय गा भोगनां
अंदर खड़क करन न मयान दे — कट गए नै सिर सैंकड़ों जवान दे
अंखां विचूं चल गए परनाले रत दे — उड़ने नै सीस जी समान पत दे
सूरमे गरज रहे सुलतान दे — कट गए नै सिर सैंकड़ों जवान दे
छप्पर उठाई फिरदी है कालका — बूंदी गढ़ विच छडना नी बालका
चार पुत मारे रहमत पठान दे — कट गए नै सिर सैंकड़ों जवान दे

यानी भीड़ में बांस की छड़ी पकड़े जीरा कभी इस तरफ़ और कभी उस तरफ़ चलता और आवाज़ के उतार-चढ़ाव से कहानी में उत्तेजना पैदा करता। कभी बिलकुल जानी चोर बन जाता, अपनी छड़ी को तलवार की तरह ऐसे घुमाता कि

देखने वाले को माहिर तलवारबाज़ नज़र आता, और कभी राजा नर सुलतान की नक़ल में शाही फ़रमान जारी करता, उस समय आवाज़ का रोब-दाब ठीक बादशाहों की सूरत धर लेता। इसी तरह रात के तीन बजे की बेला हो गई, मजाल है कि किसी ने हिलने या कान पर खुजली करने का साहस किया हो और फिर जीरे ने तीन बजे अचानक कहानी रोक दी। मजमा तिलिस्म से बाहर निकला और पीर मोदे शाह को भी होश आया। जीरा अभी संभल के और हाथ जोड़ के खड़ा ही था कि उसी समय पीर मोदे शाह की आवाज़ गूंजी, जीरे मांग क्या मांगता है?

जीरे ने वैसे ही हाथ जोड़े कहा, हज़ूर ये क़िस्सा तो आपकी मोहब्बत में पेश किया, धन की ग़रज़ नहीं।

फिर भी आज जो मांगेगा देंगे, मोदे शाह दोबारा गरजा।

सरकार अगर इन्कार कर दें तो मुंह दिखाने के क़ाबिल नहीं रहूंगा, जीरा थोड़ा सा झिझका।

जीरे हमारी तौहीन मत कर। हममें ख़ुदाई गुण होते हैं। पीर साहब जलाली स्वर में दहाड़े।

हज़ूर इसमें क्या शक है कि आप करामात वाले हैं, अब जीरा ठहरे हुए स्वर में बोला। बाबा जी, गधे पर सवारी करते-करते थक गया हूं। अगर ऐसी ही बात है तो आपकी सफ़ेद घोड़ी दिल को भा गई है, आपकी करामत से बीसियों ऐसी घोड़ियां आ जाएंगी, पर मुझे आप यह दे दीजिए बड़ा करम होगा।

जीरे का घोड़ी मांगना था कि मोदे शाह समेत सारे मजमे को सांप सूंघ गया। मोदे शाह के चेहरे पर तो एक तरह का अंधकार छा गया और वो नक्कुओं की तरह जीरे को देखने लगा, जैसे कह रहा हो पूरे क़िस्से का मज़ा किरकिरा कर दिया। लोगों में डर के मारे खुसर-फुसर होने लगी। वह जीरे की इतनी असभ्यता और निडरता से डर गए, लेकिन जीरा मजबूती के साथ खड़ा हुआ था और ज़रा भी अपने साहस पर शर्मिंदा नहीं था। दूसरी ओर मोदे शाह की यह हालत थी कि उसे घोड़ी दिए बिना कोई चारा नहीं था। पूरा मजमा मोदे शाह की दानवीरता

की ललकार सुन चुका था। अंत में कुछ सोचने का बाद मोदे शाह ने जीरे को घोड़ी देने की घोषणा कर दी। अब गांव वालों को जीरे की चाल का पता चला कि उसने पीर साहब को भी नहीं छोड़ा।

वास्तव में जीरे के बारे में किसी को पूरी तरह पता नहीं था कि किस क़बीले का है मगर बीस साल से इसी गांव में रह रहा था। सुना है उसका बाप छोटा-मोटा ज़मींदार था जिसने उसकी करतूतों और आवारगी की वजह से उसे जायदाद से बेदख़ल कर दिया था। तब से घर से निकला फिर न गया। सवारी के लिए उसके पास गधा था जिसपर उसने दूर और पास का सफ़र किया और गांव-गांव फिरा। छह-छह महीने ग़ायब रहता। फिर लौट आता और जैसे ही गांव में आता एक प्रकार की चहल-पहल लौट आती क्योंकि उसे बहुत-सी दास्तानें और क़िस्से कहानियां याद थीं जिन्हें वह ऐसे सलीके से सुनाता कि लोग सिर धुनते रह जाते। ढोल बादशाह की कहानी, क़िस्सा दाऊद शाह, दास्तान अमीर हम्ज़ा, और क़िस्सा जानी चोर तो उसकी पसंदीदा कहानियां थीं, जो उसने गांव वालों को सुना कर उन पर अपना जादू चला दिया था। इन कहानियों के अलावा अपनी यात्रा के क़िस्से थे, झूठ सच का तड़का लगाकर ऐसे सुनाता कि लोग अपने क़र्ज़-उधार भूल जाते।

उसके गांव से निकलने की वजह भी क़र्ज़-उधार होती जो वह गांव के किसी व्यक्ति से लेता। क़र्ज़ वापसी का तगादा बढ़ता तो वह किसी दूसरे से लेकर उसे चुका देता। अगर यह नहीं कर सकता तो गांव छोड़ देता। फिर जब तक जीरे की वापसी होती क़र्ज़-उधार देने वाला अपने क़र्ज़ से हाथ धो चुका होता। पहले पहले तो गांव वालों को हैरानी थी कि आख़िर जीरा इतना क़र्ज़ क्यों लेता है लेकिन थोड़े ही समय में यह रहस्य खुल गया। बात यह थी कि आधा गांव ख़ुद जीरे का क़र्ज़दार था यानी किसी को सौ-पचास की ज़रूरत होती तो वह जीरे को ढूंढ़ता पहुंच जाता, और यह भलामानुस उसे ख़ाली हाथ लौटाने में अपना अपमान महसूस करता और इधर उधर से मांग कर उसके हवाले कर देता।

जीरे को शुरू में तो इस काम में दिक़्क़त नहीं आई क्योंकि अपनी बातों के चटख़ारे से लोग उसकी बातें में आ जाते लेकिन धीरे-धीरे विश्वास टूटता गया तो उसने उधार के मामले में एक अजीब तरकीब निकाली। एक बार हाजी अब्दुल्लाह अपने बाड़े में बैठा हुक़्क़ा पी रहा था, जीरा आराम से जा कर अब्दुल्लाह की बाईं ओर बैठ गया, दो तीन कश लगाए और बोला, मियां क्या बताऊं, वह गाय तो ख़ुदा जानता है सालिक की ऊंटनी की नस्ल की है, हाड़काठ की गाय तो नीली के पानियों में नहीं देखी। यह इतना, दोनों बांहों को फैलाते हुए, चटोरे के बराबर तो भाग भरी का पेटा है और क़द तो मियां ऐसा है कि दो आदमी ऊपर-नीचे खड़े कर लो, तब भी ऊंची लगे। बस तूर की पहाड़ी है। गुलाबी रंगत नारियों के गालों को धूमिल करती है। मैं तो जानूं यहूदियों को इस गाय की बलि का आदेश मिला था। बस भाई अब्दुल्लाह, आपके यह सब जानवर एक तरफ़ और वह गाय एक तरफ़।

भई जीरे वह गाय चलकर अभी देखना चाहिए, हाजी अब्दुल्लाह ने बेकरारी से पहलू बदलते हुए कहा। ऐसी गाय तो मेरे बाड़े में होनी चाहिए।

न हाजी साहब, जीरे ने बेपरवाई से कहा। उसे ख़रीदने का विचार तो दिल से निकाल दें। गुलज़ार मोहम्मद जान दे देगा लेकिन गाय का बाल खींचकर न देगा। मेरे सामने मंज़ूर दोआबे वाले दस एकड़ ज़मीन के काग़ज़ात सामने रख दिए, कहा ये रखो और गाय दे दो। गुलज़ार ने मुड़ कर नहीं देखा और उठ कर गाय का थूथना चूमने लगा।

दूध की क्या स्थिति है? हाजी ने ईर्ष्या से पूछा।

वाह यह भी अच्छी ही पूछी आपने, जीरा बोला। मैं वहां पूरे दस दिन रहा और इन्हीं आंखों ने देखा कि तीन-तीन आदमी उसे दिन में तीन बार दूहते हैं। भई, वल्लाह, एक छटांग ऊपर नीचे बताऊं तो नरक में जाऊं, पूरे पचास लीटर एक दिन में देती है। भई ऐसे ही है जैसे कुएं से बाल्टी भर-भर के निकालते जाओ। मियां सारा मुहल्ला उसी के दूध से पलता है। सुबह की चाय, दोपहर

की लस्सी और शाम का फ़ालूदा गुलज़ार की गाय के माथे है। अगर एक दिन दूध न दे तो समझो मुहल्ले में सबका उपवास हो जाए।

हाजी, बड़ी बेचैनी की हालत में कुढ़ते हुए बोला, जीरे मैं तो तब मानूंगा जब आंखों से दिखाओगे।

ठीक है कल तैयार हो जाओ। सुबह सवेरे तारों की ओट में चल निकलेंगे। और बारह बजे का समय चक मुरादके में गुलज़ार के बाड़े में गुज़ारेंगे। यह कह कर जीरा उठ खड़ा हुआ। फिर रुक कर कहा, मगर...

मगर क्या, हाजी ने बेकरारी से पूछा। मैंने तो कल शहर जाकर बरकत से तीन सौ रुपया लेना है और नेक दीन को देना है वरना वह मेरी जान खा लेगा।

परसों लेकर दे देना, कौन सा परलय आ गया है, हाजी ने कहा।

न भाई न, नेका तो धोती उतारने पर तुला है। मैं तो उस कुकर के मुंह पर कल ही पैसे मारूंगा, जीरा ने कहा।

हाजी अब्दुल्लाह ने देखा कि शिकार हाथ से निकलता है, अगर यह कल गाय दिखाने न ले गया तो कभी न जाएगा। फ़ौरन जेब से तीन सौ रुपए निकाल कर जीरे की जेब में ठूंस दिए और कहा, परसों बरकत से लेकर मुझे दे देना।

ठीक है मियां अब्दुल्लाह, अगर तुम्हारी ज़िद है तो यही सही, जीरे ने एक तरह से नाराज़गी दिखाई, लेकिन देख कल सवेरे का सूरज हम कलासन के पुल पर देखेंगे और बग्घी में दो घोड़े बहुत होंगे। यह कहकर जीरा सीधा रफ़ीक़ तेली के यहां पहुंचा और दो सौ उसकी हथेली पर रखते हुए कहा, जा भाई ससुर का जनाज़ा निबटा और जान ले ये इसी महीने वापस करने हैं, मगर सबको मालूम था कि कहां का उधार और कौन सी वापसी। दूसरे दिन जीरे को सुबह से पहले ही गांव से निकलना पड़ा मगर हाजी अब्दुल्लाह के साथ दो घोड़ों की बग्घी पर नहीं बल्कि अपने गधे पर क्योंकि ऐसी गाय तो जीरे ने सपने में भी न देखी थी, हाजी अब्दुल्लाह को कहां से दिखाता।

सिर्फ़ शरीफ़ लोग ही उसके झांसे में नहीं आ जाते थे बल्कि कबूतर बाज़,

कुत्ते लड़ाने वाले, रंडीबाज़ और लुच्चे-लफ़ंगे भी उसके हाथों ठगे जा चुके थे। वजह साफ थी। जीरे और उसके गधे ने घाट-घाट का पानी पिया था। और अब पीर मोदे शाह, जो ख़ुद पूरे गांव का पीर था और ऐसी करामात वाला कि दिलों के भेद पढ़ लेता था। लोग हज़ारों की पूंजी ख़ुशी-ख़ुशी उसकी झोली में उलट देते, वह जीरे के दिल की बात न पढ़ सका और पिट गया।

हुआ यह कि रात सादिक़ मांझी की बकरी चोरी हो गई। कम से कम भी कहूं तो पांच सौ से कम की नहीं होगी। खोजी बुलवाया तो उसने शादे तेली का नाम लिया। हालांकि हर कोई जानता था कि आज चौधरी अल्लायार ने पीर मोदे की दावत की है, मगर बड़ों के जूते बड़े, नाम कौन ले? उस पर ज़ुल्म यह हुआ कि खोजी ने उलटे सौ रुपए मांग लिए। सादिक़ मांझी शाम तक का वादा करके जीरे के पास चला आया। इस तरह इस घटना की गांठ पड़ी और जीरे ने क़िस्सा जानी चोर सुनाकर पीर साहब की घोड़ी हथिया ली। जीरा मोदे शाह के बड़बोलेपन के बारे में जानता था, अपना गधा सादिक़ मांझी को दे कर उसी समय गांव से निकल गया और वह मुंह देखता रह गया।

*

ब्यास नदी पिछले दो साल से सिर्फ़ एक नाले के बराबर रह गई थी। ख़ुदा को ही मालूम कि सब पानी कहां गया। कई बार ख़बर आई कि हिंदुस्तान ने पानी रोक लिया लेकिन बड़े-बूढ़ों ने इसे सिरे से ख़ारिज कर दिया कि कभी नदियों पर भी बांध बांधे जा सकते हैं। यह ज़रूर ख़ुदाई कहर है। क़ुरबानियां देने में कंजूसी से काम लिया गया, उसी के कारण नदी रूठ गई और उसने अपना पानी बंद कर दिया। गांव के आस-पास जो तबाही आ रही थी वह देखी नहीं जाती थी। पानी की कमी से हर चीज़ मुरझा चुकी थी। फ़सलें चौथाई भी नहीं रह गईं थीं। अधिकतर मैदानों में धूल उड़ने लगी थी। माल-मवेशी अलग परेशान और बदहाल थे। बारिश पर निर्भरता बढ़ गई। बरगद और पीपल के पेड़ तो किसी तरह सुरक्षित थे लेकिन शीशम, शरीनह और पोपलार इस तरह सूखने लगे जैसे

कोई आग लगाता चला गया हो। अगले दो साल में बगूले उड़ने लगे। हवाओं में जो ठंडक थी वह जाती रही और सूखे से लू चलने लगी। इन सब वजहों से लोगों की माली हालत को बड़ा धक्का लगा क्योंकि वे खेती पर ही निर्भर थे और खेती नदी के कारण थी। पहले पहले तो इबादत की ओर झुके और दुआएं करते रहे लेकिन मुश्किल का हक नहीं हुआ तो दुआएं छोड़ दी, मस्जिदों में वही रह गए जो पुराने नमाज़ी थे। लोगों के मिजाज़ में चिड़चिड़ापन आता गया। मौसम में नरमी के बजाए सख्ती आती गई, यानी कड़ाके की गर्मी और कड़ाके की ठंडक। जब दो साल से बारिश का एक क़तरा नहीं हुआ तो नदी का बचा-खुचा पानी भी सूख गया। सरकार ने जो नहरें दूसरी नदियों से निकाली थीं वह काफ़ी नहीं थीं। उनको खुले पानी की आदत थी, इस चुल्लू भर पानी पर कैसे धीरज धरते? बाग-बगीचे तो बिलकुल भस्म हो कर रह गए थे। पांच साल के अंदर पास-पड़ोस के इलाक़े वीरान हो गए और गांववाले गंभीर परेशानी में आ गए। जीरा भी अब अधिक समय गांव से बाहर ही रहता क्योंकि गांव की हालत उससे देखी नहीं जाती थी। दूसरी वजह गांव की गरीबी थी जिसकी वजह से उसके सत्कार में भी बहुत कमी हो गई थी। इसके अलावा अब घोड़ी हाथ लग गई थी इसलिए दूर-दूर निकलने लगा। लेकिन साल में दो-चार फेरे ज़रूर लगा लेता। पिछले महीने जीरा पूरे साल भर बाद गांव आया और उसे देख कर बहुत हैरान हुआ कि गांव वालों के मिजाज़ में कुछ अधिक ही चिड़चिड़ापन आ गया था। यह हाल देख कर उसके दिल को ठेस लगी। उसने सोचा कि वह परसों ही क़स्बे से चला जाएगा और फिर कभी नहीं आएगा।

दूसरे दिन संजोग से पीर मोदे शाह भी गांव में आ गया। लोगों को उसके आने का पता चला तो हाज़िरी के लिए दौड़े और परेशान हाल जनता गुहार लेकर उसके दरबार में पहुंची।

शहाबुदीन गिड़गिड़ाया, सरकार लुट गए। खेत उजड़ गए। हजूर फ़स्लों में झाड़ू फिर गई।

हज़ूर बाबा जी, बाग-बगीचों को लू खा गई। अब तो भुखमरी है, अब आप ही कोई करामात करो, जमाल रो-रो कर गुहार लगाने लगा।

शेर अली ने पगड़ी मोदे शाह के पैरों पर रखकर कहा, हज़रत नदियां हमसे रूठ गईं। हमसे भूल हो गई। जबसे हमने उसे क़ुरबानी देनी बंद कर दी उसने हमारी रोज़ी-रोटी बंद कर दी। सारी ज़मीनें राजस्थान हो गईं।

नज़ीर बांसुरी वाला बोला, बाबा जी कोई ऐसा कमाल करो कि नदी ठाठें मारती चली आए। फिर से हर तरफ़ ऐसी हरियाली हो कि आंखें ठंडी हो जाएं।

पीर मोदे शाह थोड़ी देर सब्र से सुनता रहा और फिर गरजदार आवाज़ में बोला, अल्लाह के कामों में दख़ल देने से ऐसा ही होता है। तुमने बड़े-बड़े पुल बना दिए और नदी को क़ुरबानी नहीं दी फिर वह क्यों तुम्हें रोज़ी-रोटी दे? अब भुगतो अपने किए की सज़ा।

ना बाबा जी ना। आप तो हमारे रखवाले हो। आपकी बात ख़ुदा कभी नहीं टालेगा। हज़ूर कुछ न कुछ ज़रूर करें। हम यह पुल शुल ढा कर अभी ज़मीन के बराबर कर देंगे, जो हमारे सीनों पर अब सांप की तरह खड़ा है, शरीफ़ मोहम्मद फूट फूट कर रोने लगा।

बाबा जी हम कसम खाते हैं कि आप जो कहेंगे वही करेंगे। बाल बराबर न इधर न उधर। चाहे ख़राद में पिसवा दो मगर नदी बहनी चाहिए, अहमद भी लगभग रो पड़ा।

इसी प्रकार रोते बिलखते जब आधी रात बीत गई तो मोदे शाह ने कहा, ठीक है आज हम तुम्हारे लिए कुछ करते हैं। तुम अपने-अपने घर चले जाओ, हम आसन लगाते हैं। जो फरमान मिला, सुबह को बता देंगे और ख़बरदार अगर उस हुक्म के पालन में ज़रा भी आनाकानी की तो फिर तुम्हें पूरी तबाही से कोई नहीं बचा सकता। हर हालत में वही करना होगा जो हम कहेंगे। अल्लाहो-अकबर।

मोदे शाह का हुक्म पा कर सब अपने अपने घरों को चल दिए। बाबा कमरे में अकेले रह गए। अंदर से कुंडी चढ़ा कर साधना में लग गए।

इधर गांव वालों की आंखों से नींद बिलकुल उड़ गई। वह बेचैनी के साथ सुबह का इंतज़ार करने लगे कि देखें बाबा जी को क्या हुक्म मिलता है जिसके पालन के लिए वे अपने आपको तैयार कर चुके थे। सुबह हुई तो बाबा जी ने दरवाज़ा खोला। लोगों का बड़ा मजमा ठठ लगा कर खड़ा था। मोदे शाह ने उनमें से चार लोगों को चुन लिया और उन्हें दोबारा कमरे में ले गया। बाकी लोगों को अपने अपने घरों को जाने का आदेश दे दिया। जब बाकी लोग अपने अपने घरों को जा चुके तो मोदे शाह ने उन्हें अल्लाह का हुक्म सुना दिया। नदी एक क़ुरबानी मांगती है और वह क़ुरबानी जाने-माने क़िस्सागो की हो। उसी का ख़ून नदी में पानी लाएगा। यह हुक्म सुनकर सब को चुप्पी लग गई। ख़ुदा के हुक्म पर किसका ज़ोर था। सो सब ने उसे पूरा करने का प्रण किया और मोदे शाह के कमरे से निकल आए।

रात दस बजे के क़रीब छह लोग जीरा की कोठरी में दाख़िल हो गए। जीरा बहुत रोया-पीटा मगर अब ख़ुदा के कामों में दख़ल देने का गांव वालों में साहस नहीं था। जीरे को मज़बूती के साथ रस्सियों में जकड़ा और नदी पर ले जा कर सूखी रेत पर लिटा दिया। एक आदमी ने तेज़ छुरी उसके गले पर रख दी। फिर कुछ पल में गले से निकलते हुए गर्म ख़ून को नदी की प्यासी रेत पी गई और अगली सुबह पीर साहब सुबह होने से पहले ही गांव छोड़ कर जा चुके थे।

मुतवल्ली

आग़ा नजफ़ की अचानक मौत ने मेहरुन्निसा ख़ानम को तोड़ कर रख दिया, यानी दस हज़ार का जो वेतन हवेली से आता था, अब उसकी कोई गुंजाईश नहीं थी। उधर लाख समझाने पर भी मेहरुन्निसा की बड़ी बेटी शर्फ़ुन्निसा किसी दूसरे की रखैल बनने को तैयार नहीं थी और वह ख़ुद उस उम्र में धंधा करने से रही जबकि छोटी बेटी समीना की उम्र अभी उतनी नहीं थी कि उसकी नथ उतारी जाती। फिर उसने पिछले दस साल से किसी और से कोई वास्ता भी तो नहीं रखा था कि कोई पूछने आता। कहने को पिछले 35 साल से उसी हीरा मंडी में उसका कोठा था मगर किसी ऐसे-वैसे को मुंह लगाना तो एक तरफ़, किसी दलाल से भी कभी ताल्लुक न किया। यहां तक कि मजलिस, मातमदारी, मन्नत और वजीफे की सारी रस्में मुहल्ले के इमाम बाड़े के बजाए मुख्य इमामबारगाह ऐवाने-हुसैन में जाकर करती। असल में मेहरू ख़ानम की नज़र में वो तस्वीरें फिरती थीं, जब वो फ़ैज़ाबाद से अपनी मां के साथ यहां आई थीं और शाही मुहल्ले में उनका कोठा एक किस्म का दरबार था, जहां एक से बढ़कर एक बीसियों रंडियां उनके यहां पनाह लिए हुए थीं। हर समय नाच और गाना चलता रहता और आठों पहर वहां रौनक़ होती थी। अगरचे फ़ैज़ाबाद की तरह यहां नवाब नहीं थे मगर मेहरू की मां ख़ुर्शीद आरा अब भी अपने यहां नीचे खानदान वालों को फटकने नहीं देती थी। उसका विचार था कि उसके यहां आने वाला नवाब न सही कम से कम कुलीन वर्ग का तो हो।

ख़ुर्शीद आरा के मरने के बाद तो ऐसी अभागी हवा चली कि मुहल्ला लुच्चों और लफ़ंगों का अड्डा बन के रह गया। सरकार ने ऐसे क़ानून बनाए कि शरीफ़ों ने आना बंद कर दिया। लेकिन आग़ा नजफ़ जो कि पुराने मिलने वालों में था और एक किस्म से मेहरू ख़ानम का दामाद भी था, उसने आख़िरी दम तक साथ निभाया। वह ख़ुद तो न आता लेकिन दस हज़ार रुपए हर महीने भेजता रहता। अब जबकि आग़ा नज़फ़ का भी सहारा नहीं रहा तो उसकी निशानी ख़ादिम

हुसैन के ख़र्चे की फ़िक्र होने लगी। छह महीने तो इसी स्थिति में बीते, लेकिन कब तक? जब जमा पूंजी अंतिम सांस लेने लगी तो मेहरू ख़ानम ने कोठे के बाहर पान-सिगरेट का खोखा लगा लिया और कत्था-चूना बेचने लगी। कुछ दिनों में खोखा चल निकला और दिन भर में दो-चार सौ आने लगे। इस प्रकार कुछ चिंता तो दूर हुई लेकिन ख़ादिम हुसैन की हालत पर चिंता में घुलने लगी, जो अभी तीन ही साल का था। उसे समीना की तो कोई ऐसो चिंता नहीं थी कि वह समय आने पर जैसे नैन-नक़्श बना रही थी सौ आदमी उसके लिए तैयार हो जाते लेकिन वह समझती थी कि ख़ादिम हुसैन नवाब का लड़का है, उसे इस मुहल्ले में नहीं रहना चाहिए। इसी चिंता में एक साल और बीत गया। एक दिन उसने ख़ादिम हुसैन को बड़ी बेटी शर्फ़ुन्निसा की गोद में खेलते देखा तो उसकी आंखें डबडबा गईं और उसका मन कुढ़ने लगा कि ऐसा चांद का टुकड़ा मुहल्ले के लुच्चे-लफ़ंगों में किस तरह जीवन गुज़ारेगा करेगा। उसने शर्फ़ुन्निसा से कहा कि जितना जल्दी हो सके लड़के को रंडियों की संगत से दूर कर दो, मैं नहीं चाहती हीरा काले पत्थरों में बरबाद हो जाए। आज छोकरे की उम्र ही क्या है, होश होने से पहले ही हटाओगी तो पलट कर नहीं आएगा।

लेकिन कहां भेजूं? यहां तो दूर-दूर तक किसी शरीफ़ज़ादे से ताल्लुक नहीं। आग़ा नजफ़ ज़िंदा होते तो ज़रूर ले जाते, अपने ख़ून का तो कुछ ख़्याल होता। शर्फ़ुन्निसा ने चिंता जताते हुए जवाब दिया, मगर यहां मुहल्ले में ज़रूर ख़राब होगा। शर्फ़ुन्निसा की मां ने दोबारा ज़ोर देकर कहा, एक से एक बदमाश रंडी बैठी है, मूंछ की रेखाएं आने से पहले लौंडे को चाट लेंगी। देख तो कैसे हाथ-पांव निकाल रहा है। फिर मैं तो किसी तरह नहीं चाहूंगी कि लड़का मुहल्ले के गिरे हुए लोगों में उठे बैठे।

मगर कहां भेजूं, कोई ठिकाना भी तो हो? शर्फ़ुन्निसा ने उकताए हुए स्वर में कहा।

मैंने एक जगह सोची है। शर्फ़ुन्निसा नज़दीक होकर कहने लगी। सैयद सादिक़ तक़ी है ना, केंद्रीय इमामबारगाह ऐवाने-हुसैन का मुतवल्ली, लड़के को उसकी

पनाह में दे देते हैं। ख़र्चा चुपके से भेजते रहेंगे। वहीं से मकतब में जाए और वहीं रहे। कानों-कान किसी को ख़बर न होगी। ख़ुद हम भी कम ही वास्ता रखेंगे। सैयदों और शरीफ़ों में रहेगा तो जग की इज़्ज़त और धर्म की दौलत दोनों पाएगा।

मगर अम्मां! शर्फ़ुन्निसा बोलने लगी लेकिन फिर दिल ही दिल में अपनी मां की बुद्धि की सराहना करते हुए चुप हो गई। फिर हिचकिचाते हुए बोली, मगर अम्मां सैयद सादिक़ क्यों एक रंडी के बेटे को लेगा? उसका तो जन्मों से भी रंडियों से वास्ता नहीं। ऐसा फरिश्तों जैसा, रात को जागने वाला शख़्स भला हमारे गुनाह की ज़िम्मेवारी कैसे उठाएगा? फिर ख़ादिम अभी चार ही साल का है। वह तो उसकी नाक पोंछने से रहा।

तू फ़िक्र न कर, मेहरुन्निसा ने फैसले के लहजे में कहा, सैयद तक़ी से मैं बात करूंगी। हमारे भाग में तो जो लिखा था भोग लिया, लेकिन मैं लड़के को ज़लील नहीं होने दूंगी। फिर इसी उम्र में यहां से निकले तो अच्छा है।

पिछले साल ऐसे कड़ाके की ठंड पड़ी कि हर चीज़ सिकुड़ कर रह गई। मेहरू ख़ानम जो देर रात तक खोखे पर बैठती थी, इस ठंड से उसे न्यूमोनिया हो गया। लाख दवा-दारू किया लेकिन फायदा नहीं हुआ। हालांकि 60 से ऊपर नहीं थी लेकिन उम्र के उस पेटे में थी जहां दवा के साथ दुआ की भी ज़रूरत होती है। लेकिन वह प्रार्थना क़बूल नहीं हुई और मेहरू ख़ानम दस दिन में परलोक सिधार गई। इस अचानक मौत ने शर्फ़ुन्निसा को हिला कर रख दिया लेकिन थोड़े ही दिनों में उसने अपनी हालत ठीक की और खोखे के काम को संभाल कर घर चलाने की व्यवस्था कर ली। वह ख़ुद खोखे पर बैठने लगी और घर की देख-भाल समीना के हवाले कर दी। कई महीने इसी तरह चलते रहे, इसके साथ समीना की रुचि भी बढ़ती गई। मेहरू ख़ानम को मरे अभी साल भी नहीं हुआ था कि उसने पर निकालने शुरू कर दिए। शर्फ़ुन्निसा के लाख समझाने पर भी ताक-झांक से न रुकी, बल्कि कुछ दिनों से खुले तौर पर रंडियों की संगत पकड़ ली। शर्फ़ुन्निसा ने यह हालत देखी तो उसे गंभीर चिंता हुई।

फ़ौरन कबीर दलाल से संपर्क करके सरदार जहांगीर अहमद के साथ तीन लाख रुपए में गांठ दी। सरदार जहांगीर अहमद समीना को अपनी ज़मीनों पर पत्तोकी ले गया, जहां उसके अनगिनत बाग़ बगीचे थे। पहले तीन महीने तक समीना को अपना कोठा याद आया, लेकिन जहांगीर ने जिस तरह उसके नाज़-नख़रे उठाए, वह इस जगह की आदी हो गई। फिर उसे कुछ आशा भी बंधने लगी कि शायद जहांगीर उससे शादी कर ले और यह हो भी जाता कि भाग्य ने एक पलटा खाया। उन्हीं दिनों जहांगीर अहमद की मां को ख़बर हो गई है कि लाडले मियां ने घर से ऊपर-ऊपर रंडी रखी हुई है। वह इसी ख़बर के साथ पत्तोकी पहुंची और समीना को चोटी से पकड़ कर दरवाज़े के बाहर कर दिया, जहांगीर ने उफ़ तक नहीं की हालांकि समीना के पेट में उसका चार महीने का बच्चा था जिसे उसने शादी की उम्मीद पर जनने का सोचा था। दरवाज़े से बाहर निकलते हुए समीना बारबार जहांगीर का मुंह देखती रही कि शायद मां को खरी-खरी सुना दे मगर जहांगीर तो भीगी बिल्ली बना खड़ा था। अपनी मां के आगे जैसे कल का बच्चा हो। समीना ने यह स्थिति देखी तो दोनों को कोसने लगी। उसने ऐसे चूहे मर्द कहां देखे थे? अंत में जली-कटी सुनाकर कोठे पर आ गई। एक-दो महीने उसे उम्मीद रही कि शायद जहांगीर संपर्क करे, मगर जब उधर से किसी ने सुध न ली तो उसने धंधा करने की ठान ली। मगर मुसीबत यह थी कि पेट का बच्चा अब छह महीने का हो चुका था इसलिए मायूस होकर खोखे के काम में शर्फ़ुन्निसा का हाथ बंटाने लगी और दिन बीतने लगे। लड़का पैदा हुआ तो समीना ने अपना धंधा शुरू कर दिया। हालांकि रखैल बनाने को बहुत से लोग तैयार थे लेकिन वह अब पूरी तरह किसी एक की होकर रहने को तैयार नहीं थी। साज़ों से गर्द झाड़ कर ढंग से धंधा शुरू कर दिया। फिर तो कुछ ही महीनों में दूर-दूर तक बात निकल गई और मुहल्ले में जान आ गई।

ऐसी अज़ादारी (मुहर्रम का मातम) तो लोगों ने अपने होश में न देखी थी।

ख़ादिम ने बंदोबस्त कुछ तरह की कि हर शख़्स वाह-वाह करता रह गया। इमामबाड़े की भीतरी दीवारों पर हर तरफ़ काले पर्दे लटकाकर उन पर करबला की जंग के नज़ारे अंकित किए गए। ज़ियारत (दर्शन) के कमरे को पवित्र चीज़ों से भर कर उनपर इत्र व अंबर (सुगंध) का छिड़काव किया गया कि ज़ियारत करने वालों की आंखे नूर (प्रकाश) और दिमाग़ ख़ुशबुओं से भर जाएं। अज़ादारों के लिए शामियानों और सबीलों की बंदोबस्त की गई थी और मातम करने वालों और ज़ंजीर चलाने वालों के लिए फ़र्स्ट ऐड से लेकर पूरा मेडिकल सेंटर स्थापित किया गया और चौकन्ना सुरक्षा के प्रबंध के साथ हर चीज़ से सलीक़ा झलकता था। इसके अलावा पहली बार पुलिस प्रशासन के साथ मिल कर केंद्रीय इमामबाड़े से लेकर गोल चौक तक का रास्ता दोनों ओर ज़ंजीरों से बांध दिया गया ताकि मातम करने वालों और जलूस में शामिल लोगों को बाहरी रुकावट न हो और वह ख़तरे से दूर रहें। हालांकि आमदनी पहले से ज़्यादा नहीं थी लेकिन प्रबंध इतना अच्छा था कि किसी को शिकायत की गुंजाईश नहीं रही। उन्हीं पैसों में देश के नामवर जिक्र करने वाले (करबला की कथा कहने वालों), सोज़ ख़्वां और गिरिया ख़्वां (शोकगीत पढ़ने और गाने वालों) को बुलाया गया। आम जनता के लिए दूध की सबीलों का इंतज़ाम अलग से था। ख़ैर यह सब तो एक तरफ़, इस बार लोगों ने भी ऐसा उत्साह दिखाया कि जैसे पूरा शहर शिया हो गया हो। सोग मनाने वालों का इतनी बड़ी भीड़ पहले कभी नहीं देखी गई थी। शबे आशूरा (मुहर्रम की 10वीं रात) को हज़ारों ने रतजगे में भाग लिया और दसवीं को ज़ंजीर और आग के जलते कोयलों पर ऐसा मातम हुआ कि किसी ने सपने में भी नहीं सोचा होगा। जिन लोगों ने पहले कभी अपने हाथ नहीं खोले थे वह भी अपना सीना पीट रहे थे। शोक गीत गाने वालों की टोलियां एक के बाद एक जुलूस में उतरतीं और अपनी आवाज़ और शोकगीत से शहर भर को रुलातीं। सभी का विचार यही था कि यह सब इतना अच्छा इसलिए हुआ कि इंतज़ाम इस बार के ख़ादिम के हाथ में था।

वैसे तो कोई भी सैयद सादिक़ की मौत के बाद ख़ादिम से सलाह मशविरा किए बिना इमामबाड़े या अज़ादारी के संबंध में कोई काम नहीं करता था मगर इसकी अहमियत एजाज़ रिज़वी की शहादत पर और बढ़ गई, जब ख़ादिम ने अपनी जान पर खेलकर क़ातिलों का पीछा किया और एक को मार गिराया। इसमें उसकी अपनी टांग भी ज़ख़्मी हो गई जिसके कारण महीना भर अस्पताल में रहा। इस दौरान कोई एक व्यक्ति ऐसा नहीं था जिसने ख़ादिम के लिए चिंता न की हो। सादात (सैयद) और ग़ैर सादात सबने उसके स्वास्थ के लिए प्रार्थना की और देख-भाल में कोई कसर नहीं छोड़ी। स्वस्थ हो कर आया तो सबको बहुत ख़ुशी हुई और इसके बदले में कौसर शाह ने अज़ादारी का इंतज़ाम उसे सौंप दिया। जिसका नतीजा उम्मीद से ज़्यादा अच्छा निकला। ज़ाकिर (वक्ता) जैसे ही परेशानियों के बयान की ओर आता सबसे पहले उसके रोने की ही आवाज़ आती और वह ऐसे रोता कि इमामबाड़े की दीवारें कांप उठतीं। हर नमाज़ के समय राइफ़ल लेकर दरवाज़े पर बैठ जाता और जब तक कि एक भी व्यक्ति नमाज़ पढ़ रहा होता वह सुरक्षा से नहीं हटता। इमामबाड़े से सटा कमरा उसके जीने-मरने के लिए था। चूंकि होश उसी कमरे में संभाला था इसलिए वह उसे एक प्रकार से अपना घर लगता और उसे कभी यह विचार नहीं गुज़रा कि यह इमामबाड़े का भाग है। कमेटी ने ख़ादिम हुसैन का आठ हज़ार माहवारी वेतन तय किया जो इससे पहले सैयद सादिक़ तक़ी को मिलता था। दूसरा काम कमेटी ने यह किया कि वह ख़ादिम की शादी के बारे में भी सलाह मशविरे करने लगे। जब इसकी ख़बर शर्फ़ुन्निसा को हुई तो वह सजदे में गिर पड़ी। ख़ादिम हुसैन को हालांकि मालूम था कि उसका संबंध हीरा मंडी से है मगर उसने कभी शर्फ़ुन्निसा के साथ इस तरह की बात नहीं की थी और न ही शर्फ़ुन्निसा ने कभी इस विषय को छेड़ा। मां-बेटे के बीच एक तरह से यह गुप्त समझौता था। हर महीने उन आठ हज़ार में से चार हज़ार अपनी मां को नियमित रूप

से देता था। ख़ादिम अपनी ख़ाला समीना का आदर उसी प्रकार करता था जैसे वह अपनी मां शर्फ़ुन्निसा का आदर करता था। उसे उनके धंधों से कोई मतलब नहीं था। हर ओर से कट कर उसे एक ही धुन थी कि इमाम हुसैन का सोग अबके कैसे धूमधाम से मनाया जाए। वह हमेशा उन्हीं तरीक़ों पर ग़ौर करता जो अज़ादारी से संबंधित होते। विशेष रूप से ज़ुलजनाह (इमाम हुसैन के घोड़े का नाम) को सजाने और ज़ेवरों से संवारने में इतनी जान लगाता कि सोग करने वालों को भी ईर्ष्या होने लगती। उसने अपने वेतन का एक भाग ज़ुलजनाह को सजाने के लिए रखा हुआ था। दसवीं को ज़ुलजनाह की बाग पकड़ कर उसे चलने का बहुत चाव था लेकिन यह किसी सैयद का काम होता था, फिर भी हर हालत में ज़ुलजनाह के साथ-साथ चलता। यानी ख़ादिम के बारे में यह तय था कि उसे अज़ादारी के अलावा किसी चीज़ से कुछ मतलब नहीं था।

नोमान से उसका संबंध गत 16 साल से था जब उसकी ख़ाला इमामबाड़े के दर्शन को आती तो वह उसकी गोद में होता। झंडे को चूमने के समय जब वह उसे गोद से उतारती तो वह सीधा ख़ादिम की ओर भागा चाला जाता, फिर ख़ादिम घंटों उसके साथ खेलता और उसे खिलाता। नोमान के नैन-नक़्श ऐसे थे कि कोई भी उसे प्यार किए बिना नहीं रहता। तीखे-तीखे नाक नक़्शे मां की चुग़ली खाते। कोई कह ही नहीं सकता था कि रंडी का बच्चा है। लड़कपन की आयु में पहुंचा तो दिन में एक बार ज़रूर इमामबाड़े का चक्कर लगाता और ख़ादिम के पास घंटों समय बितात। इमामबाड़ा उसके स्कूल के रास्ते में पड़ता था। आते-जाते इमामबाड़ा उसका दूसरा घर बन गया। अब नोमान बंदोबस्त के बहुत से काम में ख़ादिम का हाथ बंटाने लगा था, जिसका लाभ तो हर हाल में सबको बराबर पहुंचता था। इन बातों के अलावा, सादात और दूसरे शियाओं के लड़के जो नोमान के हमउम्र थे, उसके इस तरह दोस्त बन गए कि वह भी उसी तबके का एक हिस्सा बन गया, जिसका पचीस साल पहले ख़ादिम बना था और किसी के ध्यान में नहीं आया कि नोमान की मां धंधा करने वाली है।

हां नोमान में एक बात ख़ादिम से भिन्न थी, वह लड़कियों के साथ घुलने-मिलने की कोशिश ज़रूर करता। यहां तक कि सोग के दिनों में भी इधर-उधर ताके बिना नहीं रहता, जिसके कारण ख़ादिम ने उसे कई बार डांटा भी। वह उसकी उन हरकतों से डरता था मगर नोमान के अंदर कुछ न कुछ ऐसा था कि वह कुछ न कुछ दिखाए बिना नहीं रहता। अब मैट्रिक के बाद उसकी मां ने उसे कॉलेज में दाखिला दिलवाया तो उसने यह गुल खिलाया।

असल में नुज़हत से उसकी इश्क़बाज़ी पिछले छह महीने से चल रहा था और सच्ची बात यह है कि लड़का भी स्टाइलिश था और किसी भी लड़की का उसके प्रेम में पड़ जाना दूर नहीं था। वह बग़ल में किताबें दबाए जैसे ही हीरा मंडी से बाहर निकलता और ठंडी सड़क पर आता तो दोनों का आमना-सामना हो जाता। पहले इशारे हुए फिर चिट्ठियां फेंकी गईं और अब बात मुलाक़ातों तक आ गई थी लेकिन दूसरे ओर दुनिया सोई हुई थोड़े ही थी। आस-पड़ोस में हलचल होने लगी। आवारा और लुच्चों ने कान खड़े किए और जब खोजबीन से बात खुली कि लड़का कंजरों का है तो और भी भूचाल आ गया। इज़्ज़त ने धीरे-धीरे जोश खाया। नौज़ बिल्लाह, लाहौल विला की आवाज़ें बुलंद हुईं। शरीफ़ों ने हाय-तौबा मचाई और इस अज़ाब को रोकने की योजना बनने लगी। नौजवान, केंद्रीय सुधारक कमेटी के सचिव और जमाअते-इस्लामी के ज़िलाध्यक्ष जनरल अब्दुस्समद के पास पहुंचे और मामले पर चर्चा होने लगी।

एक- भाई अब्दुस्समद ग़ज़ब हो गया।

दूसरा- जी अब भई अल्लाह अज़ाब न भेजे तो फिर पता नहीं क्या राज़ है?

तीसरा- राज़ क्या होना है, अल्लाह हमारी ग़ैरत को जांच रहा है।

चौथा- देख तो सही, हरामज़ादा एक तो कंजर है और ऊपर से शिया भी। रफ़ीक़ भाई मैंने तो उसे हमेशा इमामबाड़े में देखा है।

तीसरा- देखा है से क्या मतलब, पूरा काफ़िर शिया है और कंजर तो वह है ही।

पहला- और उस नुज़हत बेशर्म को देखो। उसको यही हरामी इश्क़ लड़ाने

को मिला था। अल्लाह क़सम पूरे शहर में सुन्नी मुसलमानों की नाक कटवा दी, मेरा बस चले तो तेज़ाब में फेंक दूं।

अब्दुस्समद- भाइयो, यह औरत ज़ात की कोई ग़ैरत-वैरत नहीं होती, कहीं भी फिसल गई, फिसल गई। ग़ैरत तो मर्दों की ख़ासियत है, और अल्लाह के करम से वह हम में है। जभी तो उसको निपटाने के लिए इकट्ठे हुए हैं।

दूसरा- यहां सुन्नी लड़के एक से एक पड़े हैं। कमीनी को यह शिया और कंजर मिला था।

अब्दुस्समद- देखो बेटा अब इन बातों को जाने दो और कोई उपाय करो। मेरा खयाल है कि लड़की के बाप को ख़बरदार करते हैं और उसे बुलाकर चेतावनी देते हैं कि उसे कॉलेज से हटा लो। पहली बात तो यह कि लड़कियों को कॉलेज की पढ़ाई ज़रूरी नहीं, क़ुरान ही काफ़ी है। इतना ही ज़रूरी है तो घर में ट्यूशन रखवा ले।

चौधा- इसका कोई फ़ायदा नहीं। वह भी बेग़ैरत है। फिर दूसरी बात ये कि उस हरामी के जने और शिया काफ़िर, कंजर नोमी को सज़ा भी तो देनी है। पता नहीं हरामज़ादा अब तक अय्याशी कर चुका है।

दूसरा- फिर अब क्या किया जाए। नाक तो कट गई। कोई ऐसा काम करें कि पूरा-पूरा बदला हो जाए। मुसलमानों की इज़्ज़त भी रह जाए और सांप भी मर जाए।

अब्दुस्समद- देखो बेटा, हम मुसलमानों में यह ख़राबी बहुत अधिक है कि जज़्बाती हो कर क़दम उठाते हैं और बिलकुल सही क़दम ग़लत तरीक़े से और गलत वक़्त पर उठाते हैं जिसका दूसरे धर्म वाले पूरा फ़ायदा उठाते हैं और शिया काफ़िर रो धो कर लोगों को मुसलमानों के ख़िलाफ़ अपना हमदर्द बना लेते हैं। यह मसला ग़ैरत से ज़्यादा धार्मिक है। अब यहां सिर्फ़ नुज़हत ही नहीं, सुन्नी मुसलमानों के मान-सम्मान का सवाव पैदा हो चुका है। इसलिए हम यह लड़ाई दो मोर्चे पर लड़ेंगे। एक पर तुम सब और दूसरे पर मैं। पहली लड़ाई तुम लड़ोगे और दूसरी मैं।

फिर अब्दुस्समद ने सब को हर बात विस्तार से समझा कर विदा किया और ख़ुद अहले-सुन्नत के केंद्रीय अध्यक्ष मौलाना अब्दुल बारी की ओर चल पड़ा। दूसरे दिन सबने अपने अपने काम को दिमाग़ में रखा और सुबह ही चमनज़ार चौक पर इकट्ठा हो गए।

देख इनाम, आज ये बच के न निकले, तू शरीफ़ को अपने साथ लेकर ब्वाएज़ कॉलेज के गेट नंबर दो पर खड़ा हो जा। हुमायूं, साबिर के साथ ठंडी सड़क वाली कैंटीन का रास्ता दाब ले। मैं और नवेद यहीं आमों के बाग़ों में डेरा लगाते हैं। बस ये तीन ही रास्ते तो नोमी कंजर के भाग निकलने के हैं। रफ़ीक़ तालिए ने दूसरे साथियों को समझा कर कमर से हंटर खोल लिया और उसे हल्के-हल्के घुमाने लगा।

रफ़ीक़ तालिए के हुक्म का बड़ी फुर्ती से पालन किया गया और सबके सब अपने हंटर, बेल्ट और चाक़ू निकाल कर तेज़ आंखों से इधर-उधर देखने लगे। दूसरी ओर नोमी इन सारी योजनाओं से बेख़बर कपनी बाग़ के बरगद तले इंतज़ार की घड़ी काट रहा था। आज उसकी नुज़हत के साथ तीसरी मुलाक़ात थी, जो अपनी उत्तेजनाओं की सीमा को पार करने का रास्ता निकाल रही थी। नुज़हत की इन दिनों परीक्षा चल रही थी, उसने साढ़े बारह बजे परीक्षा के बाद कंपनी बाग़ में मिलने का वादा किया और इंतज़ार के ये पल नोमान के लिए मौत से भी भारी थे। थोड़ी देर नुज़हत के रूमाल को सूंघने और चूमने के बाद उसने उसे पैंट की जेब में डाल लिया और नेल कटर निकाल कर बरगद के तने पर नाम खोदने में व्यस्त हो गया। थोड़ी-थोड़ी देर बाद उसकी आंखें कंपनी बाग़ के पूर्वी गेट की ओर चली जातीं। वक़्त जैसे-जैसे क़रीब आ रहा था दिल की धड़कन तेज़ होती जा रही थी। बेध्यानी में कटर की नोक उसकी उंगली में चुभ गई और वह एक सी की आवाज़ निकाल कर रह गया। उसी समय उसने नीले लिबास में किसी को गेट से अंदर आते देखा तो उंगली का दर्द भूल गया। फिर थोड़ी ही देर में दोनों आम के पेड़ के नीचे एक हो गए और रोमांस की धुन बजने

लगी। धीरे-धीरे नोमान का सिर नुज़हत की गोद में ऐसे गिर गया जैसे उसने बेहोशी की दवा खाई हो, और नुज़हत की पतली लंबी, नर्म उंगलियां उसके बालों में हलके-हलके चलने लगीं। चारों ओर से बेख़बर वे उसी रोमांस के मज़े ले रहे थे कि बलवा हो गया और एक ज़ोर का हंटर नोमान की दाईं टांग पर लगा। उसे जैसे बिजली का झटका लग गया। रफ़ीक़ तालिए ने नुज़हत का बाज़ू पकड़ कर उसे एक ओर खींच लिया। नोमान ने सात-आठ गुंडों को इस तरह छुरी-कांटों से लैस देखा तो चकरा गया। उसने ऐसी चीज़ें पहले कहां देखी थीं? मगर जल्दी संभला और पूर्वी गेट की ओर सरपट भागने लगा। लड़कों को उससे ऐसी उम्मीद नहीं थी कि इस तरह रंगे हाथों पकड़े जाने के बाद वह इस तरह भाग उठेगा। आपाधापी में सब उसके पीछे भागे और पकड़ो-भागो का शोर उठने लगा। दोपहर एक बजे का समय था और कंपनी बाग़ में आगे-पीछे रेस लगी थी। आस-पास के लोग तमाशा देखने के लिए रुक गए। इधर नोमान तेज़ी से भागता हुआ गेट पार करके दक्षिण की ओर ठंडी सड़क को काटता हुआ इत्र वालों की गली में घुस गया। वे भी कब पीछा छोड़ने वाले थे, बराबर चढ़ते गए। इधर नोमान सीधा क्रिश्चियन रोड से होता हुआ सैयद बाकर शाह के मकान के उलटे हाथ की ओर भागा और सीधा इमामबाड़े की गली में आ गया। सब लड़के चाक़ू के साथ पीछे थे और न जाने रास्ते में कैसे-कैसे नारे लगाते हुए आए कि इमामबाड़े तक आते-आते पीछा करने वाले पचास हो गए। उसने आव देखा न ताव सीधा इमामबाड़े में आकर पनाह ली। ख़ादिम दरवाज़े पर बैठा ज़ुहर की नमाज़ पढ़ने वाले नमाज़ियों के लिए पहरा दे रहा था। फ़ौरन मामले की नज़ाकत को भांप गया और खूब चौकन्ना हो गया। उनमें से किसी ने अंदर आने की ज़ुर्रत तो नहीं की लेकिन नारे लगाने लगे और नारों में ऐसी-ऐसी बातें बोलने लगे कि मामला कुछ का कुछ हो गया। ख़ादिम ने जब बढ़ते हुए शोर और हुजूम को देखा तो दरवाज़ा बंद कर दिया और नोमान को ज़ियारत वाले कमरे में बंद करके ताला लगा दिया। दरवाज़े के बाहर नारे और भीड़ बढ़ती गई। नमाज़ियों को तो असल

घटना का तो अभी पता नहीं था मगर बढ़ते हुए शोर और हंगामे से बौखला गए और जल्दी-जल्दी नमाज़ पूरी करके घटना का पता चलाने लगे। कुछ ही देर में पुलिस आ गई जबकि भीड़ न जाने क्या-क्या नारे लगा रही थी और उसकी अगुवाई मौलाना बारी और अब्दुस्समद कर रहे थे। मामला बेहद गंभीर रुख़ लेता जा रहा था, जिसकी वजह से शिया-सुन्नी फ़साद का ख़तरा पैदा हो गया।

तीन घंटे की लगातार कोशिशों के बाद सारी बात खुल कर सामने आ गई। सुन्नी मौलवियों और अवाम का कहना था कि नोमान कंजर एक शरीफ़ ख़ानदान की लड़की को आते जाते तंग करता है और बेहूदा मज़ाक़ करके उसे परेशान करता था, इसके अलावा सहाबा की शान में बुरा-भला कहने से भी नहीं रुकता था। आज खुल्लम-खुल्ला उसके साथ ज़बरदस्ती करने पर तुला था उसी समय कुछ लोग वहां पहुंच गए, जब वह नोमान को पकड़ने लगे तो सहाबा को गालियां देते हुए भागा और आकर इमामबाड़े में छुप गया और ख़ादिम ने उसे ज़ियारत वाले कमरे में बंद कर दिया। नोमान ने इस मामले से इन्कार किया लेकिन मामला रफ़ा-दफ़ा करके उससे तौबा करवाई गई। शाम तक एसपी साहब ने शिया-सुन्नियों के चुने हुए लोगों की एक अमन कमेटी बनाई और इशा की नमाज़ के क़रीब बिना किसी शर्त के मामले को रफ़ा-दफ़ा करवा के एक-दूसरे के गले मिलवा दिया। इस तरह ये मामला भली-भांति निबट गया और आगे बढ़ने से रह गया।

मगर दूसरे ही दिन एक दूसरी कमेटी बनाई गई और यह सिर्फ़ चुने हुए शिया लोगों की थी, जिसे जल्दबाज़ी में कौसर शाह ने बनाया था ताकि इस बदनामी का बदला लिया जाए। कमेटी की मीटिंग इमामबाड़े के साथ वाले उसी कमरे में हुई जो मुतवल्लियों के रहने के लिए था। सैयद तक़ी के बाद अब उसमें ख़ादिम हुसैन रहता था। मीटिंग में मौजूद सारे लोगों की उम्र उस पेटे में थी जहां जज़्बात हावी नहीं होते। किसी भी नौजवान को शामिल नहीं किया गया ताकि किसी प्रकार का बवाल न हो।

कुछ देर चुप्पी छाई रही और फिर सैयद नज़ीर हुसैन ने चुप्पी तोड़ी और कौसर शाह की ओर देखते हुए कहा, शाह जी सांस तो पहले ही ओखली में चलती है अब यह नया क़िस्सा जो हमारी साख को धक्का देगा, उसकी कमी कोई नहीं पूरी करेगा। सारे शहर में इमामबाड़ा बदनाम हो गया।

मिर्ज़ा साहब- मैंने तो पहले ही कई बार कहा कि इन कंजरों से संपर्क न रखो लेकिन यहां तो हर आदमी बुक़रात बनता है और हर छोटा-बड़ा मानवता के गीत गाने लगता है।

सैयद शम्सुल हसन- मुझे तो यह समझ नहीं आती कि इस छोकरे को ऐसा करतब करके इमामबाड़े में आने की क्या ज़रूरत थी। क्या अपना रंडीख़ाना दूर था, उधर भाग जाता। अब तो सब कोई यही भूंकेगा कि इमामबाड़ा तो असल में लफ़ंगों का अड्डा है और यहां कंजर पनाह लेते हैं।

सैयद नज़ीर हुसैन- मुझे तो पहले दिन से ही इस लौंडे के तौर-तरीक़े ठीक नहीं लगते थे। जो सच पूछो तो इस सारे झगड़े की जड़ नोमान नहीं ख़ादिम है, जो शुरू से ही उसे छूट देता रहा और दिन-रात इमामबाड़े को उसका घर बना दिया।

अली रज़ा- इस तरह तो पहला क़सूरवार सैयद सादिक़ तक़ी था, जिसने ख़ादिम को जगह दी। ख़ादिम की ज़िंदगी का मैं गवाह हूं। आज तक उसमें ऐसा ऐब मेरी नज़र से नहीं गुज़रा।

सैयद शम्सुल हसन- मियां अली आप तो हमेशा उल्टी हांकते हैं, यानी अब यहां सैयद तक़ी कहां से आ गया। क्या उसका ये गुनाह था कि उसने एक रंडी के बेटे को इंसान बनाने की कोशिश की?

सैयद अली हुसैन- शाह साहब, इंसान फिर इंसान है, ग़लती हरेक से हो जाती है। उसकी पुरानी ख़िदमत को भी ध्यान में रखो। इस मामले में ख़ादिम का क्या क़सूर? बेचारा बीस साल से सबकी सेवा में हाज़िर है।

सैयद नज़ीर हुसैन- मियां तुम बैठे रहो। तुम्हें नहीं पता? यह उसी का मौसेरा भाई है। कंजरों का पक्ष लेना शुरू से ही तुम्हारे अंदर है। अगर ख़ादिम उसे

पनाह नहीं देता तो क्या यह बदनामी होती? फिर ग़ज़ब यह किया कि ज़ियारत वाले कमरे में छुपा दिया। लाहौल विला, यानी पाक जगह पर नापाक और हराम के जने को बंद कर दिया। रही ख़िदमत की बात, तो हम पर क्या एहसान किया? मौला हुसैन की अज़ादारी की है।

इस अचानक याद दिलाने ने जैसे जलते पर घी का काम किया कि नोमान को ज़ियारत वाले कमरे में छिपाया गया था। एकदम सन्नाटा छा गया। सबके चेहरे लाल हो गए और ग़ुस्से से कांपने लगे। कुछ के चेहरे पर कालापन आ गया जैसे किसी कहर की ख़बर सुना दी गई हो। कुछ दिल ही दिल में तौबा करने लगे और हिमायत में बोलने वाली सारी ज़बानें गूंगी हो गईं।

यानी नोमान को पाक चीज़ों के बीच छुपा दिया। हरामज़ादे को। तुम सब पर ग़ाज़ी पाक का ग़ज़ब पड़े। अभी तक तुम इसी फ़िक्र में हो कि क्या करना है। आग़ा फ़ीरोज़ुल हसन ग़ुस्से से कांपने लगा। इस हर्राफ़ा के बच्चे की तो बोटियां नोच देनी चाहिए। बस निकालो, अभी निकालो दोनों को। अब मैं उनको एक आंख नहीं देखना चाहता।

सैयद कौसर शाह जो बड़ी देर से खामोश बैठा था, संयम के साथ पहलू बदल कर बोला। देखो भाई क़िस्सा तो यह है कि यह एक बहुत ही नामुनासिब काम हुआ है और पूरे शहर में शिया की बदनामी हुई है जिसमें मेरा ख़याल है कि ख़ादिम और नोमान दोनों ज़िम्मेवार हैं यानी ग़लती तो हरेक से हो जाती है मगर इस प्रकार इमामबाड़े की इज़्ज़त को दांव पर लगाना बहुत ही घिनौना जुर्म है, इसलिए अब आप अंतिम राय देकर कोई फ़ैसला करदें ताकि आगे के लिए कोई रास्ता निकल सके।

हाजी नज़ीर हुसैन- मेरी तो एक राय है, कव्वे को दूध से सौ साल नहला दो वह काला ही रहेगा, इसलिए अपनी इज़्ज़त बचाओ।

इस तरह चार घंटे लगातार सलाह-मशविरा करने के बाद कमेटी ने एक फ़ैसला कर दिया, जिस पर सारे मोतबर शियाओं के दस्तख़त हो गए और उसी

समय ख़ादिम हुसैन को बुलाकर फ़ैसला सुना दिया गया। उसे बताया गया कि आइंदा उसे केंद्रीय इमामबाड़े में रहने और सादात और शरीफ़ घरानों से मिलने की इजाज़त नहीं। वापस अपनी मां के कोठे पर चला जाए।

ख़ादिम हुसैन चाबियां कौसर शाह के हवाले करके इमामबाड़े से निकला तो उसे लगा जैसे उस पर कहर आ चुका है। वह धीरे-धीरे हीरा मंडी की ओर बढ़ रहा था और सोच रहा था कि वहां के इमामबाड़े का मुतवल्ली कितना ख़ुशकिस्मत है जिसे कोई निकालने वाला नहीं। शर्फ़ुन्निसा के कोठे पर पहुंचा तो थोड़ी देर खोया-खोया सा खड़ा रहा, फिर बोझिल पैरों से कोठे में चला गया। बूढ़ी शर्फ़ुन्निसा ने उसे अपनी बांहों में ले लिया, जैसे तीतरी अपने बच्चों को परों में छुपा ले। ख़ादिम ने शर्फ़ुन्निसा की गोद में सिर रख दिया और हिचकियां ले कर रोने लगा।

लेखक परिचय

अली अकबर नातिक़ का जन्म 1974 में ओकारा, पाकिस्तान में हुआ था। मैट्रिक करने के बाद उन्होंने अपने परिवार के गुज़ारे के लिए एक राजमिस्त्री के रूप में काम करना शुरू किया और गुंबदों और मीनारों के माहिर मिस्त्री बन गए। उन्होंने उर्दू और अरबी साहित्य खूब पढ़ा और प्राइवेट से बीए की डिग्री हासिल की। उन्होंने उर्दू पत्रिकाओं में अपनी शुरुआती कहानियों और कविताओं के प्रकाशन के साथ ही साहित्य की दुनिया में अपना खास मुकाम बना लिया। उन्हें उर्दू में लिखने वाले बेहतरीन युवा लेखकों में से एक माना जाता है।

अनुवादक परिचय

मिर्ज़ा ए.बी. बेग ने जेएनयू से तुलनात्मक साहित्य में एम.फिल. और उर्दू में पीएच.डी. की है। उन्होंने उर्दू शायरा परवीन शाकिर की नज़्मों का अंग्रेज़ी में अनुवाद किया है और फ़ारसी के सूफ़ी शायर रूमी पर एक किताब लिखी है। वे नियमित रूप से अनुवाद करते हैं। फ़िलहाल वे बीबीसी में काम करते हैं।